古典文獻研究輯刊

十八編

曾永義 主編

第9冊

《夢影緣》與《精忠傳彈詞》研究（下）

邱靖宜 著

國家圖書館出版品預行編目資料

《夢影緣》與《精忠傳彈詞》研究（下）／邱靖宜 著 — 初版
— 新北市：花木蘭文化事業有限公司，2018〔民107〕
目 2+140 面；19×26 公分
（古典文學研究輯刊 十八編：第 9 冊）
ISBN 978-986-485-510-0（精裝）
1. 彈詞 2. 文學評論
820.8   107011622

ISBN-978-986-485-510-0

9 789864 855100

古典文學研究輯刊
十八編　第九冊　　　　　　ISBN：978-986-485-510-0

《夢影緣》與《精忠傳彈詞》研究（下）

作　　者　邱靖宜
主　　編　曾永義
總 編 輯　杜潔祥
副總編輯　楊嘉樂
編　　輯　許郁翎、王筑　美術編輯　陳逸婷
出　　版　花木蘭文化事業有限公司
發 行 人　高小娟
聯絡地址　235 新北市中和區中安街七二號十三樓
　　　　　電話：02-2923-1455／傳真：02-2923-1452
網　　址　http://www.huamulan.tw 信箱 hml 810518@gmail.com
印　　刷　普羅文化出版廣告事業
初　　版　2018 年 9 月
全書字數　271362 字
定　　價　十八編 15 冊（精裝）新台幣 29,000 元

《夢影緣》與《精忠傳彈詞》研究（下）

邱靖宜　著

第五章 《精忠傳彈詞》之主題思想

　　根據《精忠傳彈詞》一書之前序所言，周穎芳創作《精忠傳彈詞》一書之動機是爲了糾正錢彩《說岳全傳》之誤謬。《說岳全傳》之全名爲「精忠演義說本岳王全傳」，由仁和錢彩錦文氏編次，永福金豐大有氏增訂，全書共二十卷八十回，〔註1〕歷來學者對於岳飛（1103～1142）之相關研究，從史傳到民間文學中岳飛形象之演變，從戲曲到小說文本的探討，必定述及清代錢彩《說岳全傳》一書。〔註2〕至於此書之成書時間，由序之後所署之「甲子孟春上浣，永福金豐識於餘慶堂」〔註3〕來看，有康熙二十三年（1684）或乾隆九

〔註1〕見張俊著，《清代小說史》（杭州：浙江古籍出版社，1997年6月，第1版第1刷），頁122。

〔註2〕鄭振鐸指出：在明代，至少有四部岳飛故事流傳，分別是熊大木編《武穆演義》、于華玉著《重訂按鑑通俗演義精忠傳》、余登鰲編《岳王傳演義》、鄒元標編次《精忠全傳》。而這些明代的岳飛故事，到了清代錢彩《說岳全傳》出現，有了一個總結束。他說：「《說岳精忠傳》之不得不由《精忠傳》而成爲荒誕的熊大木的《武穆演義》，更不得不捨棄了「簡雅」的于華玉的《盡忠報國傳》而走到更爲荒誕的錢彩、金豐的《說岳全傳》，這乃是自然的進展，也便是民間的需要。」以上參見氏著，〈岳傳的演化〉，收錄在《鄭振鐸全集》（石家莊：花山文藝出版社，1998年11月，第1版第1刷），冊4，頁281～282。而王路堅則認爲：錢彩《說岳全傳》一書「是「說岳」題材的集大成之作，……一方面《說岳全傳》的中心思想是借助岳飛率領軍隊平內亂、抗擊金國侵略者，以此達到忠、奸自現的目的，從而起到教化世人。……另一方面，全書借助佛教的因果報應觀念，編織成一幅首尾相顧、轉世輪回的虛擬圖景。」見氏著，〈《說岳全傳》敘事藝術探析〉，《太原師範學院學報（社會科學版）》，第12卷4期，2013年7月，頁78。

〔註3〕清·金豐著，《說岳全傳·序》，見清·錢彩編次，金豐增訂，《說岳全傳》（上海：上海古籍出版社，2010年12月，第1版第1刷），未標頁數。

年（1744）兩種說法。〔註4〕關於此書，有學者將之視為《水滸傳》之續書，「《說岳全傳》中的人物依然保留《水滸傳》中的「外號」。……同時，對《三國演義》也有模仿。」〔註5〕《說岳全傳》中提及《水滸傳》之人物，有林沖、盧俊義、張青、董平、阮小二、呼延灼、關勝、韓滔等，不論是本人或後代子孫，均成為《說岳全傳》中一角，因此，有學者認為「《說岳》的寫人狀物手法，亦有很多承襲《水滸》，更無論《說岳》的主題認同《水滸》的忠義了。」〔註6〕不僅是傳承自《水滸傳》的寫作手法，王路堅還認為《說岳全傳》一書「代表著清初最高水平的英雄傳奇小說，在人物形象的塑造、故事情節的安排以及宏大結構的設置上，無不體現出深厚的文化底蘊和較高的藝術水準。它繼承和延續了《三國演義》、《水滸傳》等著作的創作方法。」〔註7〕不論它是否為《三國演義》、《水滸傳》之續書，不可否認地，可以在《說岳全傳》中找到與《三國演義》、《水滸傳》相關的線索。例如：書中的人物是《水滸傳》之人物或子弟，〔註8〕又書中描寫岳飛兩次不殺何元慶，岳飛向眾將們說：「昔日諸葛武侯，七擒孟獲，南方永不復反。今本帥不殺何元慶，要他心悅臣服來降耳。」其後，何元慶感懷岳飛「兩番不殺之恩」，甘願投降。〔註9〕岳飛此舉，頗有向諸葛武侯效法之意，此與《三國演義》便產生了連結。

　　而歷來對於岳飛相關研究之彈詞文本，必定提及周穎芳《精忠傳彈詞》，但多半著墨不多，或者由於未取得文本，只能根據杜穎陶、俞芸所編之《岳飛故事戲曲說唱集》一書所節錄之第五十回和第五十一回進行泛論，〔註10〕

〔註4〕 參見張俊著，《清代小說史》，頁123。

〔註5〕 見王路堅著，〈《說岳全傳》敘事藝術探析〉，《太原師範學院學報（社會科學版）》，第12卷4期，2013年7月，頁79。

〔註6〕 見龔維英著，〈《說岳全傳》：《水滸》的特殊續書〉，《貴州社會科學》，1999年第2期（總第158期），頁74。

〔註7〕 見王路堅著，〈《說岳全傳》敘事藝術探析〉，《太原師範學院學報（社會科學版）》，第12卷4期，2013年7月，頁81。

〔註8〕 林香娥認為「利用讀者對水滸英雄的熟悉與認同，將自己作品裡的人物附會為他們的後嗣，使讀者很自然地回憶起他們的英雄往事，從而加深對後嗣人物的好感，這是最省筆墨又最有效的寫法，……《說岳全傳》也不例外。小英雄掃北，史無其實，借此卻能很好地替作者與讀者泄憤。」見氏著，〈岳飛題材小說戲曲的歷史演變〉，《西安電子科技大學學報（社會科學版）》，第14卷2期，2004年6月，頁101。

〔註9〕 以上參見清‧錢彩編次，金豐增訂，《說岳全傳》，第36回，頁213。

〔註10〕《岳飛故事戲曲說唱集》一書註明：「精忠傳彈詞，是清光緒間嚴周穎芳所編。故事基本上是根據錢彩的說岳全傳，但也略有發展。第五十回和第五十一回，

造成周穎芳《精忠傳彈詞》一書對於錢彩《說岳全傳》之承衍更變，以及《精忠傳彈詞》之主題思想並未加以深論，此為令人惋惜之處。

　　一直以來，彈詞被視為閨閣文學，是女子彼此之間情誼之展現，識見僅局限於女子心緒之呈現而已，但周穎芳《精忠傳彈詞》一書之選材卻跳脫此傳統，而以英雄人物岳飛作為其書之主角，譚正璧說：「在彈詞幾乎專為寫才子佳人而有的時代，像《精忠傳》的專寫歷史上最莊重、最悲壯的一幕，在女性著作中，據我們所知，可云絕無僅有。」〔註11〕為何周穎芳會選擇岳飛作為創作主角呢？是否有其時代背景與個人因素存在？董上德說：「對於一個「故事」，對於一個文本，人們在不斷地「複讀」，這本身就是一種「選擇」。在「複讀」的同時，有所強調、有所濃縮、有所深化、有所修正，等等，這正是人們的一種不易察覺卻時刻在進行著的精神活動。」〔註12〕據此，那麼我們要問的是：岳飛故事在經歷長時間的演變後，周穎芳為何要創作《精忠傳彈詞》？若根據李樞所作之序，指出周穎芳是因不滿錢彩《說岳全傳》之輪迴果報而作，那麼，要進一步追問的是：周穎芳對於錢彩一書的接受與反應又是如何呢？而她所作出之改正，代表的正是她的閱讀反應與心理活動，又是怎樣的狀況呢？以上的這幾個問題，便是本章所欲探討並解決的問題。因此，本章將聚焦於周穎芳《精忠傳彈詞》一書之主題思想，分別從家國觀、性別觀、宗教觀三方面加以剖析，除了方便與其母之《夢影緣》作一相異點比較之外，還希望進一步凸顯其與錢彩《說岳全傳》之衍變，以補岳飛研究之空白，企圖透過此比較，將周穎芳之撰寫意圖予以彰顯。

第一節　家國觀

　　周穎芳之《精忠傳彈詞》跳脫了傳統的閨閣題材，選擇英雄人物岳飛（1103～1142）作為主角，王璦玲說：「人們之所以會對特定歷史事件產生興趣，有

寫張俊棄淮和岳飛收復淮西、兵救襄陽兩事，是其它書中所沒有的，今摘錄於此。」見杜穎陶、俞芸編，《岳飛故事戲曲說唱集》（上海：上海古籍出版社，1985年4月，新1版1刷），頁100。

〔註11〕見譚正璧著，《中國女性文學史》，收錄在譚正璧著，譚壎、譚篪編，《譚正璧學術著作集》（上海：上海古籍出版社，2012年5月，第1版第1刷），冊2，頁409。

〔註12〕見董上德著，《古代戲曲小說敘事研究》（廣州：廣東高等教育出版社，2011年5月，第2版第2次印刷），頁102～103。

時係因在現實生活中出現某些問題，這些問題激發了人們對歷史的聯想，促使人們迫切地從歷史中去尋求答案，而人們在現實中的渴望、訴求與感慨亦有時會藉助於歷史表現出來。」〔註13〕因此，對於周穎芳的這一個選擇，筆者以為，除了與她所處的晚清現狀有關之外，還受到個人的成長環境所影響。〔註14〕亦即：晚清局勢之混亂，促使她將目光從閨閣轉向社會；個人生命之遭遇，促使她以創作抒發一己之憾恨。以下，筆者試圖從晚清現狀出發，先陳述晚清社會現狀，再來探究岳飛這一人物形象，在歷史的演變中，呈現了怎樣的轉變？而周穎芳置入岳飛這一人物，其所欲凸顯的創作意識是什麼？在時代的氛圍中，是否也有其他女作家們與周穎芳一樣，關懷的對象從家庭跨越到國家呢？周穎芳在錢彩的版本基礎之上所作的接受與反應，是否洩漏了她個人的意識呢？以上所提出之問題，都將在此節作一討論。

一、宋金對抗與晚清現狀

　　岳飛所處的時代，是一個宋金對抗的局勢，而周穎芳所處的時代，正是清朝面臨外國勢力進逼的艱困時期，兩者的共同點便是國家與外族之間所形成的對立關係。以下先敘述岳飛所處之社會，再敘述周穎芳所處的清朝社會現狀，將兩者作一比對，以呈現兩書在國家與外族對立情勢上的相同點，進一步推測並且理解為何周穎芳要選擇岳飛這一人物，來作為寫作的對象。

　　若以時代背景來看，清朝受到外國勢力的威脅，正如同宋朝面臨外族的侵逼一般。岳飛所處的宋朝，是一個備受外族威脅的時代。起初，威脅北宋的是遼，之後是金。面對金人的進逼威嚇，岳飛興起救國之志，即使面臨奸人算計，他仍然心繫宋室興亡，最後雖被害而死，〔註15〕但他忠義的形象不

〔註13〕見王瓊玲著，〈明末清初歷史劇之歷史意識與視界呈現〉，收錄在胡曉真主編，《世變與維新：晚明與晚清的文學藝術》（台北：中研院文哲所籌備處，2004年12月，1版2刷），頁193。

〔註14〕羅雪飛認為「我國文學發展過程中有關岳飛的文學作品頗多，宋元以來就相繼出現了以岳飛為題材的故事、話本、雜劇，到明清有關岳飛的戲曲、小說更加興盛。這一題材作品的出現有諸多原因，與統治者的需求和社會的發展密不可分。」見氏著，〈論《精忠記》中岳飛形象的形成及原因〉，《濮陽職業技術學院學報》，第26卷2期，2013年4月，頁39。

〔註15〕關於岳飛之死，鄧廣銘《岳飛傳》認為元兇是秦檜，見氏著，《岳飛傳》，收錄在《鄧廣銘全集》（石家莊：河北教育出版社，2005年7月，第1版第1刷），卷2，頁380～394。龔延明則認為直接起因「正是由於岳飛挺身而出保護抗金名將韓世忠；至於更深層次的原因，不是別的，就是高宗、秦檜投降

斷在民間流傳加工，悲劇英雄的形象日漸豐富。〔註16〕最後還在明神宗萬曆四十三年，封岳飛爲神祇「三界靖魔大帝」，受到百姓的供奉崇敬，民國初年，岳飛與關羽合祀，〔註17〕「在晚清到民國的官方推導演繹下，關羽和岳飛被符號化並成了國家控制場域下「忠義」軍魂之神靈象徵。」〔註18〕岳飛備受崇拜，王璦玲針對此現象指出：「岳飛崇拜的出現，與其說是岳飛事蹟的感人，不如說是時代對岳飛的選擇。」〔註19〕此說不僅對於岳飛崇拜之盛行提供解答，更讓我們思考周穎芳選擇岳飛作爲題材之時代背景。

　　周穎芳所身處之清朝後期，中國深受外國勢力的傾軋，根據李樞所撰之《精忠傳彈詞》序言，同治乙丑（1865），周穎芳之夫婿嚴謹死於苗變，後三年，她開始創作《精忠傳彈詞》一書，迄光緒乙未（1895）始完稿，而她本人歿於書成之年。在周穎芳創作的這三十年時間，正是清朝深受外族威逼而局勢混亂之時，周穎芳眼見國家遭逢此難，遂於創作中加入了自己對於時代氛圍的感知，以彈詞小說的文體，表現出對於現實的關懷。

　　在主角的選擇上，被視爲英雄的岳飛便是首選，岳飛在國家危急之際承擔起救國之重責大任，深受民間百姓推崇，雖然岳飛的事蹟在史書上之記載，

派集團打擊抗戰派的高壓政策。」見龔延明著，〈關於岳飛之死直接起因的眞相——兼與《也談岳飛之死》作者商榷〉，收錄在龔延明、祖慧主編，《岳飛研究·第5輯：紀念岳飛誕辰900周年暨宋學國際學術研討會論文集》（北京：中華書局，2004年8月，北京第1版第1刷），頁46。

〔註16〕魏晉風將岳飛、諸葛亮相提並論，認爲「岳飛的愛國主義，諸葛亮的鞠躬盡瘁、死而後已的偉大精神和傳統美德，代表了中國古代小說中英雄悲劇精神的最高境界。」見氏著，〈壯美人生，悲憤結局——中國古典小說之英雄悲劇精神〉，《松遼學刊（哲學社會科學版）》，第1期，2000年2月，頁20。關於岳飛的悲劇形象，李長江〈淺析《說岳全傳》中岳飛的悲劇形象〉一文可參考，見《黑龍江科技信息》，2010年第17期，頁179。

〔註17〕其實，關羽早在岳飛冤死之前即已受到民間崇敬，具備武神之地位，「可是在岳飛之前，徽欽兩朝的危機已深，關公在軍人心中，已嶄然露頭角，早在萬神廟裏打到地位，南宋人自未便邋點關羽，獨崇武穆，所以由南宋末至元明初，便形成關岳比肩，並爲『武聖』之局。」參見黃華節著，《關公的人格與神格》（台北：台灣商務印書館，1997年12月，第2版第2刷），頁196。

〔註18〕見田海林、李俊領著，〈「忠義」符號：論近代中國歷史上的關岳祀典〉，《山東師範大學學報（人文社會科學版）》，第57卷1期（總第240期），2012年，頁86。

〔註19〕見王璦玲著，〈明末清初歷史劇之歷史意識與視界呈現〉，收錄在胡曉眞主編，《世變與維新：晚明與晚清的文學藝術》，頁237。

受到秦檜後代秦熺擔任史官恣意竄改，〔註20〕導致有訛誤偏頗之弊；且根據當時日曆之官所言：

> 自八年冬，檜既監修國史，岳飛每有捷奏，檜輒欲沒其實，至形於色。其間如闊略其姓名，隱匿其功狀者，殆不可一、二數。

權勢甚大的秦檜，從紹興八年至二十五年（1138～1155），藉由監修國史的機會，隱匿、詆毀岳飛之功，以欺騙後世，因此，有關岳飛事蹟之正史記錄不可盡信。其後，岳飛之孫岳珂（1183～1242）〔註21〕秉持著「朝夕憂惕，廣搜旁訪而訂正之，一言以上，必有據依，而參之以家藏之詔，本月日不謬而後書。」〔註22〕的態度編撰了《鄂國金佗稡編》一書，關於此書之撰寫過程及資料來源，岳珂自述：

> 自幼侍先臣霖膝下，聞有談其事之一、二者，輒強記本末，退而識之。故臣霖亦憐其有志，每為臣盡言，不厭諄複。在潭州時，今國子博士臣顧杞等嘗為臣霖搜別遺載，訂考舊聞，葺為成書。……自年十二、三，甫終喪制，即理舊編。……竊意舊編所載，容有闕遺，故姑緩之。逮臣束髮遊京師，出入故相京鏜門，始得大訪遺軼之文，博觀建炎、紹興以來紀述之事。下及野老所傳，故吏所錄，一語涉其事，則筆之於冊。積日纍月，博取而精覈之，……蓋五年而僅成一書，上欲以明君父報功之誼，中欲以洗先臣致毀之疑，下欲以信後世無窮之傳。〔註23〕

岳珂根據其父岳霖口述、民間傳說及訪求野老、史傳資料，累積而有成，使得後人得以在岳飛殘存之資料外，有可供參考的另一種選擇。但由於此書是岳飛之後代子孫所撰編，對於先人多少有溢美之辭，關於此點，董上德說：「岳

〔註20〕 例如：宋高宗委派秦熺主編《高宗日曆》，此書記載建炎元年至紹興十二年之間史事，而此時也正是岳飛靖康元年至死於冤獄的時期。根據宋・李心傳撰，《建炎以來繫年要錄》卷122，紹興八年九月乙巳注云：「蓋紹興十二年以前日曆，皆成於檜子熺之手。」見清・紀昀等奉敕撰，《景印文淵閣四庫全書》（台北：台灣商務印書館，1986年3月，初版），冊326，頁651。

〔註21〕 張清發於碩士論文中寫岳珂生卒年起迄為「1183～1243？」。

〔註22〕 以上參見宋・岳珂編，王曾瑜校注，〈籲天辨誣通敘〉，《鄂國金佗稡編・續編校注》（北京：中華書局，1999年3月，北京第1版第2刷），冊下，卷20，頁1026。

〔註23〕 見宋・岳珂編，王曾瑜校注，〈經進鄂王行實編年卷之六・昭雪廟諡〉，《鄂國金佗稡編・續編校注》，冊上，卷9，頁827～828。

珂不僅誇大祖父的學養，而且還繪聲繪形地描述了祖父的幼年故事，其間不無虛構的成分和或多或少添附上去的傳奇色彩。」〔註24〕對此，鄧廣銘說：「南宋人士關於岳飛事蹟的記載，可以分爲兩個系統：一個是官史的系統，如《日曆》、《實錄》之類，全是出之於秦檜及其私黨之手的；另一個是家傳的系統，最早問世的爲《岳鄂王行實編年》，是出於飛之孫、霖之子岳珂之手的。當時幾部重要的史學著述，如熊克的《中興小歷》、徐夢莘《三朝北盟會編》和李心傳的《建炎以來繫年要錄》等，大都是以官史爲本的。而對於後代影響最大的卻是岳珂所作的家傳。」〔註25〕、「見於官史系各書中的岳飛，和見於家傳系諸書中的岳飛，雖同是一人，而卻具有幾乎全不相同的兩種面貌。」〔註26〕因此，若要多方查考岳飛事蹟，除了以官史爲本的徐夢莘《三朝北盟彙編》、李心傳《建炎以來繫年要錄》、元·脫脫《宋史》等書，尚需參考民間所流傳之岳飛事蹟，以得較爲客觀公允之說。

周穎芳面對國家局勢之動盪，企圖喚醒國人救亡圖存之意識，若從鮑震培對於彈詞發展階段的分期來看，周穎芳所處爲晚清時期（光緒至清末民初），此時期之彈詞「除《鳳雙飛》外鮮有以往那樣長的篇幅，其他的主要作品有《精忠傳》、《四雲亭》、《九仙枕》、《俠女群英史》、《英雄譜》、《雙魚佩》、《五女緣》、《精衛石》等。晚清時期，民族與家國意識非常強烈，在彈詞小說中也有反映。」〔註27〕從鮑震培對於晚清彈詞小說之主題歸納，可知彈詞女作家對於自身所處之時代充滿著憂慮與不安，此期之作品風格一轉，呈現作家對於時代之敘事及家國意識。周穎芳《精忠傳彈詞》便是一例，爲了凸顯自身對於國族之憂患意識，她在歷史人物的取材上，選擇以岳飛作爲心志的展現。除了如李楣之序所言，岳飛是她心中的英雄典範之外，讀者更要探問的是：選擇岳飛作爲敘寫對象，在她所身處的社會現狀，是否還有其他深刻用意？筆者以爲，周穎芳選擇岳飛作爲主要人物，是對於晚清社會現實與南宋面對外族入侵的一種歷史連結。在歷史的教訓中，南宋君臣面對金人侵

〔註24〕見董上德著，《古代戲曲小說敘事研究》，頁153。

〔註25〕見鄧廣銘著，〈《宋史》岳飛、張憲、牛皋、楊再興傳考源〉，《鄧廣銘治史叢稿》（北京：北京大學出版社，1997年6月，第1版第1刷），頁567。

〔註26〕見鄧廣銘著，〈《宋史》岳飛、張憲、牛皋、楊再興傳考源〉，《鄧廣銘治史叢稿》，頁568。

〔註27〕見鮑震培著，《清代女作家彈詞研究》（天津：南開大學出版社，2008年5月，第1版第1次印刷），頁92。

逼採取主和的態度，造成了主戰派將領岳飛的冤死，這樣的情勢若對照清朝面對外國勢力傾軋的現狀，是否暗示了女性作家對於國事的態度主張。對此，鮑震培說：「支持她寫作的力量固然是沿襲彈詞為女性寫作及「女史」筆「家國」情的大敘事傳統，而時值晚清前期，「家國」遂有多重詮釋的可能，老套子的宋代抗金英雄故事是否指向越來越激烈的中與外、漢與滿的兩種民族危機呢？面對清王朝的內憂外患，作為個性書寫的女作家彈詞呈現出憂國憂民之沉重情懷和希冀英雄救世的理想計劃。」〔註28〕回溯周穎芳開始創作《精忠傳彈詞》的時間，是她喪夫三年之後，其夫嚴謹因苗變而殉職的遭遇，勢必引發女作家對於亂事的深刻感觸，在這一段時間裡，中國正遭受第一次英法聯軍（1857）的進逼，1860 年英法聯軍進京，火燒圓明園，外國勢力的威脅逐漸增強，周穎芳面對清朝的積弱不振，聯想到的便是歷史上著名的抗金英雄岳飛，現實上的空缺由文學想像來加以填補，國事的不振，遂引發對於抵抗外族英雄的渴求，〔註29〕於是，以彈詞體寫成《精忠傳彈詞》一書。而岳飛之形象原本為抵抗外族的英雄，這對清朝政府而言是不利的，因為對於中原漢族而言，清朝自身就是外族，因此，岳飛的形象在清朝是經過另一番的詮釋，使得周穎芳在大加闡揚岳飛精忠精神時，不致於引發認同的問題。

二、岳飛的精神意義轉化：民族英雄到盡忠報國

關於岳飛的形象，存在著歷史上和文學上的差異。〔註30〕史傳上的岳飛事蹟由於受到秦檜及其後代記錄失實的影響，必須參考野史及民間傳說，方能有較為客觀的說法。而關於講述岳飛故事的起源，其實從南宋就已開始，據《夢梁錄》記載：

〔註28〕見鮑震培著，《清代女作家彈詞研究》，頁 176。
〔註29〕對此，王璦玲說：「在沒有『英雄』，而人們自己又難以成為『英雄』的時代，他們既懷念歷史上建功立業者，又渴望拯物濟世之『英雄』的再現。於是，歷史上的『英雄』，如岳飛、關羽、張飛、韓信、蘇秦等等，就反覆出現在歷史劇的人物系列中。他們既是作家所嚮往的對象，又是被作家所理想化了的『自我』。人們要從歷史『英雄』那裏，找到證實自己存在價值的有力證明，同時，也通過這些人物，抒寫、揭示他們意欲伸展個人抱負的強烈願望。」見王璦玲著，〈明末清初歷史劇之歷史意識與視界呈現〉，收錄在胡曉真主編，《世變與維新：晚明與晚清的文學藝術》，頁 237。
〔註30〕參見石劍著，〈壯志未酬身先死，千古奇冤「莫須有」──歷史上的岳飛和文學作品上的岳飛〉，《漯河職業技術學院學報》，第 11 卷 3 期，2012 年 5 月，頁 54～56。

講史書者，謂講說《通鑑》、漢、唐歷代書史文傳，興廢爭戰之事，有戴書生、周進士、張小娘子、宋小娘子、邱機山、徐宣教；又有王六大夫，元係御前供話，爲幕士請給，講諸史俱通，於咸淳年間，敷演《復華篇》及《中興名將傳》，聽者紛紛，蓋講得字眞不俗，記問淵源甚廣耳。〔註31〕

善於講述諸史的民間說書人王六大夫，於南宋度宗咸淳年間（1265～1275），敷演講述《復華篇》及《中興名將傳》，使得聽眾極受吸引。關於《復華篇》及《中興名將傳》究竟指的是哪兩本書，學者有不同的意見，有一說認爲《復華篇》實爲「福華編」之誤，〔註32〕而《中興名將傳》「應該就是《小說開闢》所說的「新話說張、韓、劉、岳」之類。」〔註33〕又據南宋‧羅燁《醉翁談錄》卷首《舌耕敘引‧小說開闢》記載：

也說黃巢撥亂天下，也說趙正激惱京師。說征戰有劉、項爭雄，論機謀有孫、龐鬥智。新話說張、韓、劉、岳；史書講晉、宋、齊、

〔註31〕見宋‧吳自牧著，〈小說講經史〉，《夢梁錄》，卷20，收錄在宋‧孟元老等著，《東京夢華錄（外四種）》（台北：大立出版社，1980年10月，未著版刷），頁313。

〔註32〕認同此說者有：孫楷第〈宋朝說話人的家數問題〉一文之註云：「《復華篇》當作《福華編》，乃賈似道門客廖瑩中作，以諛似道援鄂之功。」見氏著，〈宋朝說話人的家數問題〉，《滄州集》（北京：中華書局，2009年1月，北京第1版第1刷），卷1，頁58；張政烺說：「惟王六大夫所講有《復華篇》及《中興名將傳》乃本朝事。……先是，劉筍有《亂華編》，……廖瑩中《福華編》蓋即對《亂華編》而作，謂賈似道禦虜之功造福於中華也。王六大夫所講當即廖書，乃爲賈似道作民間宣傳，《夢梁錄》作《復華篇》者，字之訛也。《中興名將傳》當與宋朝南渡《十將傳》相類，演說滋蔓至明未已，本所整理明清內閣大庫檔案，嘗得明刊本《大宋中興通俗演義附會纂宋岳鄂武穆王精忠錄後集》，又稱爲《大宋演義中興英烈傳》者，即其苗裔也。」見張政烺著，〈講史與詠史詩〉，收錄在《國立中央研究院歷史語言研究所集刊》第10本（台北：商務印書館，1948年），頁604～605；胡士瑩說：「這裡提到的《復華篇》是《福華編》之誤。……由此可見王六大夫是一位能編寫話本擅說「鐵騎兒」的藝人。《福華編》之外，他還在勾欄中敷演《中興名將傳》，《中興名將傳》大約就是《醉翁談錄》中的「新話說張（浚）韓（世忠）劉（錡）岳（飛）」。」見氏著，《話本小說概論》（北京：中華書局，1982年7月，北京第1版第2次印刷），冊上，頁61～62。程毅中著，《宋元小說研究》（南京：江蘇古籍出版社，1998年2月，第1版第1刷），頁261。不認同此說者有：陳汝衡著，《說書史話》（北京：人民文學出版社，1987年5月，北京新1版第1次印刷），頁67～69。

〔註33〕見程毅中著，《宋元小說研究》，頁261。

> 梁。《三國志》諸葛亮雄材；收西夏說狄青大略。說國賊懷奸從佞，
>
> 遣愚夫等輩生嗔；說忠臣負屈銜冤，鐵心腸也須下淚。〔註34〕

由上述兩條記錄，可見從南宋岳飛遇害之後，民間就開始講述岳飛抗金及冤死的經過，此時著重的是岳飛冤死的經過。而此則記載中「新話說張、韓、劉、岳」一句，點出說書底本的主要人物，但對於此中興四將「張、韓、劉、岳」之人物所指，則有不同說法，有張俊、韓世忠、劉光世、岳飛一說，另一說則將劉光世改爲劉錡，而此四人在文學作品中的地位是有所升降的，李繼偉認爲：「從整體上看，南宋的說岳故事基本上是依照「張、韓、劉、岳」在歷史中的眞實情況來塑造中興四大將形象的，元代至明初的說岳故事則突出地強調了岳飛在中興四大名將中的統帥地位。從明代中期開始，中興四大名將形象在說岳故事體系中出現了明顯的分化：岳飛的地位越來越高，成爲中興四大名將中的首要人物；韓世忠逐漸成爲岳飛形象的陪襯角色；張俊和劉光世的地位大跌，張俊的反面人物嘴臉日益暴露，而劉光世的形象則呈現出淡化的趨勢，並逐漸爲另一位抗金更爲積極的將領——劉錡所取代。」〔註35〕岳飛由南宋時位列四人之末，隨著時代更迭，到了明代中期，岳飛的地位越來越高，甚至超越了韓世忠。爲何岳飛的地位能超越張、韓、劉三人呢？董上德認爲「除了相較而言岳飛的爲人比較受人喜愛之外，他的悲劇性結局是使他的形象得以逐步提升的重要因素。」〔註36〕

　　元代講述岳飛故事的作品體裁產生新變，首次出現了戲劇作品——孔文卿《東窗事犯》，這一齣雜劇「借助於民間的幽冥觀念，充分表達出人們痛恨權奸，希望英雄沉冤得雪的愛憎感情。」〔註37〕此劇影響了後代岳飛故事中重要的兩個情節——「東窗陰謀」、「瘋僧戲秦」。〔註38〕「東窗陰謀」亦見於

〔註34〕見丁錫根編著，《中國歷代小說序跋集》（北京：人民文學出版社，1996 年 7 月，北京第 1 版第 1 刷），冊中，頁 587～588。

〔註35〕見李繼偉著，《從簡單到複雜，從紀實到虛構——「說岳」故事人物形象流變歷程考論》（北京：首都師範大學碩士論文，2009 年 5 月），頁 28。

〔註36〕見董上德著，《古代戲曲小說敘事研究》，頁 158。

〔註37〕見強金國著，〈岳飛形象從悲劇英雄、倫理英雄到民族英雄芻議〉，《時代文學》，2009 年第 3 期，頁 62。

〔註38〕關於「瘋僧戲秦」及「胡迪遊地獄」之情節，爲何在明代熊大木《大宋中興通俗演義》中大篇幅渲染呢？石昌渝說：「推測作者的意思，一則是泄憤，……二則爲勸善懲惡，意在告訴當國的權奸，肆意爲惡，總有一天會得到秦檜的下場。」參見石昌渝著，〈從《精忠錄》到《大宋中興通俗演義》——小說商品生產之一例〉，《文學遺產》，2012 年第 1 期，頁 128～129。

錢彩《說岳全傳》第六十一回，敘述秦檜與其妻王氏謀劃陷害岳飛之事，所
謂「縛虎難降空致疑，全凭長舌使謀機。仗此黃柑除後患，東窗消息有誰知。」
〔註39〕其實「東窗陰謀」早見於元代劉一清《錢塘遺事》，題名爲「東窗事發」，
記載如下：

> 秦檜欲殺岳飛，於東窗下謀其妻，王夫人曰：「擒虎易，放虎難。」
> 其意遂決。後檜遊西湖，舟中得疾，見一人披髮厲聲曰：「汝誤國害
> 民，我已訴於天，得請於帝矣。」檜遂死。夫人思之，未幾，秦熺
> 亦死。方士伏章見熺荷鐵枷，因問秦太師所在，熺曰：「吾父見在酆
> 都。」方士如其言而往，果見檜與万俟卨俱荷鐵枷，備受諸苦。檜
> 曰：「可煩傳語夫人：東窗事發矣。」〔註40〕

此處將秦檜陷害岳飛之事，直指王氏爲其中要角，並將秦檜、秦熺安排死後
入酆都受刑。與同爲元代孔文卿《東窗事犯》相較，董上德說：「我們在雜劇
《地藏王證東窗事犯》裡看到，故事中的歷史感性進一步增強，與《錢塘遺
事》的記載相比，更富有斥奸袪惡的想像力，並且借助於塑造「呆行者」的
形象，藝術地彌合了有關岳飛的「既定陳述」與「補充陳述」之間的縫隙。」
〔註41〕其後，明代田汝成《西湖游覽志餘》卷四亦記載此事，〔註42〕文字記
載與《錢塘遺事》相似，「可見「東窗」故事一經出現，就幾乎成了秦檜及其
妻子陷害岳飛的「鐵證」，得到人們的廣泛認可。」〔註43〕但是，董上德認爲
在殺害岳飛這件事上，王氏未必能有如此大之影響力，「在集體記憶中的王
氏，其「歹毒」形象的「定格」，是出於醜化秦檜的需要。」〔註44〕

〔註39〕見清・錢彩編次，金豐增訂，《說岳全傳》，第 61 回，頁 366。
〔註40〕此段文字見元・劉一清撰，《錢塘遺事》，卷 2，收錄在清・紀昀等奉敕撰，《景
印文淵閣四庫全書》，冊 408，頁 974。紀昀等人於書前之提要，說明元代劉
一清所撰之《錢塘遺事》一書，「雖以錢塘爲名，而實紀南宋一代之事，高、
孝、光、寧四朝所載頗略，理、度以後敘錄最詳，大抵雜採宋人說部而成，
故頗與《鶴林玉露》、《齊東野語》、《古杭雜記》諸書互相出入，雖時有詳略
同異，亦往往錄其原文。」見清・紀昀等奉敕撰，《景印文淵閣四庫全書》，
冊 408，頁 960。
〔註41〕見董上德著，《古代戲曲小說敘事研究》，頁 166～167。
〔註42〕見明・田汝成著，〈佞倖盤荒〉，《西湖遊覽志餘》，卷 4，收錄在楊家駱編，《大
陸各省文獻叢刊第一集》（台北：世界書局，1963 年 5 月，初版），冊 5，頁
73。
〔註43〕見董上德著，《古代戲曲小說敘事研究》，頁 164。
〔註44〕見董上德著，《古代戲曲小說敘事研究》，頁 172。

　　而「瘋僧戲秦」則見於錢彩《說岳全傳》第七十回，秦檜夫婦前往靈隱寺進香，遇瘋僧以詩譏刺，若將瘋僧之詩橫看，則爲：「久占都堂，閉塞賢路」八字，瘋僧言：「若見「施全」面，奸臣命已危。」瘋僧之語借「詩全」與「施全」之諧音以譏諷秦檜夫婦，例如：「在東窗下‘傷涼（商量）’，沒有了‘藥（岳）家附（父）子’，所以醫不得。」或其後秦檜叫住持拿兩個饅頭給瘋僧打發他離開，瘋僧卻把饅頭的餡全倒在地上，且說：「別人吃你陷，僧人卻不吃你陷。」秦檜被施全行刺之後，欲捉拿瘋僧，但只見瘋僧留下的束帖，寫著：「偶來塵世作瘋癲，說破奸邪返故國。若然問我家何處，卻在東南第一山。」〔註45〕若將此書與周穎芳《精忠傳彈詞》相比較，會發現周穎芳同樣在書中敘述了秦檜夫婦「東窗陰謀」一事，見於第六十回，但「瘋僧戲秦」所譏刺之內容，卻僅僅以第六十六回的五句話交代，「遇一瘋僧傳偈語，奸情揭破示奸徒。言言刺骨難逃網，事發東窗指賊婆。」雖也保留了瘋僧所留之束帖，但字句有些微更動，〔註46〕使得韻腳更合乎押韻句式，卻省略了諧音譏諷的部分。

　　有學者認爲由於元代是外族入侵中原，因此，對於岳飛抗金的部分是採取壓抑忽略的策略，使得元代的岳飛故事不僅數量少，同時，也較圍繞在秦檜陷害岳飛的忠奸對抗上。〔註47〕伏滌修曾針對宋元至明清的岳飛題材戲曲進行研究，他指出：

> 岳飛題材戲曲的主題呈現歷時性的嬗變。早期的岳飛戲以揭露抨擊奸佞構陷忠良爲主旨，著重表達對岳飛冤死的悲憤之情，明代的岳飛戲則以表現岳飛精忠勇武爲核心，到了晚明與清代，在傳說化地表現岳飛事蹟的同時，更出現了改變岳飛命運結局的翻案補憾類劇作，在岳飛題材戲曲中，岳飛形象經歷了由受冤致死的歷史悲劇英雄到精忠報國的民族英雄再到作爲忠義化身的文化英雄的變化過程。〔註48〕

〔註45〕以上參見清‧錢彩編次，金豐增訂，《說岳全傳》，第70回，頁428～431。

〔註46〕瘋僧留下之詩曰：「偶來塵世作瘋顛，說破奸邪返故關。若然問我家何處，卻在東南第一山。」以上參見清‧嚴周穎芳著，《精忠傳彈詞》（上海：商務印書館，1935年4月，國難後第1版），第66回，頁619。

〔註47〕參見包紹明著，〈岳飛故事的流傳與演變（上）〉，《福建師範大學學報（哲學社會科學版）》，1994年第4期，頁65。

〔註48〕見伏滌修著，〈岳飛題材戲曲的主題嬗變〉，《藝術百家》，2008年第3期（總第102期），頁149。相關主題的論文還有母進炎著，〈論中國古代戲曲中的岳

由上文可知岳飛形象在戲曲中的演變，有一個從悲劇英雄到民族英雄，再到
文化英雄的演變過程。李繼偉也總結說：「與宋代說岳故事注重緬懷英烈不
同，元代說岳故事更側重於表現爲岳飛辯明清白、對秦檜嚴加懲罰的內容。」
〔註49〕
　　到了明代，熊大木《大宋中興通俗演義》出現，關於此書的編輯方式，《大
宋中興通俗演義‧序》中說：

　　　　以王本傳行狀之實蹟，按《通鑑綱目》而取義。至於小說與本傳互
　　　　有同異者，兩存之，以備參考。或謂小說，不可紊之以正史，余深
　　　　服其論，然而稗官野史實記正史之未備。〔註50〕

按照熊大木之序言，可知《大宋中興通俗演義》一書擁有虛實相間的特性，
因此，伊維德（Wilt Idema）認爲熊大木是「在《通鑑綱目》或它的續集之一
所提供的一個按年代次序排列的大綱裡，他增添了從廣泛的不同來源裏所找
到的資料，如他找不到虛構的素材，他就讓《通鑑綱目》本身來塡補空缺。」
〔註51〕但有學者認爲此書「過分依賴史書，而失去了文學藝術性；《精忠記》
等戲曲作品多取材於民間傳說，卻又背離了藝術的眞實。」〔註52〕但金豐顯
然對於小說創作之虛實有深刻之體會，因此在錢彩《說岳全傳》一書之序言
中，明白指出並肯定此書虛實兼有的特色，茲引如下：

　　　　從來創說者，不宜進出於虛，而亦不必盡由於實。苟事事皆虛，則
　　　　過於誕妄，而無以服考古之心；事事皆實，則失於平庸，而無以動
　　　　一時之聽。……以言乎實，則有忠、有奸、有橫之可考；以言乎虛，
　　　　則有起、有復、有變之足觀。實者虛之，虛者實之，娓娓乎有令人
　　　　聽之而忘倦矣。〔註53〕

飛戲〉，《黔南民族師範學院學報》，2004 年第 5 期，頁 23～27。

〔註49〕見李繼偉著，《從簡單到複雜，從紀實到虛構──「說岳」故事人物形象流變
歷程考論》（北京：首都師範大學碩士論文，2009 年 5 月），頁 13。

〔註50〕見明‧熊大木編，《大宋中興通俗演義》（上海：上海古籍出版社，影印本），
冊上，頁 2～3。

〔註51〕見伊維德（Wilt Idema）著，安建燊譯，〈南宋傳與飛龍傳〉，收錄在靜宜文理
學院中國古典小說研究中心主編，《中國古典小說研究專集2》（台北：聯經出
版事業公司，1981 年 8 月，初版第 2 次印行），頁 206。

〔註52〕見朱恒夫著，〈岳飛故事：史實的拘泥與民間性的失度〉，《明清小說研究》，
2005 年第 4 期（總第 78 期），頁 15。

〔註53〕清‧金豐著，《說岳全傳‧序》，見清‧錢彩編次，金豐增訂，《說岳全傳》，
未標頁數。

若站在敘事學的角度來看作品虛實的問題，浦安迪（Andrew H.Plaks）認為以中國的敘事文學審美之角度來看，實與虛不僅對立，還帶有互補成分，也就是說在小說的敘事中，雖然帶有外在的不真實，例如：運用神怪妖魔等形象，但小說文本內部所詮釋的卻是生活中的真實面。〔註54〕而小說家在虛與實之間的掌握與運用，夏志清曾歸納寫作模式如下：

> 主要的正角在他們年輕時有很多基本雷同的經驗。作者告訴我們他們是什麼星宿下凡的，初生和在襁褓中時有什麼異象，他們拜某人或某位神仙為師，他們怎樣獲得一匹寶馬和兵器，後來成為他們征戰時的良伴，他們患難相共的結拜兄弟如何受到朝廷當權的奸臣逼害，以及他們初次參加比武的情形。〔註55〕

夏志清此言雖是歸納戰爭小說而得，但不論是錢彩《說岳全傳》或周穎芳《精忠傳彈詞》，均符合其所歸納之範式。有學者認為此種寫作模式，與神話英雄之塑造相關。〔註56〕在以岳飛為題材的小說中，伏滌修認為《說岳全傳》一書的出現，「把岳飛形象的塑造推上了高峰，小說對此前的岳飛小說、戲曲、說唱文藝進行了吸收改造又加入了作者自己的想像發揮，小說雖然寫岳飛被秦檜害死，但它的主導傾向是寫岳飛的精忠、威武與神勇。」〔註57〕而針對通俗文學作品，鄒賀認為岳飛的形象隨著不同時代的社會現狀，是由政府的官方態度所決定。〔註58〕

雖然清人對於岳飛極為尊崇，但耐人尋味的是，岳飛所對抗的對象是金人，而清人正是金人女真族之後，兩者皆為異族出身，不屬於漢族正統。因

〔註54〕 以上參見〔美〕浦安迪（Andrew H.Plaks）教授講演，《中國敘事學》（北京：北京大學出版社，1998年1月，第1版第2刷），頁31～32。

〔註55〕 見夏志清著，〈戰爭小說初論〉，《夏志清文學評論經典：愛情‧社會‧小說》（台北：麥田出版社，2007年9月，初版1刷），頁111。

〔註56〕 蕭兵論述除害英雄之童年出身、神賜寶物、棄子主題等，在各國文學作品中的共通母題及其背後文化意涵。他認為《說岳全傳》中的岳飛從蟒蛇那裡得到金槍，「這種神劍寶刀的獲得建立了英雄的權威和地位。」書中還引用王孝廉的說法，認為龍蛇常代表水患，得劍斬蛇可能隱喻著人類對於生存環境中所遭遇之水患的克服。參見氏著，《太陽英雄神話的奇蹟（三）——除害英雄篇》（台北：桂冠圖書股份有限公司，1992年1月，初版1刷），頁70～72。

〔註57〕 見伏滌修著，〈岳飛題材戲曲的主題嬗變〉，《藝術百家》，2008年第3期（總第102期），頁152。

〔註58〕 參見鄒賀著，〈岳飛形象的歷史演變探析——以通俗文學作品為中心〉，《渭南師範學院學報》，第26卷9期，2011年9月，頁42～44、頁60。

此，自宋朝即開始流傳於民間的岳飛故事，不論是戲曲或小說，到了清高宗時被查禁。乾隆四十五年（1780）十一月乙酉，高宗下了一道詔書，茲引如下：

> 上諭軍機大臣等：前令各省將違礙字句書籍，實力查繳，解京銷燬。現據各督撫等陸續解到京者甚多。因思演戲曲本內，未必無違礙之處，如明季國初之事，有關涉本朝字句，自當一體飭查。至南宋與金朝關涉詞曲，外間劇本，往往有扮演過當，以致失實者，流傳久遠，無識之徒，或至轉以劇本為真，殊有關係，亦當一體飭查。此等劇本，大約聚於蘇揚等處，著傳諭伊齡阿全德留心查察，有應刪改及抽徹者，務為斟酌妥辦。並將查出原本，暨刪改抽徹之篇，一併黏籤解京呈覽。但須不動聲色，不可稍涉張皇。〔註59〕

清高宗對於戲曲及小說中有涉及明清之際、南宋與金朝之故事，均列在查禁範圍內，〔註60〕而這項查禁之事，還被記載於孫殿起《清代禁燬書知見錄》、《清代禁燬書目》等書。為何清代官方要查禁岳飛相關小說戲曲？這牽涉到清人為女真後代的身分，王璦玲指出：「在岳飛戲遭禁的同時，楊家將戲則被捧，究其原因，無非是因為岳飛戲寫抗金，楊家將戲則寫抗遼。凡此皆可見清廷有針對性地禁燬岳飛戲的陰暗心理。」〔註61〕《說岳全傳》不僅在清代被列為查禁對象，〔註62〕早在雍正四年（1726）即將岳飛從武廟當中移出，

〔註59〕《大清高宗純皇帝實錄》，卷1118，見河洛圖書出版社編審編譯，《元明清三代禁燬小說戲曲史料》，第一編〈中央法令〉，「乾隆四十五年令刪改抽徹劇本」條（台北：河洛圖書出版社，1980年1月，台景印初版），頁45～46。

〔註60〕關於清高宗查禁的小說戲曲書目，可參見河洛圖書出版社編審編譯，《元明清三代禁燬小說戲曲史料》，第一編〈中央法令〉，「乾隆朝禁燬小說戲曲書目」條，頁47～50。

〔註61〕見王璦玲著，〈明末清初歷史劇之歷史意識與視界呈現〉，收錄在胡曉真主編，《世變與維新：晚明與晚清的文學藝術》，頁240。

〔註62〕參見安平秋、章培恒主編，《中國歷代禁書目錄》（台北：竹友軒出版社，1992年2月，初版），頁142。此禁書目錄是「據清‧姚覲元《禁燬書目四種》、陳乃乾《索引式的禁書目錄》、孫殿起《清代禁書知見錄》、王利器《元明清三代禁燬小說戲曲史料》、《清實錄》、《清代文字獄檔》等書彙編刪汰而成。」（見安平秋、章培恒主編，《中國歷代禁書目錄》，頁108。）但錢彩《說岳全傳》在乾隆年間被查禁後，卻又在嘉慶三年（1798）、六年（1801）與同治九年（1870）刊刻，對此現象，賈璐推測應是在內容上有所增刪之後，方再刊行。見賈璐著，〈岳飛題材通俗文學作品摭談〉，收錄在岳飛研究會編，《岳飛研究》第三輯（北京：中華書局，1992年9月，北京第1版第1刷），頁342。

武廟中僅獨留關公供後人參拜,「此乃意圖利用『以關代岳』的文化策略,將關羽塑造成武聖正統,同時達到貶抑岳飛的政治目的。」〔註63〕直到嘉慶時解除了禁書令,《說岳全傳》才又大爲流行。其後,清朝政府爲了提倡岳飛的救國精神,只好在岳飛的精神意義上進行轉化,將岳飛形象進行改造轉型的工作,使得原本強調岳飛是民族英雄的論調,一轉而爲盡忠報國的忠臣典範。將民族英雄岳飛扭轉爲盡忠報國的形象後,對於清朝政府來說,就沒有所謂族群認同的問題。而此種意義上的轉化,也造成岳飛事蹟或小說、戲曲在傳播上的順利,周穎芳便在國事不振,亟需救國的時機,闡述岳飛的忠孝精神。不過,筆者以爲周穎芳在現實的國家局勢之外,仍然帶有個人書憤的意義存在,也就是說,以岳飛爲主角當然是基於現實的需要,但除此之外,作家個人的創作意圖,仍然有著爲個人家世遭遇而發洩的目的,亦即周穎芳也在這一本彈詞作品中,藉由大罵陷害忠良的奸人時,趁機責罵劾奏其祖父的大臣,爲忠良發聲,〔註64〕也闡發揚忠斥惡的主題。面對家與國之不幸遭遇,在書寫個人內心不平情緒時,前所述之虛實寫作手法,當然也被周穎芳所吸收並加以運用。

第二節　性別觀

　　周穎芳《精忠傳彈詞》一書,雖然大部分情節、文句與錢彩《說岳全傳》相差無幾,但細究全書可發現,兩人在性別觀上有些許差異,《說岳全傳》偏重男性,而周穎芳《精忠傳彈詞》則偏重女性,以下將分別從岳母命名及岳妻招贅兩方面來討論,探討的文本則兼顧史書及文學作品,尤其是錢彩《說岳全傳》的相關故事情節。

一、顛覆男尊女卑

（一）岳母命名

　　關於岳飛之字號命名,可以將史書與文學作品加以比對,其中由誰替岳飛命名取字,有不同的安排。根據《宋史・岳飛傳》記載:

〔註63〕參見張清發著,《岳飛故事研究》,見曾永義主編,《古典文學研究輯刊三編》
　　　　（新北市:花木蘭出版社,2011年9月,初版),冊29,頁117。
〔註64〕相關討論,請見本論文第六章第二節,此不贅述。

岳飛字鵬舉，相州湯陰人。世力農。父和，能節食以濟饑者。有耕
侵其地，割而與之；貸其財者不責償。飛生時，有大禽若鵠，飛鳴
室上，因以爲名。〔註65〕

又根據其孫岳珂《鄂國金佗稡編》卷第四〈經進鄂王行實編年〉卷之一記載：

及生先臣之夕，有大禽若鵠，自東南來，飛鳴於寢室之上。先臣和
異之，因名焉。〔註66〕

可知是其父岳和爲岳飛命名，而錢彩《說岳全傳》第一回，敘述如來佛將大
鵬鳥降落紅塵以償還冤債，大鵬鳥飛至相州岳家，投生爲年近半百之員外岳
和之子，陳摶老祖化爲一老道人，爲岳和之子命名：

我看令郎相貌魁梧，長大來必然前程萬里，遠舉高飛，就取個「飛」
字爲名，表字「鵬舉」。何如？員外聽了，心中大喜，再三稱謝。

〔註67〕

此段敘述，則改爲由陳摶老祖替他命名，〔註68〕陳摶老祖在小說中，不僅替
岳飛命名，並向岳和預言將來。作者如此之安排，不僅延續《說岳全傳》之
神話色彩，以一位傳說中的人物來替作者說出即將發生之事，也向讀者預告
情節。對於《說岳全傳》之因果報應思想頗有微辭的周穎芳，刪除了其中的
果報輪迴，也將岳飛的命名者做了改變，《精忠傳彈詞》第一回，敘述岳和夫
人姚氏，於四十歲始有孕，〔註69〕夢見繞飛屋頂之鷹投其懷中，仔細一看才

〔註65〕見元・脫脫等撰，《宋史》卷365，列傳第124（北京：中華書局，1985年6
　　　　月，湖北新1版第1刷），冊33，頁11375。
〔註66〕見宋・岳珂編，王曾瑜校注，《鄂國金佗稡編・續編校注》，冊上，頁56。
〔註67〕見清・錢彩編次，金豐增訂，《說岳全傳》，第1回，頁5。
〔註68〕陳摶爲唐末五代時人，宋太宗曾經賜「希夷先生」之號，在《道藏》中有許
　　　　多關於他的傳說和事蹟，參見李遠國著，〈陳摶其人其事〉，《文史知識》編輯
　　　　部編，《儒佛道與傳統文化》（北京：中華書局，1990年，第1版），頁331～
　　　　336。胡萬川說：「陳摶在歷史上是個謎樣的人物，自宋以下野史、筆記、神
　　　　仙傳，甚至宋史都有關於他的記載。」見氏著，〈中國的江流兒故事〉，《真實
　　　　與想像──神話傳說探微》（台北：里仁書局，2010年10月，初版），頁193。
　　　　甚至有他是江流兒的傳說，《堅瓠集》辛集卷之三〈陳圖南〉：「群談採餘，陳
　　　　圖南莫知所出。有漁人舉網，得物甚巨，裹以紫衣，如肉毯狀，攜以還家，
　　　　溉釜爇薪，將煮食之。暨水初熱，俄雷電繞室大震，漁人惶駭，取出擲地，
　　　　衣裂兒生，乃從漁人姓陳，名摶。」見清・褚人穫著，《堅瓠集》，收錄於《續
　　　　修四庫全書》編纂委員會編，《續修四庫全書・子部・小說家類》（上海：上
　　　　海古籍出版社，2002年3月，第1版第1刷），冊1261，頁306。
〔註69〕王曾瑜引用岳珂所編《鄂國金佗稡編》卷十三，三十二歲的岳飛於紹興四年

發現是隻彩鳳，醒後肚痛產子，由她取名為「飛」。《精忠傳彈詞》第一回之敘述如下：

> 院君含笑開言道：「昨夜飛鳳入寢門，可將飛字爲名兆，君意何如可贊成？」員外聞言連道好，依卿即取此爲名，又題表號稱鵬舉，鵬程萬里看飛騰。書成遞與安人看，互相稱讚慰歡情。〔註70〕

中國人向來重視男丁，對於命名之事尤其愼重，年屆不惑之年始生一子，對於岳家而言是一大喜事，岳和連連慶賀蒼天賜福。面對命名大事，身爲女性作家的周穎芳，在安排上迥異於男性文人，在傳統以男性爲尊，家中大事由男性作主的時代氛圍下，周穎芳勇於突破傳統，將岳母的地位提高，由她來替家中的長子命名，意義至爲重大。

除了由岳母替岳飛命名，岳母在歷史上極爲著名的，便是關於岳母是否在岳飛背上刺字，以及所刺之字是「盡忠報國」還是「精忠報國」這兩個問題，學者們撰有專文探討。《鄂國金佗稡編》卷第九〈經進鄂王行實編年〉卷之六〈遺事〉：

> 先臣天性至孝，自北境紛擾，母命以從戎報國，輒不忍。屢趣之，不得已，乃留妻養母，獨從高宗皇帝渡河。〔註71〕

《宋史》卷三百八十，列傳第一百三十九〈何鑄傳〉：

> 鑄引飛至庭，詰其反狀。飛袒而示之背，背有舊涅「盡忠報國」四大字，深入膚理。〔註72〕

《宋史》卷三百六十五，列傳第一百二十四〈岳飛傳〉：

> 檜遣使捕飛父子證張憲事，使者至，飛笑曰：「皇天后土，可表此心。」初命何鑄鞫之，飛裂裳以背示鑄，有「盡忠報國」四大字，深入膚理。〔註73〕

王曾瑜根據以上三處資料，將上述兩問題作一回應，首先她認爲「岳母深明大義，然而應是沒有文化的農婦，大概不會自己刺字。」其次，她說：「人們

所上之《乞侍親疾箚子》：「臣老母姚氏年幾七十」一句，「可知姚氏三十六、七歲時生岳飛。」見宋・岳珂編，王曾瑜校注，《鄂國金佗稡編・續編校注》，冊上，頁56。

〔註70〕見清・嚴周穎芳著，《精忠傳彈詞》，第1回，頁2。
〔註71〕見宋・岳珂編，王曾瑜校注，《鄂國金佗稡編・續編校注》，冊上，頁737。
〔註72〕見元・脫脫等撰，《宋史》，冊33，頁11708。
〔註73〕見元・脫脫等撰，《宋史》，冊33，頁11393。

往往將後高宗賜『精忠岳飛』旗與岳飛背上刺字混淆，稱『精忠報國』，係誤。」
〔註74〕那麼，爲什麼民間會流傳岳母刺字之說呢？筆者以爲這與周穎芳《精
忠傳彈詞》將岳飛命名工作交由岳母的意義相同，都是爲了抬高岳母對於岳
飛的影響，這即是中國人所重視的家教，岳飛時刻秉持忠臣孝子圭臬行事，
必定有著良好的家教傳統，而中國的家教傳統便是賢母課子，於是在眾多賢
哲的生平中，讀者將見到眾多賢母身影，她們以身教言教的方式課子有成，
造就歷史上的賢人哲士，而岳飛這一位英雄自不能免，讀者想像岳母之賢明
課子，這在錢彩《說岳全傳》及周穎芳《精忠傳彈詞》均有所著墨，而以在
岳飛背上刺字的方式，則表現出岳母極爲深刻的期許。

（二）岳妻招贅

　　關於岳飛之妻李孝娥，歷來有兩種說法，一說李孝娥爲元配，另一說李
孝娥爲續配，元配則爲劉氏。岳珂《鄂國金佗稡編》卷第九《行實編年》卷
之六〈秦國夫人李氏遺事〉記載：

> 聚（筆者案：當爲「娶」）李氏，名娃，字孝娥。奉其姑有禮度，又
> 能籌理軍事。先臣出軍，則必至諸將家，撫其妻、子，以恩結之，
> 得其歡心。在宜興日，先臣嘗召至行在，部下謀叛，李氏得之，不
> 言。一日，會諸將於門，即坐告之，捕斬叛者，一軍肅然。〔註75〕

關於李孝娥爲元配的說法，有以下幾家：

　　由李漢魂所編之《宋岳武穆公飛年譜》記載：

> 重和元年戊戌（1118），武穆十六歲，夫人李氏來歸。〔註76〕

錢汝雯編《宋岳鄂王年譜》卷一記載：

> 《金佗宗譜・李夫人傳》：「名娃，字孝娥，年十八，歸於王，時政
> 和八年戊戌也，敬事尊嫜，懋著閫德，越己亥，長子雲生。」〔註77〕

同書卷六：

〔註74〕 以上參見宋・岳珂編，王曾瑜校注，《鄂國金佗稡編・續編校注》，冊上，頁
　　　　67～68。

〔註75〕 見宋・岳珂編，王曾瑜校注，《鄂國金佗稡編・續編校注》，冊上，頁803。

〔註76〕 見李漢魂編，《宋岳武穆公飛年譜》（台北：台灣商務印書館，1980年5月，
　　　　初版），頁6。

〔註77〕 見清・錢汝雯編，《宋岳鄂王年譜》，民國十三年鉛印本，收錄在北京圖書館
　　　　編，《北京圖書館藏珍本年譜叢刊》（北京：北京圖書館出版社，1999年4月，
　　　　第1版第1刷），冊23，頁109。

《李夫人傳》:「孝宗卹祿時,年已六十餘,始由嶺海以言旋,再享從前之封號,諸子並與官補,孫枝競秀,門祚再興,制詞所云,皆紀實也。淳熙二年,壽終江西,賜葬江州。」〔註78〕

王曾瑜於引文之後云:「岳飛前妻劉氏改嫁一事,《高宗日曆》既有岳飛奏,決非出自秦熹之流杜撰。時理學尚未盛行,婦女改嫁,尚非失節大事。後世編纂之《金佗宗譜》顯然篡改史實,將李娃改爲元配夫人。李娃在建炎四年居宜興,生岳霖,則應在建炎二、三年間嫁岳飛。她比岳飛年長兩歲,嫁時已有二十八、九歲。」〔註79〕

關於李孝娥爲續配的說法,則見於宋·徐夢莘撰《三朝北盟會編》卷兩百零七有一段記載:

飛執兵權之日,遣使臣王忠臣往楚州韓世忠處下書,得回書,欲歸。臨行,世忠囑之曰:「傳語岳宣撫,宣撫有結髮之妻,見在此中嫁作一擁押之妻,可差人來取之。」忠回,密報飛以世忠語,飛且曰:「履冰渡河之日,留臣妻侍老母,今妻兩經更嫁,臣切骨恨之。已差人送錢五百貫,以助其不足,恐天下不知其由也。」〔註80〕

宋·李心傳撰《建炎以來繫年要錄》卷八,引用《紹興日曆》之記載:

八年六月十三日丁卯,飛又奏:「臣始從陛下至北京,留妻劉氏侍臣老母」云云。〔註81〕

李心傳《建炎以來繫年要錄》卷一百二十:

(紹興八年六月)初,湖北、京西宣撫使岳飛之在京師也,其妻劉氏與飛母留居相州。及飛母渡河,而劉改適。至是在淮東宣撫處置使韓世忠軍中,世忠諭飛復取之,飛遺劉錢三百千。丁卯,以其事聞,且奏「臣不自言,恐有棄妻之謗」。詔答之。〔註82〕

李安《岳飛史蹟考》:

〔註78〕 見清·錢汝雯編,《宋岳鄂王年譜》,民國十三年鉛印本,收錄在北京圖書館編,《北京圖書館藏珍本年譜叢刊》,冊23,頁549。

〔註79〕 見宋·岳珂編,王曾瑜校注,《鄂國金佗稡編·續編校注》,冊上,頁804。

〔註80〕 見宋·徐夢莘撰,《三朝北盟會編》,卷207,收錄在清·紀昀等奉敕撰,《景印文淵閣四庫全書》,冊352,頁165。

〔註81〕 見宋·李心傳撰,《建炎以來繫年要錄》,卷8,收錄在清·紀昀等奉敕撰,《景印文淵閣四庫全書》,冊325,頁161。

〔註82〕 見宋·李心傳撰,《建炎以來繫年要錄》,卷120,收錄在清·紀昀等奉敕撰,《景印文淵閣四庫全書》,冊326,頁624~625。

根據岳氏宗譜，可以查知岳夫人之年齡，長於武穆二歲，於十八歲
時與小於兩歲之武穆結婚。婚後之次年在故里生長子雲，雲非養子
可以由此辨正。夫人連生五男二女，以武穆年齡計算：十七歲時
（1119）長子雲生。二十四歲時（1126）次子雷生。二十八歲時（1130）
三子霖生。三十三歲時（1135）四子震生。三十七歲時（1139）五
子霆生。又生女二：名安娘、銀瓶。〔註83〕

李安此說，總結了岳雲是岳飛與李孝娥之長子，而非養子的說法。錢汝雯於
《宋岳鄂王年譜》卷一云：「按王家無姬妾，五子二女皆李夫人出。」〔註84〕

　　從以上之敘述，可知李孝娥長岳飛兩歲，並且於十八歲時嫁給岳飛，兩
人生五子二女。但在周穎芳《精忠傳彈詞》中卻將李孝娥安排成「裊裊婷婷
年二八」，〔註85〕是一位具備才德容貌的十六歲少女，與岳飛是「佳偶同庚緣
巧合，天生好對鳳鸞交」，〔註86〕兩人年庚相同，是天造地設的佳偶。彈詞小
說中的女主角多是德、才、美三者兼備之人。例如：《再生緣》的孟麗君、《筆
生花》的姜德華，《夢影緣》的林纖玉、宋紉芳，《精忠傳彈詞》岳飛之妻李
孝娥（李鳳倩）「閉月羞花不待云，天生絕世無雙女，慧質蘭心秀出群，詠絮
簪花稱獨步，賢良德性更無倫。」〔註87〕

　　年庚相同的安排，不只在周穎芳《精忠傳彈詞》，其母鄭澹若《夢影緣》
一書中的佳偶——莊夢玉與宋紉芳二人，不僅出生時辰相同，甚至連作品也
相同。〔註88〕作者刻意營造出生辰相同，甚至是作品相同的目的，可能是要
造成一種巧合，進而有「奇緣果是蒼天賜」之命定感。

　　周穎芳《精忠傳彈詞》中李孝娥並非嫁入岳家，而是招贅岳飛，這一點
對於傳統以男為主的觀念是一大顛覆。傳統婚姻觀中，男婚女嫁是理所當然，
但周穎芳《精忠傳彈詞》第四回敘述：

　　　岳爺道：「孩兒贅他處，非是一天半日，母親獨居於此，左右無人侍
　　　奉，兒有虧為子之道，所以深慮耳。」……次日，岳母來至王院君

〔註83〕見李安著，《岳飛史蹟考》（台北：正中書局，1969年12月，台1版），頁29。
〔註84〕見清・錢汝雯編，《宋岳鄂王年譜》，民國十三年鉛印本，收錄在北京圖書館
　　　　編，《北京圖書館藏珍本年譜叢刊》，冊23，頁109。
〔註85〕見清・嚴周穎芳著，《精忠傳彈詞》，第4回，頁21。
〔註86〕見清・嚴周穎芳著，《精忠傳彈詞》，第4回，頁23。
〔註87〕見清・嚴周穎芳著，《精忠傳彈詞》，卷上，第4回，頁21。
〔註88〕見清・霞下生著，《夢影緣》，第11回，收錄在沈雲龍主編，《中國通俗章回
　　　　小說叢刊3》（台北：文海出版社，1971年，初版），頁160～161。

處，將岳爺昨日至李公處赴宴之事，說了一遍，并言李公要岳爺入
贅的話。〔註89〕

除了岳飛入贅李家之外，山東豪傑孟邦傑與湯懷至平陽地安營，遇樊家莊樊
瑞之兩女，雙方有爭鹿之事，後湯懷娶長女，孟邦傑娶次女，但周穎芳寫：

邦傑自入贅樊家，朝朝寒食，夜夜元宵，又有那美貌妻兒，真喜得
樂而忘返。〔註90〕

此外，若將錢彩《說岳全傳》與周穎芳《精忠傳彈詞》兩書加以對照，則會
發現錢彩一書並未寫出岳飛妻子的名字，僅知道她是李春之女，在其他地方
對她的描寫不多，而周穎芳的故事版本則對她著墨較多，將人物的個性面貌
勾勒得較為清晰，使男性作家寫成的《說岳全傳》與女性作家寫成的《精忠
傳彈詞》有了不同之處。

二、推崇義烈女子

在周穎芳《精忠傳彈詞》書中，不僅推崇男子之義，例如：牛皋就是一
位極重視義氣的人物，若與錢彩《說岳全傳》相比，對於女子之義、烈格外
側重。〔註91〕因此，可在《精忠傳彈詞》中看到女性的不同面貌，〔註92〕例

〔註89〕 見清‧嚴周穎芳著，《精忠傳彈詞》，第4回，頁26～27。

〔註90〕 見清‧嚴周穎芳著，《精忠傳彈詞》，第29回，頁252。

〔註91〕 趙斌針對錢彩《說岳全傳》一文之人物改造手法，他認為除了岳飛之外，「其
他人物刻劃基本是：對忠臣弱化形象，對奸臣強化形象，對友人重塑形象，
對部下改裝形象。這種刻意的藝術處理方式，除了是運用古典小說中常用的
「眾星捧月」手法外，最主要的使滿足文本因敘述中心的改變，而引起地原
有人物形象和關係構成的變化。」以上參見氏著，〈論《說岳全傳》中人物的
改造〉，《才智》，2012年第10期，頁186～187。

〔註92〕 除了女性的不同面貌之外，岳飛故事中的重要人物之一，也就是金邦四太子
金兀朮，他的文學形象也有演變的過程，使其逐漸走向中原文化並接受漢化，
強調他的仁義特質及愛將惜士的英雄特質，張春曉認為「這種帶有理想主義
的人物功能之所以在異族領袖身上完成塑造，和明清之際的輿論主流係將宋
之敗跡全歸責於奸臣裡通外國、陷害忠良，而非民族矛盾相互呼應。從而將
金人更多地置於他者的客觀性存在，形成文學塑造中的便利。終以兀朮形象
這一非漢角色，完成了對漢民族性的內在省視。」以上參見氏著，〈論金兀
朮文學形象流變〉，《中國文化研究》，2012年冬之卷，頁55～67。關於對金兀
朮形象的美化，亦可參看李琳著，〈《說岳全傳》「說本」來源和乾隆成書說新
證〉，《鄭州大學學報（哲學社會科學版）》，第37卷5期，2004年9月，頁
153。但金兀朮畢竟是代表異族，因此錢彩《說岳全傳》虛構了他與秦檜妻王
氏之姦情，使民間讀者對於異族之憤恨得以發洩。見清‧錢彩編次，金豐增
訂，《說岳全傳》，第46回，頁269。

如：岳飛之母岳太君賢良課子，以及岳夫人才、德、貌兼備之外，對女子之刻劃多偏重於義、烈的德行，以下分別從義與烈兩方面分別敘述：

（一）義

周穎芳《精忠傳彈詞》一書迥異於錢彩《說岳全傳》之處，便是對於女子之面貌有較多之著墨，尤其是揭示推崇女子之義烈。在女子之義行的展現方面，可以從張邦昌元配蔣氏、柴郡娘及梁紅玉等人之行為，見識女子對於義行之發揚。

張邦昌元配蔣氏，在得知張邦昌迎接宋高宗君臣八人至府中，假騙要前往武昌通知岳飛前來保駕，事實上卻是與王鐸密謀，欲向粘罕營中報信，要將宋高宗獻給金兀朮。她決定要加以營救，遂告知宋高宗等人攀爬花園圍牆而逃，蔣氏料想終究逃脫不過，遂選擇上吊而亡。〔註 93〕同為奸人之妻，張邦昌元配蔣氏選擇大義滅親，而秦檜之妻王氏卻是一大對比。秦檜之妻王氏在民間流傳的版本中，被指控是陷害岳飛的主謀，是她提醒秦檜「縛虎容易縱虎難」，〔註94〕導致岳飛父子三人冤死風波亭。有學者認為民間之所以流傳此說，是受到「最毒婦人心」說法的影響，遂將陷害岳飛之罪，由秦檜、宋高宗轉移到婦人之上，以秦檜之妻王氏來擔起這陷害忠良的罪名。

「柴郡娘感義酬恩」是《精忠傳彈詞》第六十四回的回目，此回回溯昔日岳飛槍挑小梁王柴桂之事，柴桂之子排福收到秦檜之信，要他處死岳氏一門，以雪當年岳飛殺父之仇。排福將此事稟告其母柴郡娘，卻遭到斥責：「你不可聽信奸臣，壞卻一身名節」，柴郡娘遂將當年柴桂誤聽金刀王善之事告與排福，並讚揚岳飛乃保國忠臣之士。〔註 95〕柴郡娘的深明大義、恩仇辨明，遂使岳氏滿門逃過一劫，干始得到報應。

最後談到梁紅玉這一人物，她在周穎芳《精忠傳彈詞》中出現在第十一回，回目為「梁夫人礮炸兩狼關」，錢彩《說岳全傳》則出現在第十七回，回目為「梁夫人炮炸失兩狼」，但考諸史實，並無「梁夫人炮炸失兩狼」之事。《說岳全傳》從第三十六回到第四十五回，都在極力描寫岳飛與金兀朮牛頭山之戰，最後寫梁紅玉擊鼓戰金山，金兀朮在黃天蕩大敗，最後掘通了老鸛河之後才得以逃命。但根據《宋史》卷三百六十四、列傳一百二十三〈韓世

〔註93〕見清・嚴周穎芳著，《精忠傳彈詞》，第 30 回，頁 268。
〔註94〕見清・嚴周穎芳著，《精忠傳彈詞》，第 60 回，頁 556。
〔註95〕參見清・嚴周穎芳著，《精忠傳彈詞》，第 64 回，頁 604。

忠傳〉記載，黃天蕩之役卻是先於牛頭山大戰，茲引如下：

> 撻辣在濰州，遣字菫太一趨淮東以援兀朮，世忠與二酋相持黃天蕩
> 者四十八日。……（兀朮）謂諸將曰：「南軍使船如使馬，奈何？」
> 募人獻破海舟策。閩人王某者，教其舟中載土，平版鋪之，穴船版
> 以櫂槳。風息則出江，有風則勿出。海舟無風，不可動也。又有獻
> 謀者曰：「鑿大渠接江口，則在世忠上流。」兀朮一夕潛鑿渠三十里，
> 且用方士計，刑白馬，剔婦人心，自割其額祭天。次日風止，我軍
> 帆弱不能運，金人以小舟縱火，矢下如雨。……敵得絕江遁去。
> 〔註96〕

也就是史實中，是韓世忠大敗金兀朮於黃天蕩在先，金兀朮從鎮江逃出，準
備前往建康時，被岳飛在牛頭山埋伏截擊，《宋史》卷三百六十五〈岳飛傳〉
記載如下：

> 兀朮趨建康，飛設伏牛頭山待之。夜，令百人黑衣混金營中擾之，
> 金兵驚，自相攻擊。兀朮次龍灣，飛以騎三百、步兵二千馳至新城，
> 大破之。兀朮奔淮西，遂復建康。〔註97〕

那麼，為何《說岳全傳》要顛倒史實之先後次序呢？張清發認為「小說為強
調岳飛英雄戰將的形象，故特意顛倒次序加以改編」，〔註98〕而周穎芳《精忠
傳彈詞》在描寫這一段情節時，作者透過金兀朮一角，寫出男性眼中的梁紅
玉，巾幗鬚眉的梁紅玉，「巧梳雲鬢珠冠罩，星眼蛾眉一點唇，桃花粉面如秋
月，柳腰一稔掌中輕，戎衣蜀錦春花色，繡鎧魚鱗綠錦裙，龍泉三尺橫腰下，
狐革袋內皂雕翎，坐鞍上色黃膘馬，尖尖十指大刀掄。」〔註99〕透過細緻描
摹，將梁紅玉的柔美與陽剛表露無遺。

（二）烈

　　周穎芳《精忠傳彈詞》一書中，以岳雲之妻鞏麗姝及岳飛之女銀瓶小姐
來闡發女子之烈行。《精忠傳彈詞》第六十二回，敘說惡人馮忠、馮孝奉了矯
召包圍湯陰元帥府，準備捉拿全眷前往京城。「此等事鞏夫人早在意中，遂不

〔註96〕見元・脫脫等撰，《宋史》，冊32，頁11361。

〔註97〕見元・脫脫等撰，《宋史》，冊33，頁11378。

〔註98〕見張清發著，《明清家將小說研究》（高雄：國立高雄師範大學國文研究所博
　　　　士論文，2004年），頁113。

〔註99〕見清・嚴周穎芳著，《精忠傳彈詞》，卷上，第11回，頁89。

慌不忙」，〔註100〕岳雲之妻鞏麗姝在面對此等狀況，沉穩應付，在臨行之前，「少夫人便將各家人婦工食付清，各侍兒的身契盡行燒了」，爲避免這些外姓之人受到牽連，要大伙兒各自尋求生路。〔註101〕於此，讀者看到的是一位能調配得當、獨當一面的女子，在面對生死未卜的情況，仍然從容以對的態度，「麗姝才智勝男兒」，〔註102〕果然不假。第六十四回之回目「鞏夫人冰清玉潔」更見鞏夫人之烈行昭昭，此回敘述岳夫人全眷來到滇南，南寧太守干始爲秦檜奸黨，早受秦檜之託，捏造一份假名單，干始早知鞏夫人擁有傾國傾城之貌，遂點名要見鞏夫人，她一見干始便大罵：

> 喝聲奸賊好狂頑，^{須曉我}岳氏一門忠義士，^汝休作尋常他犯看。奉旨流徙臣節伏，視生如死有何難。大人伏罪忠於主，子孝臣忠無愧顏，自分甘爲英烈婦，豈能玷辱此門楣，寧爲烈烈轟轟鬼，廣攝無恥賣國奸。〔註103〕

鞏夫人絲毫不畏懼奸人，手指怒罵不絕，爲了不愧對岳家一門忠義，鞏夫人罵畢即撞上石階，幸有隨行婦人扶持，得以護全。鞏夫人自甘爲英烈之婦，不畏懼死亡，充分展露女子之烈行。此外，第七十三回敘述鞏夫人不僅是烈婦，受封爲貞籙主，「亦因日夜侍奉辛苦，且又割股療親，過於傷痛，竟隨鶴駕共返瑤天。」〔註104〕可見鞏夫人不僅展現女子之烈行，更實踐了女子之孝行。

　　周穎芳《精忠傳彈詞》一書，以銀瓶小姐昇仙作結，此爲與錢彩《說岳全傳》相異處。關於岳銀瓶，《鄂國金佗續編》卷十三〈先兄琛等補官告〉：

> 承隆興元年四月二十三日三省同奉聖旨，岳飛孫琛并女安娘夫特與補承信郎。尋差人取索到本家供狀，稱女安娘夫係高祚，令依前項指揮，並補承信郎，並命詞給告，伏候指揮。〔註105〕

宋・周密撰《癸辛雜識・續集》卷下之「銀瓶娘子籤」記載：

> 太學忠文廟，相傳爲岳武穆王并祠所謂銀瓶娘子者，其籤文與天竺一同。〔註106〕

〔註100〕見清・嚴周穎芳著，《精忠傳彈詞》，第62回，頁579。
〔註101〕見清・嚴周穎芳著，《精忠傳彈詞》，第62回，頁580。
〔註102〕見清・嚴周穎芳著，《精忠傳彈詞》，第62回，頁576。
〔註103〕見清・嚴周穎芳著，《精忠傳彈詞》，第64回，頁603。
〔註104〕見清・嚴周穎芳著，《精忠傳彈詞》，第73回，頁702。
〔註105〕見宋・岳珂編，王曾瑜校注，《鄂國金佗稡編・續編校注》，冊下，頁1323。
〔註106〕見宋・周密撰，《癸辛雜識・續集》，卷下，收錄在清・紀昀等奉敕撰，《景印文淵閣四庫全書》，冊1040，頁89。

王曾瑜校注云：「相傳銀瓶娘子爲岳飛次女，岳飛遇難時，抱銀瓶投井而死。若確有此事，《金佗稡編》應不至於全無記載。」〔註107〕李漢魂編《宋岳武穆王飛年譜》一書之後有附編〈岳武穆遺跡考〉，其中有〈臨安第六·銀瓶井〉一文，茲引如下：

> 銀瓶井亦稱孝娥井，以王季女銀瓶聞王被害，投井殉孝得名。查銀瓶事蹟，正史無考，僅散見於野乘之中，即王孫珂所撰忠武行實，於卷末備敘忠武家屬時，亦謂忠武僅有一女安娘，適高祚，隆興元年詔補承信郎，而無所謂銀瓶者，故世人每疑出於附會，然宋元已來，歷有記載，固不能謂無其人也。現則岳廟從祀都爲銀瓶，而安娘反湮滅無聞，亦所謂有幸有不幸歟。至其所以號稱銀瓶，據楊雪湖瑣談，則謂係王夫人夢抱銀瓶而生，故字之，而他書則均謂係抱銀瓶投井得名，至何以抱瓶，據嘉興府志則謂瓶係王賜，傳說紛紜莫衷一時。〔註108〕

由李漢魂之文，可知銀瓶事蹟並不存於正史，僅在民間流傳。民間版本是岳飛長女爲安娘，季女爲銀瓶，周穎芳《精忠傳彈詞》即沿用此說，而錢彩《說岳全傳》中僅出現銀瓶小姐，卻未見安娘之身影。錢彩《說岳全傳》第六十三回寫眾人尋獲岳飛等人之棺木，銀瓶小姐想道：「我是個女兒，不能爲父兄報仇，在世何爲？千休萬休，不如死休！」回頭見路旁有一古井，遂縱身一躍而亡。〔註109〕錢彩《說岳全傳》對於銀瓶小姐之亡，僅以躍井而亡一筆帶過，其後，孝宗先封爲「孝和夫人」，〔註110〕後加封「貞烈孝義仙姑」；〔註111〕周穎芳《精忠傳彈詞》在運用銀瓶小姐的傳說時，所費之筆墨顯然比錢彩《說岳全傳》爲多。

首先，不僅運用了岳飛之女躍井而亡，還扣合了「銀瓶」之典故，也就是岳飛之女雯小姐是帶著岳飛賜與她的八角鏤銀瓶，向著八角琉璃井中奮身縱去，未滿二七芳齡即已香消玉殞。〔註112〕其次，還交代了安娘與銀瓶小姐的關係，但將傳說中姊妹的關係，更進一步賦予了轉世之說，由於岳飛「愛

〔註107〕見宋·岳珂編，王曾瑜校注，《鄂國金佗稡編·續編校注》，冊上，頁810。

〔註108〕見李漢魂編，《宋岳武穆王飛年譜·附編》，頁99。

〔註109〕以上參見清·錢彩編次，金豐增訂，《說岳全傳》，第63回，頁386。

〔註110〕見清·錢彩編次，金豐增訂，《說岳全傳》，第74回，頁453。

〔註111〕見清·錢彩編次，金豐增訂，《說岳全傳》，第80回，頁500。

〔註112〕以上參見清·嚴周穎芳著，《精忠傳彈詞》，第61回，頁565～566。

女情深，所感而至，安姊死年，即雯姊生年。」安娘不僅轉世爲雯小姐，還
成爲女仙，並且在夢中以胡麻飯和玉漿露醫治悲傷致疾的岳霖。〔註113〕第三，
雯小姐身旁的女婢穎兒奉岳夫人之命，喬裝前往湯陰送信給岳雲之妻鞏夫
人，〔註114〕途中得遇鮑方老祖收爲徒，教授奇門法術，〔註115〕夢中與岳夫人
敘舊情，並告知她岳飛「現居爵府隨天帝」，勸慰岳夫人「功成即日迓仙旌」。
〔註116〕之後，化爲一道裝少俊，在秦檜之妻王氏慘死時，向旁人詳述秦檜之
妻王氏之惡行。〔註117〕最後，在書之最末回，以雯小姐昇仙作結，安排由岳
飛告知她乃上界散花仙女轉世，而今返璞歸眞成爲玉眞仙姑，更應批閱《性
命圭旨》一書，虔誠修煉，最後晉封爲眞元仙姑，岳王府眾人最後天上一家
團聚。〔註118〕筆者以爲這亦是中國小說傳統「大團圓」的一種展現，張清發
在分析家將小說時，他說：「以家將小說來看，『大團圓』之所以被運用在『忠
奸抗爭』的結構中，主要是爲了滿足『懲惡揚善』的倫理要求。」〔註119〕而
以《夢影緣》和《精忠傳彈詞》這兩部彈詞小說來看，書末全家歡聚天上的
情節，也算是另一種「大團圓」，只是場景不是人間而是天上，作者展現的正
是一個「三界」的概念，《夢影緣》以天上始，以天上終；《精忠傳彈詞》一
改《說岳全傳》以天上始，以天上終的安排，在第一回中，將空間改爲人間，
寫岳飛幼年與母親遭遇洪水，〔註120〕以至於被迫離開故鄉，也才有機會遇到
恩師周侗，展開學藝、交友、比武等一連串的情節。周穎芳之所以更動第一
回天上的情節，也就是實踐她創作《精忠傳彈詞》的動機：破除因果輪迴的

〔註113〕見清・嚴周穎芳著，《精忠傳彈詞》，第 65 回，頁 608。
〔註114〕參見清・嚴周穎芳著，《精忠傳彈詞》，第 61 回，頁 568。
〔註115〕參見清・嚴周穎芳著，《精忠傳彈詞》，第 68 回，頁 639。
〔註116〕參見清・嚴周穎芳著，《精忠傳彈詞》，第 68 回，頁 659。
〔註117〕參見清・嚴周穎芳著，《精忠傳彈詞》，第 68 回，頁 660。
〔註118〕參見清・嚴周穎芳著，《精忠傳彈詞》，第 73 回，頁 702～705。
〔註119〕見張清發著，《明清家將小說研究》（高雄：國立高雄師範大學國文研究所博
　　　　士論文，2004 年），頁 90。
〔註120〕關於岳飛幼年遭遇洪水的情節，有學者指出遭遇水難是成就英雄的方式之
　　　　一，不只岳飛，狄青也是這類「江流兒」的人物。參見胡萬川著，〈中國的江
　　　　流兒故事〉，《眞實與想像——神話傳說探微》（台北：里仁書局，2010 年 10
　　　　月，初版），頁 177～200。「江流兒」之主題研究，亦可參考陶思炎著，〈論
　　　　水難英雄〉，《民間文學論壇》，1987 年第 4 期，頁 28～34。以及劉寧波著，〈「水
　　　　難」英雄研究〉，收錄在《民間文學論壇》，1993 年第 3 期（總第 62 期），頁
　　　　36～41。

思想。〔註121〕不過,她仍然沿用末回寫眾人成仙,全家歡聚天上的安排,因此形成一強烈的對比,奸人於地獄受盡嚴懲,而忠義之士昇天成仙,作者於此所欲揭示之思想,正是懲惡揚善,也讓民間百姓為他們所崇敬的岳飛,吐一口冤氣,心情方得以平復。

由以上所述,可見周穎芳對於銀瓶小姐之典故運用得較為完整,同時,又多加入了轉世之說與身旁女婢穎兒在故事情節中的分量,安排劍仙穎兒見證了秦檜之妻惡報的下場,向世人宣揚善惡有報的觀念。此外,所提及之《性命圭旨》一書乃道教經典,足見此書之宗教意味,書末安排全家團聚天上,則與其母鄭澹若《夢影緣》一書相同。

不論是錢彩《說岳全傳》,或是周穎芳《精忠傳彈詞》,均將銀瓶小姐推崇至忠、義、孝、烈的典範,觀諸書中的其他女子,皇帝所賜與的封號亦不離忠、義、孝、烈,有學者認為:「《說岳》中女性形象的價值意義,主要體現在深化頌忠反奸主題和推動情節發展兩方面。」〔註122〕筆者以為,不僅具備這兩項意義,其最高意義在於反映了對女性所要求的至高價值標準。

第三節　宗教觀

岳飛故事從南宋民間流傳至清代,有各種不同體裁呈現,洪素真說:「從其形式的多樣,內容的豐富,可以想見清代中葉以後岳飛故事在民間傳唱的盛況,……多數的說唱文學作品集中於敘述岳飛身後事,如胡迪謗閻、瘋僧掃秦、風波亭之類的作品,講述因果報應、勸善懲惡,彰顯岳飛之精忠,嚴懲秦檜之奸惡,以符合民間善惡果報的認知。」〔註123〕而錢彩《說岳全傳》被視為集大成者,但根據周穎芳《精忠傳彈詞》之序,言明周穎芳此書是為了反對說岳故事所傳達的因果輪迴情節而作。此說岳故事指的是錢彩《說岳全傳》一書,那麼,首先必須對錢彩《說岳全傳》一書的因果輪迴作一番闡述,之後再討論周穎芳對錢彩《說岳全傳》的接受與改變,以凸顯出她的宗教觀。

〔註121〕見本論文下一節。
〔註122〕參見王建平、張秋玲著,〈《說岳全傳》中女性形象探析〉,《文教資料》,2012年第 18 期,頁 14～17。
〔註123〕見洪素真著,《岳飛故事研究》(台北:國立台灣師範大學國文研究所碩士論文,1999 年),頁 128～129。

一、否定因果輪迴

　　佛教傳入中國所帶來的影響是：在原本中國的福善禍淫思想中，加入了因果報應說，今世之果來自於前世之因，並且提出三報論的說法，也就是現報、生報、後報之說。〔註124〕而道教則有「承負」說出現，漢・于吉《太平經鈔乙部・解承負訣》云：

> 凡人之行，或有力行善，反常得惡，或有力行惡，反得善，因自言
> 為賢者非也。力行善反得惡者，是承負先人之過，流災前後積來害
> 此人也。其行惡反得善者，是先人深有積畜大功，來流及此人也。
> 〔註125〕

又《太平經》卷三十九〈解師策書訣〉亦有關於「承負」說之解釋，茲引述如下：

> 然，承者為前，負者為後；承者，迺謂先人本承天心而行，小小失
> 之，不自知，用日積久，相聚為多，今後生人反無辜蒙其過讁，連
> 傳被其災，故前為承，後為負也。〔註126〕

「傳入中土的佛教的因果報應和輪迴轉生觀念與中國固有的鬼魂信仰相融合，再經過道士們的整合系統化，則逐漸形成了中國獨具的因果報應，轉生輪迴觀念。」〔註127〕而這種儒釋道三教合一的社會背景，促使通俗文學為了推行教化能更為順利，因此無不在作品中加入此因果輪迴思想，使小說呈現命定論。對此，馬幼垣認為「一般讀者對小說在創作自由上的容忍，跟小說家採用歷史，藉歷史的權威來支持民間信仰，大有關係。其中一種普遍信仰就是天命不可改變的觀念；天命是最終的判決力量，給人間世界提供不斷的指示，並監視著人間事情。……因此，中國講史小說的一大安排，就是表現個人的命運反映天命的支配，而天命的支配也顯現在個人命運上。這種寫法，已超越了表面上的說教式載道，而探討到說教本身的基本定義。」〔註128〕關

〔註124〕參見方立天著，〈中國佛教的因果報應論〉，《中國文化》，第7期，1992年11月，頁56～70。

〔註125〕見王明編，《太平經合校》（北京：中華書局，1997年10月，第1版第5次印刷），冊上，頁22。

〔註126〕見王明編，《太平經合校》，冊上，頁70。

〔註127〕見韓秉芳著，〈探究「因果報應觀」形成、演化到周延的全過程——它就是中國人宗教信仰的軸心觀念〉，《成大宗教與文化學報》，第16期，2011年6月，頁188。

〔註128〕見馬幼垣著，〈中國講史小說的主題與內容〉，《中國小說史集稿》（台北：時

於錢彩的宗教觀，在《說岳全傳》一書中，他運用了佛、道的某些題材，「對岳飛精忠報國和圍繞著抗金戰爭的忠奸鬥爭，進行了一種神話性的闡釋，從而爲其後大忠大奸、錯綜複雜的人事關係提供了一個帶預言性的「元故事」，一個想像奇麗的「後神話」。……在一些預敘片段中，因果報應只是一個框架，只是一個外殼，細加分析和剝離，就可以發現其間包含著某種民間情緒的內核，甚至是以民心民情對某些歷史公案和人間遭際的特殊形態的評說。」〔註129〕因此，錢彩一書第一回和第二回即標舉「天遣赤鬚龍下界，佛謫金翅鳥降凡」以及「泛洪濤虬王報怨」，將岳飛受到秦檜、秦檜之妻王氏、万俟卨陷害而死之事，以及金入侵宋，使大宋國力危弱之事，歸因於前世眾人之結怨，張清發認爲「《說岳全傳》運用『天命因果』，亦有辨正岳飛是『精忠』而非『愚忠』之意。」〔註130〕對於《說岳全傳》一書以天命因果來解釋岳飛的一生遭遇，龔鵬程說：「天命的認知更可以讓人生除了現實世界之外，還與神話幻想世界緊緊唧合，提供超越的人生，……這就是爲什麼我國小說戲劇喜歡以天命起、以天命終的緣故。」〔註131〕有一點值得注意，那就是錢彩在寫鐵背虬王轉世爲秦檜之前，出現了一段「許眞君斬蛟」的故事，〔註132〕作者爲何如此敘事呢？有一種可能，是要與《宋史・岳飛傳》所記載岳飛出生時遭遇洪水的說法相呼應，〔註133〕另一種可能性是：受到明代中葉許遜故事的影

報文化出版事業有限公司，1980年6月，初版），頁89。

〔註129〕見楊義著，《中國敘事學》，收錄在《楊義文存》（北京：人民出版社，1997年12月，北京第1版第1刷），第1卷，頁154。

〔註130〕見張清發著，〈天命因果在《說岳全傳》中的運用及意義──從故事發展流傳的角度來考察〉，《文與哲》，第2期，2003年6月，頁220。

〔註131〕見龔鵬程著，〈中國文學裡神話與幻想的世界〉，收錄在龔鵬程、張火慶著，《中國小說史論叢》（台北：台灣學生書局，1984年6月，初版），頁69。

〔註132〕關於「許眞君斬蛟」之研究，可參見李豐楙〈許遜傳說的形成與衍變〉、〈宋朝水神許遜傳說之研究〉兩文，收錄在氏著，《許遜與薩守堅──鄧志謨道教小說研究》（台北：台灣學生書局，1997年3月，初版），頁11～64、65～122。以及李登詳著，《宋高宗紹興元年以前許遜傳說與其教團發展研究（西元二三九年～一一三一年）》，台南：國立成功大學歷史研究所碩士論文，1999年，頁52～53。

〔註133〕針對岳飛出生未彌月即遭洪水，與其母逃難的故事，鄧廣銘認爲此說完全是岳珂所虛構的。他所持的推論如下：「因爲：一則北宋末年的黃河，並不經行內黃縣境之內；二則在夏曆的二三月內，也決非黃河可能決口之時；三則在許多種記述北宋一代水旱災情的史書中，全都沒有說黃河在這一年曾在河北地區決口的事。這就足可把這一故事斷然加以否定了。」見鄧廣銘著，《岳飛傳》，收錄在《鄧廣銘全集》，卷2，頁17。

響。關於此類精怪受到斬殺命運的情節安排，李豐楙認爲這是中國人「常與非常」的心理反映，〔註134〕這些精怪破壞了秩序，也得到了報應。

對於果報觀念，胡勝說：「《說岳全傳》可以說是這種果報理論的最好衍繹。」而書之第八十回開篇詩：「世間缺陷亂紛紜，懊恨風波屈不伸。最是公道人心在，幻將奇語慰忠魂。」則道出了果報設置乃在於昭示公道人心，彌補世間缺憾，爲岳王伸冤。小說第七十三回寫秦檜、王氏及同黨在陰司受苦，而岳王等忠臣義士在仙府自在逍遙，則表達了民眾鮮明的愛憎之情。〔註135〕而對於《說岳全傳》的接受與批評，「大多數論者對其價值取向呈現肯定的態度，肯定的價值只要包括審美藝術價值、思想價值等方面。也有部分論者持否定的態度，否定其價值主要是著眼於其封建忠君思想和因果報應、封建迷信的描寫等方面。」〔註136〕相較於明代熊大木《大宋中興通俗演義》，錢彩爲了添加故事的傳奇色彩，「交織著濃厚的儒家觀念和「三教合一」意識，借岳飛形象以明「道」救「心」，使岳飛形象內涵複雜化，這是《全傳》在嬗變過程中的新動態。「證因果」是《全傳》的大結構、主脈絡，也是三教義理的示現。」〔註137〕

如前文所述，周穎芳作《精忠傳彈詞》是爲了破解錢彩《說岳全傳》的因果輪迴。雖然《精忠傳彈詞》一書的人物也都有轉世之說，例如：金兀朮是金色火龍、〔註138〕赤鬚龍轉世；〔註139〕岳雲、張憲兩人是雷府星官下凡；〔註140〕描寫康王被發現時，現出的原形是：「只見雉尾兩根來搖動，不知何怪

〔註134〕參見李豐楙著，〈正常與非常：生產、變化說的結構性意義——試論干寶《搜神記》的變化思想〉，此文收錄在氏著，《神化與變異：一個「常與非常」的文化思維》（北京：中華書局，2010年10月，北京第1版1刷），頁77～129。

〔註135〕以上參見胡勝著，〈《說岳全傳》中的「因果報應」辨析〉，《遼寧大學學報（哲學社會科學版）》，1996年第1期（總第137期），頁79～80。

〔註136〕見楊秀苗著，〈論《說岳全傳》傳播與接受的價值取向〉，《明清小說研究》，2012年第1期（總第103期），頁205。

〔註137〕見母進炎著，〈傳播與接受——岳飛形象在明清通俗小說中的嬗變〉，《貴州民族學院學報（哲學社會科學版）》，2003年第5期（總第81期），頁53。

〔註138〕見清・嚴周穎芳著，《精忠傳彈詞》，卷上，第22回，頁185。

〔註139〕見清・嚴周穎芳著，《精忠傳彈詞》，卷下，第65回，頁614。

〔註140〕見清・嚴周穎芳著，《精忠傳彈詞》，卷下，第65回，頁615。范勝雄認爲由於古人與自然相對抗時，無法「人定勝天」，因而對於日、月、星辰、風、雲、雷、雨等，興起「萬物有靈」之念，開始對於星宿產生崇拜。參見范勝雄著，〈星宿的民間信仰〉，《台南文化》，新45期，1998年6月，頁63～97。

此中存。」﹝註141﹞也維持錢彩書中將宋金對抗，歸因於宋徽宗元旦誤寫一事，「昔日道君皇帝元旦上表誤寫將玉字一點，點在大字右邊，把玉皇大帝變作王皇犬帝。玉帝看了大怒，以爲是有意侮辱他，故遣赤鬚龍下界，擾亂宋室。」﹝註142﹞因此，上天派遣赤鬚龍轉世爲金兀朮來擾亂宋室。至於爲何安排岳雲、張憲兩人是雷府星官下凡呢？這或許與岳飛於明神宗時受封「三界靖魔大帝」有關，「三界靖魔大帝」是負責「協理三十六雷律令」之神祇，﹝註143﹞之後，在明傳奇《精忠記》中寫岳飛升天後，受封爲「雷部賞善罰惡都元帥」。但是周穎芳明顯將秦檜夫婦及奸人陷害忠良岳飛之事，排除前世因果輪迴的說法，周穎芳認爲若按照錢彩的安排，那麼，世人將惑於此無稽之談，無法明辨是非、獎勵名節。可見對於周穎芳而言，她創作的動機就是爲了宣揚是非、名節，而非僅是文學創作而已，還帶有道德勸戒意味存在，這一點，和其母鄭澹若《夢影緣》一書是一致的，只是鄭澹若《夢影緣》一書充斥著善書勸善及果報輪迴的思想，而周穎芳雖然也標舉善惡有報，卻排除了因果輪迴之說。

陳國學認爲以因果報應爲題材的小說「導致的是主題的雷同、藝術趣味的單調，有的還破壞了小說所具有的積極意義，如《說岳全傳》將岳飛的悲劇歸因於前世大鵬金翅鳥啄傷女土蝠，對於小說引發人們思考岳飛悲劇的真正原因——封建政治制度以及愚忠觀念起到擾亂作用。」﹝註144﹞陳國學此說

﹝註141﹞見清・嚴周穎芳著，《精忠傳彈詞》，卷上，第15回，頁120。此段爲康王趙構的前世，康王即位後史稱高宗，關於他的前世，《古今小說》卷三十二《遊酆都胡母迪吟詩》，寫宋高宗是由吳越王三子所轉生，其南渡偏安是爲了要報復昔日宋太宗逼迫吳越王獻土之事。參見明・馮夢龍編，許政揚校注，《古今小說》（台北：里仁書局，1991年5月，初版），冊下，頁480～481。若推論此說之起源，可發現它源自於宋代「夢吳越王取故地」之傳說：宋高宗建炎渡江，至德祐丙子，過一百五十年。紹興八年二月癸亥，上發建康，戊寅至臨安府，遂定議建都，自此不復移蹕。淳熙十四年冬十一月丙寅，宰執奏事延和殿宿，直官洪邁同對，因論高宗諡號。孝宗云：「太上時有老中官云太上臨生之際，徽宗夢吳越錢王引御衣云：『我好來朝，便留住我，終須還我山河，待教第三子來。』」見元・劉一清撰，《錢塘遺事》，卷1，收錄在清・紀昀等奉敕撰，《景印文淵閣四庫全書》，冊408，頁967。

﹝註142﹞見清・嚴周穎芳著，《精忠傳彈詞》，卷下，第65回，頁614。

﹝註143﹞見清・沈德符著，《萬曆野獲編》，卷十四，「加前代忠臣諡號」條，收入中國古籍整理研究會編，《明清筆記史料叢刊・明》，冊85，頁63。

﹝註144﹞見陳國學著，《《紅樓夢》的多重意蘊與佛道教關係探析》（北京：中國社會科學出版社，2011年12月，第1版第1刷），頁61。

明顯可見將岳飛之忠視爲「愚忠」，對此，有學者持不同看法，認爲岳飛是精忠而非愚忠。

至於爲何作者在創作時，要寫入因果輪迴、善惡報應呢？闞積軍指出作者將許多歷史人物或奸人叛賊寫入因果輪迴、善惡報應，「往往是基於想補償、解說人世之不公、際遇之不平、或生命之意外等。」〔註145〕周穎芳《精忠傳彈詞》一書排除了岳飛遭秦檜等人陷害是前世因果輪迴的結果，但面對讀者因忠貞的岳飛卻被奸人所害而引發的不平情緒，作者沿用了錢彩《說岳全傳》中有關「胡迪遊地獄」的情節。〔註146〕胡迪號稱胡夢蝶，爲一正直之士，閻王命綠衣鬼吏領他遍觀眾奸人之報應，閻王要胡迪寫一判文以揭發秦檜之罪狀，使胡迪相信天理昭昭、報應不爽，於是周穎芳進行了地獄酷刑的描寫，藉由地獄冥報，企圖讓讀者能稍微發洩不平情緒。孫楷第《日本東京所見小說書目》一書卷六，於附錄之傳奇《效顰集三卷》之中卷《續東窗事犯傳》下記錄：

> 錦城士人胡迪讀秦檜東窗傳憤恨作詩，有怨冥司語。就寢後，被攝至冥府，乃見秦檜及妻皆受刑。其他各朝奸臣宦官，亦皆有獄。忠良皆居瓊樓。文中附載迪作供一判一。文甚長。按秦檜冥報，宋洪邁《夷堅志》既著其事，元人又譜爲戲曲。蓋以岳飛冤死，秦檜壽終，人心不平，不得已而委之於冥報，如此篇所記，意既無謂，文亦未工。而以岳飛事最足以刺激人之故，故故事特爲盛傳。如明嘉靖本《大宋演義中興英烈傳》即取此篇爲最後回目，萬曆本《國色天香》及明何大掄序本《燕居筆記》亦皆選錄。馮夢龍《古今小說》且本之演爲通俗小說。至今猶流傳於市井里巷也。〔註147〕

爲了發洩民間讀者對於奸人的不滿情緒，除了藉由冥報的安排之外，到了明代崇禎年間，甚至出現由孫悟空拜岳飛爲師，並且由孫悟空來審判秦檜的神魔小說《西遊補》，明‧董說（1620～1686）〔註148〕撰《西遊補》第九回之回

〔註145〕見闞積軍著，《論明清小說中的緣意識》（濟南：山東大學碩士論文，2007年9月），頁31。

〔註146〕此故事在清‧錢彩編次，金豐增訂，《說岳全傳》一書，置於第73回，回目之上句爲「胡夢蝶醉後吟詩游地獄」。

〔註147〕見孫楷第著，《日本東京所見小說書目》（北京：人民文學出版社，1981年10月，北京第1版第2次印刷），頁117～118。

〔註148〕關於《西遊補》之作者是否爲董說，以及董說之生卒年，可參讀謝文華著，〈論《西遊補》作者及其成書〉，《成大中文學報》，第24期，2009年4月，頁115

目爲「秦檜百身難自贖，大聖一心皈穆王」，〔註149〕劉燕萍認爲董說此回運用了變形（distortion）手法，將秦檜變成螞蟻、蜻蜓和馬兒等怪誕的不協調元素來進行諷刺。〔註150〕至於諷刺的對象是誰？王拓認爲是諷刺吳三桂，〔註151〕而傅世怡說：「檜之專柄，乃忠賢之寫照也。」〔註152〕她認爲是針對殘害忠良的魏忠賢而發。

在寫地獄冥報的同時，安排閻王向胡迪說明岳飛下凡之因，乃因昔日道君皇帝元旦上表誤寫，玉帝大怒以爲蓄意侮辱，「故遣赤鬚龍下界，擾亂宋室，因有岳王力扶社稷，使其不得順手。岳王報國情殷，雖死不渝。……岳王現居天爵府中，即日再受陽間封贈，千年香火，萬世流芳。」〔註153〕既然免除了岳飛與秦檜的前世之仇，以及與秦檜之妻王氏、万俟卨的結怨，將岳飛與秦檜等眾奸人之仇怨回歸到單純的忠奸分辨之上，秦檜因個人私欲而傾向主和，便必須剷除極力主戰的代表——岳飛，一旦除去岳飛，他便權力在握，基於此，結黨營私、構陷岳飛及岳家人，就是秦檜等人的目的。而宋高宗之所以默許，也是基於個人地位之維持，因此有學者指出，害岳飛致死的元兇其實不是秦檜而是宋高宗。〔註154〕不論如何，一個以個人私利爲主的集團產

～138。王拓說：「董說字若雨，號西庵，……生於明朝萬曆庚申年，卒於清康熙丙申五月六日（西元一六六〇～一六九六年），年六十九歲。」此句有誤。見王拓著，〈對西遊補的新評價〉，收錄在夏志清等著，《文人小說與中國文化》（台北：勁草文化事業有限公司，1975年2月，初版），頁195。

〔註149〕參見明・董說著，《西遊補》（台北：世界書局，1969年5月，再版），頁177～202。

〔註150〕見劉燕萍著，〈怪誕小說——《西遊補》和《斬鬼傳》〉，收錄在氏著，《古典小說論稿》（台北：台灣商務印書館，2006年7月，初版1刷），頁178～179。

〔註151〕王拓說：「董說後來雖然削髮當了和尚，但是他畢竟是個讀書人，……所以他對亡國之恨不可能無動於衷。而追究起亡國的原因，奸臣誤國、吳三桂的引清兵入關，不能不列爲一個大原因，於是在西遊補第九回裏，他便創造了孫行者扮演閻羅王，審斷岳武穆被害的冤獄，痛剮漢奸秦檜的一段情節，來痛罵當時那些漢奸如吳三桂之流，並極力表揚那些爲國爲民而死的忠義之士。」見王拓著，〈對《西遊補》的新評價〉，收錄在夏志清等著，《文人小說與中國文化》，頁204。

〔註152〕見傅世怡著，《西遊補初探》（台北：台灣學生書局，1986年2月，初版），頁105。

〔註153〕以上參見清・嚴周穎芳著，《精忠傳彈詞》，卷下，第65回，頁611～615。

〔註154〕對此，劉子健說：「求和，殺岳飛，究竟是誰的責任？一般小說和戲劇都推在秦檜身上。只有《精忠旗》是唯一的例外。這個劇本指出政治不是那樣簡單。除了秦岳之間的矛盾，還有高宗和岳飛之間的矛盾，高宗和欽宗之間的矛盾。」

生，共同的敵人便是忠臣岳飛。周穎芳將忠與奸加以分辨，並刻劃岳飛蒙受奸臣陷害，死於風波亭，屍體還要由獄卒隗順背負，「逾牆至九曲叢祠中成殯」，墓門前以雙橘樹為記號。〔註155〕其後宋孝宗下旨尋找岳飛屍骸，隗順之子隗義親上金鑾殿說出當年父親臨終託付之事，宋孝宗心感「功臣結局太淒清」，〔註156〕孝宗皇帝一語正是作者周穎芳所欲抒發的心情。

綜上所述，周穎芳於此書中排除忠臣岳飛與奸人秦檜等人的前世因果輪迴，寫出「所謂是善惡到頭終有報，舉頭糾察有神靈。」〔註157〕、「須知道善惡到頭終有報，來遲來早總分明。」〔註158〕同樣與其母《夢影緣》標舉善惡有報之論，但在因果輪迴說的觀點上是明顯有異的。

二、揭示命定思想

周穎芳《精忠傳彈詞》中屢次出現揭示命定思想的情節，若再加以細分，可分成仙佛顯靈相救和預示情節兩方面，這樣的寫作手法也常見於其他本小說中，筆者認為：從仙佛顯靈相救的安排，可以窺知作者與當時民間的宗教傾向；而透過仙佛的情節預示，不僅是作者的一種敘事寫作手法，更能夠使讀者在心理上對於故事發展產生一種期待，藉以吸引讀者繼續閱讀，不僅有興發閱讀興趣的作用，也具備推動情節發展的功能。也就是說小說創作者藉由命定的安排，除了讓故事的情節充滿神奇性之外，也讓讀者能夠事先預知其後的發展，滿足讀者的閱讀期待。

仙佛顯靈相救方面，《精忠傳彈詞》第十四回，岳飛觀星默禱，至誠感天，太白星君承領玉旨，領神鳥引導康王逃出金營。〔註159〕康王上了龍駒馬，後被金兀朮追擊放箭，一箭射中白龍駒馬後腿，正當康王落馬驚魂，無路可逃

見劉子健著，〈岳飛——從史學史和思想史來看〉，《兩宋史研究彙編》（台北：聯經出版事業公司，1987年11月，初版），頁196。另外，錢穆說：「強敵在前，正是策厲南方奮興振作的一個好材料，惜乎高宗自藏私心，一意求和。對內則務求必伸，對外則不惜屈服。」「高宗並非庸弱之君，惟朝廷自向君父世仇稱臣屈膝，而轉求臣下之心尊朝廷，稍有才氣者自所不甘，故岳飛不得不殺，韓世忠不得不廢矣。」見錢穆著，《國史大綱》，收入《民國叢書》第一編（上海：上海書店，1989年，影印本），冊75，頁441～442。

〔註155〕參見清・嚴周穎芳著，《精忠傳彈詞》，卷下，第60回，頁561。
〔註156〕參見清・嚴周穎芳著，《精忠傳彈詞》，卷下，第68回，頁646～647。
〔註157〕見清・嚴周穎芳著，《精忠傳彈詞》，卷下，第68回，頁651。
〔註158〕見清・嚴周穎芳著，《精忠傳彈詞》，卷下，第68回，頁659。
〔註159〕見清・嚴周穎芳著，《精忠傳彈詞》，第14回，頁113～115。

之際，有一白髮蒼蒼、著方巾道服的老丈手牽一馬，「口叫主公來上馬」，原來是神明施行遮眼神仙術，護佑康王逃離危難，〔註160〕之後來到崔府君神廟，康王方曉此馬竟爲廟中之泥馬。〔註161〕此段故事，也就是有名的「泥馬渡康王」傳說。〔註162〕《說岳全傳》中有對於民間傳說及故事的借用，例如第七十五回有五通神顯靈，以救助身陷絕境、走投無路的康王，將君臣送至湖廣，此處之「五通神」是江南地區之神祇。而周穎芳《精忠傳彈詞》第三十回之回目爲「五通神顯靈航大海，宋高宗被困牛頭山」，高宗與臣子共八人被金兀朮追殺時，遇五位官人顯靈相救。〔註163〕岳飛於夢中見一星君，文中敘述之神祇爲普濟橋五顯靈官，「五顯靈官」爲一道教神祇，顯見《精忠傳彈詞》中不僅充滿儒家忠孝思維，還帶有道教思想。

預示情節方面，對於情節的預示有兩種方式，其一爲夢兆預告，其二則透過智者或修道之士進行偈語提示。以下分別敘述：

其一，夢兆賜婚之情節首先出現在第二十六回，藕塘關總鎮金節之妻戚氏，其妹名賽玉，夢見一虎「緊緊將奴抱定身，踴身一縱將床上，狀態顛狂十二分。」金節亦夢見一黑虎入內，認爲此虎爲牛皋，遂將賽玉許配牛皋。〔註164〕又第二十八回，樊家莊老者樊瑞，「昨夜夢兆眞奇怪，二虎忽然到此行。追將一隻梅花鹿，竟入高廳內戶門。驚醒夢回靈鵲喚，思量必有巧緣成。」〔註165〕湯懷與孟邦傑兩人遂娶樊瑞二女，成就兩段佳話。第五十九回，周穎芳亦以夢境方式，向岳夫人預告其夫婿岳飛將遇不測。〔註166〕「夢」在小說中，不僅提供情節的提前預告，還能在夢中進行現實中無法完成之事，例如：岳飛之三公子岳霖哀深悲切至一病不起，夢中一仙女賜以胡麻飯與玉露漿，竟病體痊癒。〔註167〕

〔註160〕見清・嚴周穎芳著，《精忠傳彈詞》，第14回，頁116～117。

〔註161〕見清・嚴周穎芳著，《精忠傳彈詞》，第15回，頁118。

〔註162〕關於「泥馬渡康王」傳說之意涵，可參考鄧小南著，〈關於「泥馬渡康王」〉，《北京大學學報（哲學社會科學版）》，1995年第6期，頁101～108。

〔註163〕以上見清・嚴周穎芳著，《精忠傳彈詞》，卷上，第30回，頁267。

〔註164〕見清・嚴周穎芳著，《精忠傳彈詞》，卷上，第26回，頁223。

〔註165〕見清・嚴周穎芳著，《精忠傳彈詞》，卷上，第28回，頁249。

〔註166〕以上見清・嚴周穎芳著，《精忠傳彈詞》，卷下，第59回，頁552～553。

〔註167〕此仙女即其姊安娘，安娘死之年即雯小姐生之年。以上參見清・嚴周穎芳著，《精忠傳彈詞》，卷下，第65回，頁608。

　　其二，多是藉由修行道僧或算命卜士之口，對之後的情節發展進行預告，除了增加敘事上的多樣性之外，也增加作品中的神祕色彩。吳光正說：「明清章回小說的作者總是通過宗教人物展示大量的詩詞韻文、命相判語、夢占、黑書、祭文、讖語、偈頌乃至謎語等來預示情節的發展和人物的命運走向，從而宣示自己對相關情節和相關人物的設計。」〔註168〕在《精忠傳彈詞》中，除了前述為岳飛命名的陳摶之外，尚有志明與道悅禪師師徒二人、鮑方老祖以及算命卜士。以下分別敘述：

（一）志明、道悅禪師

　　在情節預示方面，有些並非仙佛，僅是修行道僧或算命卜士，也具備預言的能力。例如：《精忠傳彈詞》第三回，岳飛隨著老師周侗前往瀝泉山，〔註169〕尋訪好友志明禪師，降服了蛇怪取得瀝泉神矛，〔註170〕志明禪師對此預言：「此子將來定不凡，定國安邦功業大」，〔註171〕還賜與兵書一冊、神鎗法一卷，並預告二十年後，其徒道悅與岳飛有會面之機緣。〔註172〕

　　第三十五回，韓世忠夫婦在金山寺訪道悅禪師，禪師給一錦囊，內有偈語曰：「老龍潭水起波濤，鸛教一品立當朝。河慮金人拿不住，走馬當先問路遙。」〔註173〕韓世忠一看便嘲笑道悅禪師之別字誤用。但到了第三十七回，出現了一位儒生建議金兀朮掘通老鸛河，引入秦淮河水以逃生時，讀者至此方才大悟，第三十五回道悅禪師之偈語，若將每一句之首字以諧音字連讀，則為「老鸛河走」，實有情節預示的效果。

〔註168〕見吳光正著，《神道設教：明清章回小說敘事的民族傳統》（武漢：武漢大學出版社，2012年5月，第1版第1次印刷），頁29～30。

〔註169〕「周侗」在岳珂一書，寫為「周同」。岳珂《鄂國金佗稡編》卷第四〈經進鄂王行實編年〉卷之一記載：「嘗學射於鄉豪周同。」見宋・岳珂編，王曾瑜校注，《鄂國金佗稡編・續編校注》，冊上，頁58。

〔註170〕對於岳飛降伏蛇怪取得神器——瀝泉神矛，胡曉真說：「在中國小說的傳統中，武器——特別是刀槍劍矛之屬——的贈與/接受是很常見的主題，通常意指家族權力的世代傳承，或是英雄承受的天啟神佑，《天雨花》中的盤龍寶劍顯然也具有類似的作用。」見胡曉真著，《才女徹夜未眠——近代中國女性敘事文學的興起》（台北：麥田出版社，2003年10月，初版1刷），頁244。其後，《精忠傳彈詞》第59回，出現一似龍無角、似魚無鱗的怪物，將岳飛的神鎗啣入口中鑽入水底而去，被收回神物的岳飛，似乎也暗示著上天的護佑已然消失，於第60回便敘述他遭奸人害死於風波亭。

〔註171〕見清・嚴周穎芳著，《精忠傳彈詞》，第3回，頁16。

〔註172〕以上參見清・嚴周穎芳著，《精忠傳彈詞》，第3回，頁18。

〔註173〕見清・嚴周穎芳著，《精忠傳彈詞》，第35回，頁311。

第五十八回，岳飛作夢，夢中「^{但只見}一雙黑犬巡簷下，唧唧嘈嘈話不休，畜作人言今古異，公懷不悅想情由。忽然不見了中庭景，^{只見那}水漲黃河白浪浮，滾滾驚濤人駭聽，^{鑽出個}希奇怪物似龍頭，望著岳爺懷內撲，哄然聲響似奔丘。」〔註174〕岳飛將夢境告知張信、韓世忠，秋盡冬初之際，由於和議已成，聖旨下令召岳飛班師回朝，岳飛行至瓜州地界，是夜又作一相似之夢，遂憶及韓世忠曾言金山寺之道悅禪師，次日即訪求道悅禪師解夢。前往金山寺參拜神祇後，聽得道悅禪師朗然吟道：「苦海茫茫未有涯，君侯何必戀塵埃。不如早覓回頭岸，免卻風波一旦災。」道悅此語已預先為之後的風波亭遭災預作鋪排。其後，道悅為岳飛解夢，言「雙犬對言成獄字，此行入覲恐遭災」，勸岳飛潛身林野、看破色相，但岳飛堅持「以身許國，志圖恢復，生死已置之度外」，因拋不開君親，遂與禪師告別，道悅禪師於臨行前，贈與一言：「風波亭上浪滔滔，千萬留心把舵牢。謹避同舟生惡意，將人推落在波濤。」及偈語數句：「歲底不足，隄防天哭，奉下兩點，將人荼毒，老相籐梆，纏人奈何，切些把舵，留意風波。」〔註175〕以上不論是道悅禪師之解夢或偈語，處處都是對於岳飛未來境遇的預示，透過道悅禪師之口，提點岳飛要預防秦姓奸人相害，也預告了風波亭將是岳飛的喪命之地。岳飛於第六十回，方才領悟道悅禪師之語，即是在提示他：臘月二十九日，姓秦之人要結果他的性命。〔註176〕但岳飛仍然堅持為臣須盡忠，造成被奸人所害的結局。

（二）鮑方老祖

第四十五回，因打碎御賜酒罈而遭岳飛趕出軍營的牛皋，在碧雲山遇一道童，此道童即為鮑方老祖之徒，受鮑方老祖之囑，下山來引領一位騎馬將軍上山，鮑方老祖具備「呼風喚雨之能、擲豆成兵之術」，〔註177〕已預知牛皋會來到此地。鮑方老祖遂收牛皋為徒，取名為「悟性」，要他戒酒、戒葷、戒情，牛皋遂在碧雲山上修道。〔註178〕其後，牛皋下山開了葷，吃了由伍尚志營中衝來的火牛，被鮑方老祖之徒發現帶回，鮑方老祖命他下山，並歸還頭盔軍器，贈予他穿雲箭、破浪履、還魂丹兩丸，並叮囑牛皋此二丸之用途：「一

〔註174〕見清・嚴周穎芳著，《精忠傳彈詞》，第58回，頁538。
〔註175〕以上參見清・嚴周穎芳著，《精忠傳彈詞》，第58回，頁541～542。
〔註176〕見清・嚴周穎芳著，《精忠傳彈詞》，第60回，頁558。
〔註177〕參見清・嚴周穎芳著，《精忠傳彈詞》，第45回，頁416。
〔註178〕參見清・嚴周穎芳著，《精忠傳彈詞》，第45回，頁417。

丸以備拯救岳元帥的性命，一丸留著日後自有用處。」〔註179〕日後，穿雲箭、破浪履、還魂丹果真都派上用場，不僅用穿雲箭殺了余尚敬，〔註180〕穿破浪履發現而擒獲水寇楊么，〔註181〕並以還魂丹救了岳飛性命兩次。〔註182〕

當岳飛、岳雲、張憲三人於風波亭被害，牛皋等人率大隊人馬往臨安殺去，欲殺秦檜為元帥報仇，卻被岳飛三人顯靈阻止，以致於船無法前進，余化龍、何元慶與牛皋跳河自殺。〔註183〕但牛皋被鮑方老祖解救，老祖道：「你帥主乃是千秋人物，他時定有一番表揚，你日後尚有功績，看那賣國的奸臣天誅地滅便了。」並指引牛皋前往太行山。〔註184〕鮑方老祖不只解救牛皋一次，並對他有所點化；另一次是在第七十回，事先告知牛皋有關番營找來妖人助陣一事，「他有妖人非小可，牛通一命被其傷。山人幸有靈丹在，救爾孩兒命不妨。更有一丹來付爾，備救何鳳小兒郎。同心輔助岳小帥，直搗黃龍姓氏揚。」〔註185〕果然此救命仙丸解救了牛通、何鳳性命，得以免於一死。

鮑方老祖不僅解救了牛皋、牛通、何鳳等軍將，還救了雯小姐的侍婢穎兒，並教授她奇門術及飛騰術，〔註186〕在秦檜之妻王氏遭受報應慘死之際，穎兒化作一道裝少俊，讓眾人知曉王氏之罪行。〔註187〕

（三）算命卜士

第六十回，秦檜帶高宗到街市找謝石（謝潤夫）測字，高宗測一「春」字，問終身，謝石一看便說：「大富大貴，乃人上之人，官上之官，但有一件，秦頭太重，壓日無光。若有姓秦的下人，切不可用，否則恐害在他手中。」〔註188〕卜士此言，正是對於秦檜日後操控掌權、為所欲為之行徑預先揭露。秦檜也測一字，卜士說：「^{只怕要}天誅地滅少收場，最忌其人行不測，^{還要}遭臭千年萬載揚。」〔註189〕卜士對於秦檜的下場言之鑿鑿，日後秦檜果然遭受地

〔註179〕以上參見清・嚴周穎芳著，《精忠傳彈詞》，第46回，頁424～425。
〔註180〕參見清・嚴周穎芳著，《精忠傳彈詞》，第46回，頁427～428。。
〔註181〕參見清・嚴周穎芳著，《精忠傳彈詞》，第48回，頁445。
〔註182〕一次是在第47回，一次是在第55回。
〔註183〕參見清・嚴周穎芳著，《精忠傳彈詞》，第61回，頁573～574。
〔註184〕以上參見清・嚴周穎芳著，《精忠傳彈詞》，第62回，頁575。
〔註185〕見清・嚴周穎芳著，《精忠傳彈詞》，第70回，頁675。
〔註186〕參見清・嚴周穎芳著，《精忠傳彈詞》，第68回，頁639。
〔註187〕參見清・嚴周穎芳著，《精忠傳彈詞》，第68回，頁660～661。
〔註188〕見清・嚴周穎芳著，《精忠傳彈詞》，第60回，頁554。
〔註189〕見清・嚴周穎芳著，《精忠傳彈詞》，第60回，頁554～555。

滅之報，〔註190〕並且遺臭萬年。

在鄭澹若之女周穎芳《精忠傳彈詞》一書中，也可以發現表現宗教行為的內容，例如：扶乩、抓鬮，但僅出現在第三十回中。第三十回寫宋高宗逃難在外，岳飛不知宋高宗之行蹤，甚為擔心，差點自刎尋短。諸葛英和公孫郎兩人善扶乩，遂備香案，扶出幾個字：

落日映湘潭，崔嵬行路難。速展乾坤手，覓跡在高山。

岳飛看出此處神明暗示宋高宗身在湘潭二山，遂請潭州總兵朱文顯將湘潭二州高山之名盡數寫出，於是岳侯將山名做成鬮紙，放在盒內，誠心向神明禱告後，拈出一鬮紙，上有「牛頭山」三字，〔註191〕果然在靈官殿內尋著了宋高宗與臣子們，成功保駕。〔註192〕吳光正認為：「明清章回小說中的一些宗教神靈和宗教人物，通常是配合作者用以傳達創作意圖的敘事權威。」〔註193〕此兩本小說皆出現了扶乩之情節，透過扶乩，可以藉由神明之口傳達某種信念或盡到暗示後文的作用。

綜上所述，可知周穎芳在情節預示方面，以比重而言，多半藉由修行道僧之口說出，因是有道行的高人，遂較具備說服力，以使讀者相信一切皆為「命定」。對此，吳光正說：「明清章回小說中的神靈、僧道、江湖術士乃至漁樵隱士作為全能全知的敘事者，對創作意圖、人物命運走向、情節發展趨向等進行預先交代時是以警示、點化、度脫芸芸眾生的智者、哲人形象而出現的，因此，作者總是喜歡通過一系列手段鍛造宗教人物的超逸品格，使這些人物具有了象徵意蘊。」〔註194〕此說雖是針對明清章回小說而發，但《精忠傳彈詞》書中亦是如此。此外，《精忠傳彈詞》一書融合了道教、佛教的神祇和修行之人，再加上岳飛所發揚的儒家風範，正代表了當時儒、釋、道三教融合的社會狀況。

〔註190〕秦檜地滅之報應描寫，見於清・嚴周穎芳著，《精忠傳彈詞》第67回和第68回，頁637～638。

〔註191〕以上見清・嚴周穎芳著，《精忠傳彈詞》，卷上，第30回，頁270。

〔註192〕見清・嚴周穎芳著，《精忠傳彈詞》，卷上，第30回，頁271。

〔註193〕見吳光正：〈《西遊記》的宗教敘事與孫悟空的三種身分〉，《學術交流》，第11期（總第164期），2007年11月，頁140。

〔註194〕見吳光正著，《神道設教：明清章回小說敘事的民族傳統》，頁32～33。

第六章　《夢影緣》與《精忠傳彈詞》之比較

第一節　傳揚忠孝思想

　　當時的社會背景及義門鄭氏家訓均極為重視忠、孝，因此也造成當時的小說多以教忠教孝為題材。若將範圍限定在鄭家，可發現鄭澹若母女在小說的主旨上均圍繞在忠孝精神，身為母親的鄭澹若以《夢影緣》一書表揚、提倡孝道及忠於國家，身為女兒的周穎芳以《精忠傳彈詞》表彰岳飛的忠心。令人感到好奇的是：面對鄭祖琛的仕宦遭遇，母女二人在忠孝精神的看法是否有所異同？因此本節將先釐清當時的社會背景及義門鄭氏對於忠孝精神的重視情形，再分別從母女二人的作品中整理並比較對於忠孝的看法，目的是希望能看出作者寫作之苦心孤詣。

一、社會背景

　　明清出現一批以談忠說孝為主題的小說，與當時的社會背景實有相關。鄭振鐸說：「在這時，淫靡的作風是早已過去的了，隨了正學的提倡的結果，連小說中也非談忠說孝不可了。」〔註1〕清朝受到宋明理學的影響，大禁淫靡書籍，受此影響，通俗小說走向勸善懲惡，教化意義極濃之路。紀德君說：「可見，文人小說家強調『勸善懲惡』，是與文學創作傳統的影響、時代風氣與文

〔註1〕見鄭振鐸著，〈明清二代的平話集〉，收錄於《西諦書話》（北京：三聯書店，1998年5月，北京第2版），頁150。

化氛圍的刺激以及本人道德責任感的驅使等密切相關的。」〔註2〕家庭和社會背景是形塑一個人的思想內涵極為重要的因素，鄭澹若在《夢影緣》一書中所宣揚的思想，究竟有哪些是受到社會背景和家庭的影響，是本節所欲討論的問題。因此，本節的思考脈絡為：先上溯鄭澹若的家庭教育，了解鄭氏的家訓精神，再綜合當時的社會背景，與《夢影緣》一書中所呈現的精神兩相比對，以顯出同異。本論文第三章述及鄭澹若之父鄭祖琛時，曾引用其母要他以傳揚義門鄭氏之精神自許。義門鄭氏之精神究竟為何？在《夢影緣》一書中是否有承傳自鄭氏之家訓精神呢？本節所要處理的便是以上兩個問題。

二、義門鄭氏家訓

　　檢視《浦江鄭氏家範》可以看出義門鄭氏對於後代子孫在德行上的要求，立身準則上更是偏重「孝」與「義」，而「忠」字雖不見於《浦江鄭氏家範》中，但經由義門鄭氏之祠聯，可略窺其家族精神。以下所錄之祠堂對聯，係根據毛策實地考察所錄，茲引用部分如下：〔註3〕

　　　三朝旌表恩榮弟

　　　九世同居孝義家　　　　　　——此聯書於相門

　　　孝友出張陳之上

　　　文章接吳宋以來

　　　史官不用春秋筆

　　　天子親書孝義家

　　　孝義首江南，允矣皇言，世世對物其弗替

　　　儉素為禮本，大哉聖訓，瞿瞿率履永無荒

　　　　　　　　　　　　　　　　　——以上三聯書明廳

　　　孝而忠政事無非德行

　　　義且節巾幗亦是丈夫

　　　宋元明三朝賜命

〔註2〕見紀德君著，《明清通俗小說編創方式研究》（北京：社會科學文獻出版社，2012年6月，第1版第1刷），頁59。

〔註3〕見毛策著，《孝義傳家——浦江鄭氏家族研究》（杭州：浙江大學出版社，2009年10月，第1版第1次印刷），頁29～30。

　　忠孝義百世流芳

　　翼子貽孫濟濟居同九世

　　規曾矩祖綿綿義尚一門

　　孝義振家聲江南第一

　　鳳麟揮睿藻朝右無雙

　　婉愉生於和氣

　　敬直兼以義方

——以上五聯書於中庭

　　義門鄭氏九世同居，其家族宗祠堂聯彰顯歷代傳家之精神旨要，祠聯中屢次強調忠孝節義，要後代子孫發揮儒家端方正直之崇高人格。

　　義門鄭氏是一個嚴密的宗族組織，在宋代獲頒「江南第一家」的榮耀，其位於浦江之鄭氏建築在今日已成為一觀光景點，供後人瞻仰其先祖之孝義傳家精神。對於這麼龐大的家族，其先祖早已訂定極為嚴謹之家規，以有效管理家族之各項事務。這些家訓、家規的內容，都保存在《浦江鄭氏家範》之中，將之細讀研思，看到的不僅是一個家族的管理條目，更可見其家族對於忠、孝與義的重視。「尤其重要的是這個大家庭治家教子、立身處世的家訓，更為社會提供了可以師法、操作的範本。這都對封建社會後期儒家倫理的社會化、世俗化，起到了推動的作用。」〔註4〕鄭澹若之父鄭祖琛身為浦江鄭氏義門後代，除了恪遵母命，以鄭氏義門之歷代家訓教養子女，更秉持著傳承的使命，要將這一份家族的精神永續流傳。

　　因此，本章所欲揭示的內容，首先是對於義門鄭氏家訓的探討，尤其是將重點集中在忠與孝兩點上，以明瞭家訓對於後代子孫忠、孝的要求；其次是討論《夢影緣》一書中，作者鄭澹若對於義門鄭氏家訓的忠、孝精神，是否有所承接或轉化？以下分別從人倫關係、婚嫁、立身準則三方面敘述：

（一）人倫關係

　　《浦江鄭氏家範》針對子孫們的生活言行、立身準則、人倫關係作一規範，透過此家訓之訂定，維繫著鄭氏一族的倫常秩序，是「宋明時期的家規

〔註4〕見陳延斌著，〈《鄭氏規範》的家庭教化及其對後世的影響〉，《齊魯學刊》，2001年第6期（總第165期），頁76。

族訓中，最爲著名、對後世影響最大的」。〔註5〕因此，本節行文脈絡便是檢視《浦江鄭氏家範》之條目，是否與《夢影緣》一書中所傳達之精神理念有相同者，以見出鄭澹若思想源流之可能性。

關於人倫關係方面，《浦江鄭氏家範》中相關記載見於三處，先引述如下：

> 凡爲子者，必孝其親。爲妻者，必敬其夫。……毋用婦言，以間和氣，毋爲橫非，以擾門庭，毋耽麯蘗，以亂厥性。

> 男訓云：「人家盛衰，皆係乎積善與積惡而已。何謂積善，居家則孝弟，處事則仁恕，凡所以濟人者皆是也。」……女訓云：「家之和與不和，皆係婦人之賢否。何謂賢，事舅姑以孝順，奉丈夫以恭敬，待娣姒以溫和，接子孫以慈愛，如此之類是已。何謂不賢，淫狎妒忌，恃強凌弱，搖鼓是非，縱意徇私，如此之類是已。」〔註6〕

> 諸婦必須安詳恭敬，奉舅姑以孝，事丈夫以禮，待娣姒以和。然無故不出中門，夜行以燭，無燭則止。如其淫狎，即宜屏放。若有妒忌、長舌者，姑誨之，誨之不悛，則責之，責之不悛，則出之。〔註7〕

綜觀《浦江鄭氏家範》關於人倫方面的訂定，注重婦女侍奉丈夫之禮敬、子弟孝親友愛、娣姒和睦相處，以成就一家之圓滿，並以濟助世人，成爲積善之家爲宗族目標，充分體現了儒家人倫之和諧精神。以上精神在《夢影緣》一書中均有展現，以下分別從孝親、敬夫、濟人三方面論述。

首先，《夢影緣》一書對於孝親的宣揚不遺餘力，書中第一回藉由上界青帝之口，「廿年隱痛慕椿萱，早應接引歸仙籍，^{奈人間}誰得知其隱孝懷。」〔註8〕點出莊淵是一個隱孝廿年的孝子，因此，青帝欲遣羅浮仙君臨凡投胎爲莊淵之子莊夢玉，代替父親完成報國大志及度親出世的任務，使莊淵早歸仙籍。其實，莊淵的父母早已成爲莊、葛二仙，但莊淵本人並不知情，文本的框架

〔註5〕見劉寧著，〈《鄭氏規範》中的孝義思想及其影響〉，《勝利油田黨校學報》，第22卷2期，2009年3月，頁30。

〔註6〕以上見明・鄭濤著，《浦江鄭氏家範》，收錄在《續修四庫全書》編纂委員會編，《續修四庫全書・子部・儒家類》（上海：上海古籍出版社，2002年3月，第1版第1刷），冊935，頁272。

〔註7〕見明・鄭濤著，《浦江鄭氏家範》，收錄在《續修四庫全書》編纂委員會編，《續修四庫全書・子部・儒家類》，冊935，頁284～285。

〔註8〕見清・黌下生著，《夢影緣》，卷1，第1回，收錄在沈雲龍主編，《中國通俗章回小說叢刊3》（台北：文海出版社，1971年，初版），頁2。

即設定為孝子莊淵在兒子的告知下，方才知曉父母已身在仙山，〔註9〕為了尋找父母，莊淵踏上了尋親之旅。〔註10〕莊淵的出走，就是孝子為了實踐孝親的行為表現，但作者鄭澹若顯然深受儒家思想所影響，儒家所講求的知識份子之報國大志該如何與個人之孝親兩全，忠臣果真難求於孝子之門嗎？於是，安排了兒子替父親承擔世俗的重責，而這也是莊夢玉臨凡的任務，就是代替父親完成報國之志，使父親能夠在了無罣礙的情形下完成多年的孺慕情懷，這樣的安排成全了莊淵父子孝親的展現。此外，書中對於莊夢玉的孝親表現，第八回寫到他在嫂嫂岑娉婷的幫助下男扮女裝，效法老萊子彩衣娛母，〔註11〕使得其兄莊夢燕差點誤認為是林纖玉。〔註12〕梅花神林纖玉是《夢影緣》一書的女主角，以不願出嫁來表達永遠侍奉本家父母的心願，每當父母提及出嫁一事時，便可以見到林纖玉淚眼婆娑，第十四回記載：

> 將軍瞥見兒纖玉，兩淚盈盈已欲傾，暗詫兒心何固執，竟難道此心畢世抱孤貞。〔註13〕

> 將軍又視嬌兒面，無限淒淒楚楚形，淚下如珠頻掩袖，低頭侍坐悄無聲。〔註14〕

林纖玉不願出嫁，甚至欲令陶慧雲代嫁，這一點和儒家傳統「男大當婚，女大當嫁」的精神相互違背，形成一種弔詭的情形。

其次，婦人敬夫的表現，在《夢影緣》一書中，以莊夢玉之母惠希光、林纖玉之母何氏為代表。惠希光堪稱為賢妻良母的典範角色，她有美貌，又

〔註9〕 關於尋山一事，父子兩人的對話，見清‧霽下生著，《夢影緣》，卷2，第23回，頁173。

〔註10〕 莊淵云：「我向平心願盡償完，入山從此飄然去。證果天庭亦不難，從我雙親終萬古，人生到此始為歡。」見清‧霽下生著，《夢影緣》，卷1，第9回，頁124。另「莊淵一自聽琴後，悟出虛無大地情，忽被一言兜舊感，又興癡念想尋親，待玉兒事畢知何日，總須當訪遍名山獨自行。」見清‧霽下生著，《夢影緣》，卷2，第21回，頁124。

〔註11〕 第8回，「御史微微一哂云：『既然卿愛女郎深，試教夢玉梳雲鬢，裝作閨娃定可行。』夢玉欣然忙告退，回身逕上嫂樓門，告云父命教如此，乞嫂嫂權時助弟云。」見清‧霽下生著，《夢影緣》，卷1，第8回，頁121。

〔註12〕 第9回，「夢燕莊容對弟言：『戲彩娛親原樂事，但何如喬作女郎顏，我入門一見渾驚駭，也還疑纖妹重來侍母前。』」見清‧霽下生著，《夢影緣》，卷1，第9回，頁123。

〔註13〕 見清‧霽下生著，《夢影緣》，卷2，第14回，頁8。

〔註14〕 見清‧霽下生著，《夢影緣》，卷2，第14回，頁9。

具備德行，初登場是在第一回：

> 回頭一看雙眸豁，^{見夫人}卸卻華妝便不凡，烏帕圍來雲鬢軃，湘裙束
> 住柳腰纖，月藍秋襖雙籠袖，元色雲衣半掩肩，蘭鬢微垂光可鑑，
> 釵鈿花朵一齊捐。^{本來是}不將脂粉污顏色，螺黛無加勝遠山，素服淡
> 妝饒雅致，豈同凡卉鬥鮮妍，生來自是神仙眷，一種風姿出自然，
> 手捧葛巾和羽服，盈盈含笑送君前。〔註15〕

此處作者透過莊淵的視角，寫出惠希光素雅的姿態，不必外在過度的裝飾，
她本身即顯露出一種不凡的神仙韻致。另外，在第三回亦有關於惠希光的美
貌描寫：

> 伏侍夫人臨寶鏡，手持梳為理烏雲，青絲萬縷堆螺髻，蟬翼雙垂鬢
> 影輕，漱洗更無脂粉累，淡妝風韻本天成，侍兒偷視菱花內，^{分明是}
> 一幅盤陀水月真，若不天生風雅主，更無人可配此天人。〔註16〕

此處則是透過侍兒采蘋的視角，寫出她眼中的惠希光，與上一則引文相比，
同樣都著眼於惠希光的天生風韻，是一位自然天成的美人。她了解丈夫對父
母的孺慕深情，在莊淵告訴惠希光欲離家尋親後，她本欲跟隨，但其子夢玉
安慰她：「母本全無塵俗念，看將富貴比浮雲，明心見性修持易，重會椿庭定
有辰。」〔註17〕惠希光說：「我亦達觀能自解，從今兒勿再憂心。」〔註18〕看
似豁達自解的她，其實，在莊淵離家後，謝景韞提議仿效古人為黃花寫照時，
於詩中即已透露出「君能棄我儂何忍」、「問君何忍輕相棄」〔註19〕之情緒，
被謝景韞看出了言外之意。但儘管萬般不捨，卻也成全丈夫的尋親心願，選
擇獨自面對未來。

　　林纖玉之母何氏亦是傳統的婦女角色，要丈夫林武納妾以傳宗接代，〔註20〕
於是有莊淵促成瓊笙侍奉林武的情節。〔註21〕不論是惠希光或何氏，皆表現
出深受儒家教養下所展現的行為模式，在彈詞小說中容易出現的悍婦，《夢影
緣》中僅安排了一位悍婦慎氏，這與《筆生花》或其他彈詞作品中描寫家族

〔註15〕見清・餐下生著，《夢影緣》，卷1，第1回，頁6。
〔註16〕見清・餐下生著，《夢影緣》，卷1，第3回，頁42。
〔註17〕見清・餐下生著，《夢影緣》，卷2，第24回，頁190。
〔註18〕見清・餐下生著，《夢影緣》，卷2，第24回，頁191。
〔註19〕見清・餐下生著，《夢影緣》，卷2，第24回，頁177。
〔註20〕見清・餐下生著，《夢影緣》，卷1，第12回，頁175。
〔註21〕見清・餐下生著，《夢影緣》，卷2，第21回，頁129～130。

人際關係時，安排多位悍婦以呈現家族的複雜性有所不同。例如《再生緣》、《筆生花》中出現了眾多悍婦，作者便極力刻劃悍婦顛倒是非、搖弄口舌的嘴臉，有的悍婦還至死不知悔過，但《夢影緣》一書唯一的悍婦愼氏，在改過的速度上顯然快於其他作品，她知過立即改正，「愼氏亦非曩日比，知夫恨己不無因。從前罪惡原難數，自悔何能怨別人。從此盡心行孝道，和顏悅色侍晨昏，一家共享團圞樂，和氣融融慶滿門。」〔註22〕

最後，在濟人方面，《夢影緣》一書寫四十二歲的莊淵是普救施貧之人，〔註23〕莊淵向莊翁借千金，僕人佐茗在事後才知道莊淵借錢是爲了布施，因此替他完成心願，看天氣漸寒，人們需要衣物，便到衣舖買衣裙周濟。〔註24〕莊淵本欲往粵行，佐茗以爲不可，莊淵告訴佐茗不可隨同前往，遂許兩舟子願望。〔註25〕

以上所述孝親、婦人敬夫、濟人三方面，在《夢影緣》一書中皆可見其體現鄭家家訓之處，而鄭澹若之父鄭祖琛孝母聞名，仕途之路多次因侍母而乞假，在地方上時常施貧活族，在官員履歷冊和地方志上皆有記載可考，也許是鄭澹若寫作之原型人物。

（二）婚嫁

《浦江鄭氏家範》中與婚嫁相關的條目有兩條，茲引述如下：

　婚姻必須擇溫良有家法者，不可慕富貴以虧擇配之義。其豪強逆亂，
　也有惡疾者，毋得與議。〔註26〕

　娶婦須以嗣親爲重，不得享賓，不得用樂，違者罰之。〔註27〕

這兩條條目指出鄭氏義門對於婚嫁對象的選擇標準，必須選擇個性溫良且有家法者，不可徒羨富貴人家、或豪強惡習者。對於娶婦的目的，明白點出「嗣親」二字，這正是傳統儒家對於婚姻的功能——傳宗接代和侍奉雙親，所表現出的一種重視。而這樣的家訓，在《夢影緣》一書中亦有相呼應之處。

〔註22〕見清‧鬖下生著，《夢影緣》，卷1，第4回，頁64。
〔註23〕見清‧鬖下生著，《夢影緣》，卷2，第24回，頁192。
〔註24〕見清‧鬖下生著，《夢影緣》，卷2，第25回，頁195。
〔註25〕見清‧鬖下生著，《夢影緣》，卷2，第24回，頁193。
〔註26〕見明‧鄭濤著，《浦江鄭氏家範》，收錄在《續修四庫全書》編纂委員會編，《續修四庫全書‧子部‧儒家類》，冊935，頁278。
〔註27〕見明‧鄭濤著，《浦江鄭氏家範》，收錄在《續修四庫全書》編纂委員會編，《續修四庫全書‧子部‧儒家類》，冊935，頁279。

例如：對於婚配對象的要求，書中明言不娶富貴之女：

> 擇婦難於富貴門，只恐千金嬌習氣，不能執禮侍晨昏，因而不肯輕爲聘。〔註28〕

> ^況娶婦從來言娶德，不曾聽見娶財神。〔註29〕

由以上兩則引文，可以看出作者鄭澹若對於婚配對象的選擇，著重在良好的德性，這一點恰巧就是義門鄭氏家訓精神的體現。

在莊淵有入山尋親念頭產生時，其妻惠希光扮演一位賢良妻子的角色，支持他前往卻也不捨其離去，在人倫兩難的矛盾拉鋸下，選擇成全丈夫成爲一位孝子，惠希光「能全夫子尋親志，^{惠夫人}孝思悠然亦滿懷。」〔註30〕在此，她代表的是儒家思想薰陶下的賢良女性，「和」與「順」是他們的共同人格特質。

關於家訓中「娶婦須以嗣親爲重」一點，《夢影緣》書中如前所述，林纖玉之母何氏希望丈夫納妾以傳宗接代，便是呈現傳統思維，這樣的納妾以傳後代的想法並不獨存於此書，在他本彈詞作品中亦屢屢出現，由文本的「集體無意識」概念來看這個現象，這似乎與時代背景脫不了關係。傳統的「不孝有三，無後爲大」思想籠罩在中國人心上，也就影響了作品的情節安排。

（三）立身準則

關於立身準則，《浦江鄭氏家範》的條目有以下五條，茲引如下：

> 子孫毋習吏胥，毋爲僧道，毋狎屠豎，以壞亂心術。當時以仁義二字，銘心鏤骨，庶或有成。

> 子孫自八歲入小學，……訓飭必以孝弟忠信爲主，期底於有道，若年至二十一歲，其業無所就者，令習治家理財，向學有進者弗拘。〔註31〕

> 子孫爲學，須以孝義切切爲務。若一向偏滯詞章，深所不取。此實守家第一事，不可不慎。

> 子孫不得惑於邪說，溺於淫祀。以徼福於鬼神。

〔註28〕見清・餐下生著，《夢影緣》，卷1，第2回，頁21。
〔註29〕見清・餐下生著，《夢影緣》，卷1，第2回，頁25。
〔註30〕見清・餐下生著，《夢影緣》，卷2，第23回，頁175。
〔註31〕見明・鄭濤著，《浦江鄭氏家範》，收錄在《續修四庫全書》編纂委員會編，《續修四庫全書・子部・儒家類》，冊935，頁282。

子孫不得修造異端祠宇，粧塑土木形像。

子孫處事接物，當務誠樸。不可置纖巧之物務以悦人，以長華麗之習。〔註32〕

既稱義門，進退皆務盡禮，不得引進娼優、謳詞、獻妓、娛賓、狎客。上累祖宗之嘉訓，下教子孫以不善，甚非小失，違者家長箠之。〔註33〕

吾家既以孝義表門，所習所行，無非積善之事，子孫皆當體此，不得妄肆威福，圖脅人財，侵凌人產，以爲祖宗植德之累，違者以不孝論。〔註34〕

由上所引諸條目，可看出義門鄭氏要求後代子孫行仁義、務孝義、重誠樸、距邪說。義門鄭氏先祖也相當重視子孫的教育，規定未成年之男女每天必須在「有序堂」朗誦戒訓之詞，一日三餐之用餐處所，男子在「同心堂」，女子在「安貞堂」。從家中處所的命名，可以看出義門鄭氏的精神追求。而作者鄭澹若在《夢影緣》一書中亦屢屢提及「忠」、「孝」、「義」、「貞」等，例如：

孤陋寡聞猶自愧，^縱書成亦是覆瓿才。^{惟有}掃除天下人心穢，洗出情場異樣寬。孝義忠貞皆至性，風花雪月亦清懽。其間意趣隨人會，我但題名夢影緣。脱卻前人窠臼全，趨炎陋習亦齊刪。^歎才人命薄千秋例，^{又何須}富貴榮華盡占全。〔註35〕

堪笑世人眼界淺，^{但只慕}榮華富貴樂無邊，爲名爲利心如燬，誰復能興出世懷。私欲紛紛難解脱，^便水源木本亦茫然。^{還有那}措詞動輒傷風化，^{定說道}玉女金童互憶凡，才子佳人齊掃地，管城子亦欲呼天，是何冤孽遭斯辱，縱掬西江洗不鮮。遺臭流芳皆自取，汗牛充棟笑陳編，^{倒不如}楚人一炬收乾淨，也使人人自惕乾。拋卻淫詞和豔曲，收心去讀聖賢篇，可知巾幗奇男子，別有胸襟海樣寬，洗耳自同高士潔，問心只許古人言，因悲今世情場壞，欲把前賢雅行談。〔註36〕

〔註32〕以上轉引自毛策著，《孝義傳家──浦江鄭氏家族研究》，頁280。

〔註33〕以上見明‧鄭濤著，《浦江鄭氏家範》，收錄在《續修四庫全書》編纂委員會編，《續修四庫全書‧子部‧儒家類》，冊935，頁283。

〔註34〕見明‧鄭濤著，《浦江鄭氏家範》，收錄在《續修四庫全書》編纂委員會編，《續修四庫全書‧子部‧儒家類》，冊935，頁284。

〔註35〕見清‧餐霞下生著，《夢影緣》，卷1，第1回，頁1。

〔註36〕見清‧餐霞下生著，《夢影緣》，卷1，第1回，頁5。

從古忠奸遭際別，莫須有案太紛繁，^豈忠良合喪奸邪手，^總蒙蔽君王亂聖懷，水落終當清見石，聖明天子辨忠奸，鋤奸勝舉超千古，暢盡忠臣烈士懷。巾幗人偏懷義憤，花開花謝終無干，^{替往古}忠良盡把冤仇報，公案重翻再戮奸。〔註37〕

由以上引文，除了可以了解鄭澹若撰寫《夢影緣》一書的動機是爲了抒發身爲巾幗的滿腔義憤，欲替往古忠良們吐一口冤氣，此外，更有她意欲掃除人心汙穢，重振清明「至情」的心願。而「情」字所指爲何呢？鄭澹若在此批評了一般小說中的陳舊陋習，期許自己能擺脫淫曲俗樂而盡翻新意，回歸古聖先賢之雅行，傳揚孝義忠貞之精神。〔註38〕因此，可以說作者鄭澹若是承繼義門鄭氏的家訓精神，在創作時將個人自小所接受的思想化爲書中的情節，也可以說她是受到社會背景所影響，在那樣的時代氛圍中，表現出重視「情」字的展現。

　　關於「情」字，自明代開始便是討論的焦點，明代馮夢龍（1574～1646）著有小說《情史》（又名《情史類略》、《情天寶鑑》），提出「情教說」，以宣揚「情教」思想來教化大眾，「使人『尊情』、『重情』進而『達情』、『知禮』。可謂大異於當時世風所強調的『禮教』之論。……在其思想中，情與理並非對立的，而是可以統一與融合的，然統一狀態就是出於『至情至眞』的忠孝節義。強調是眞情眞意而非虛情假意，情眞方以意摯，雖尚情，但不違中庸正統之思。」〔註39〕

　　馮夢龍本人對於「情」字的看法，茲引列如下：

　　六經皆以情教也。〔註40〕

〔註37〕見清・櫽下生著，《夢影緣》，卷3，第30回，頁48～49。
〔註38〕與鄭澹若一樣，對於忠孝之事頗爲重視的，尚有江蘇女子楊芬。「楊芬，字瑤季，江蘇吳縣人，淑秀妹，自幼好學，手不釋卷，女紅之餘，口不輟吟。猶嗜忠孝節義之事，有〈松林雙節婦詩〉及讀史之什，見者莫不稱善，父母愛之，亦不輕字。」見清・徐樹敏、錢岳同選，《眾香詞・樂集》（台北：富之江出版社，1997年，初版），頁44。
〔註39〕見張曉芬著，〈情爲理之維——試論馮夢龍文學作品中的情與理〉，收錄於靜宜大學中國文學系主編，《靜宜大學中國文學系第一屆明清文學學術研討會論文集》，2011年10月出版，頁258～259。
〔註40〕見馮夢龍評輯，周方、胡慧斌校點，《情史・詹詹外史序》云：「六經皆以情教也，《易》尊夫婦，《詩》有〈關雎〉，《書》序嬪虞之文，《禮》謹聘奔之別，《春秋》於姬姜之際詳然言之，豈非以情始於男女，凡民之所必開者，聖人亦因而導之。……」收錄在魏同賢主編，《馮夢龍全集》（南京：江蘇古籍出版社，1993年3月，第1版第1刷），冊7，頁3。

自來忠孝節烈之事，從道理上做者必勉強，從至情上出者必眞切。
〔註41〕

馮夢龍〈龍子猶序〉亦云：

天地若無情，不生一切物。一切物無情，不能環相生。生生而不滅，
由情不滅故。四大皆幻設，惟情不虛假。有情疏者親，無情親者疏。
無情與有情，相去不可量。……萬物如散錢，一情爲線索。散錢就
索穿，天涯成眷屬。〔註42〕

人而無情，雖曰生人，吾直謂之死矣。〔註43〕

「情」字在馮夢龍的詮釋下，具備多樣化的意義，除了指忠貞的愛情，又兼
指親情、兄弟之情、友情、君臣之情。詹丹認爲「馮夢龍的情感意識，他所
謂的「情」並不專就男女私情，戀情而言，實際上有著廣狹兩義之分。從廣
義上來看，這個「情」不但超越了狹義的男女戀情，甚至也超越了人與人之
間的親情關係，而更爲廣泛地指大千世界萬事萬物的普遍聯繫、生生不息，
從而具有了一種哲學上的普遍意義。……這種對「情」的看法，與道家之論
「道」、漢儒之論「氣」、宋儒之論「理」、佛家之論「空」，其歸類的層次，
是接近的，都有著一種哲學的、本體論的意義。」〔註44〕明朝文人戲曲家、
評論家張琦（1586～？）在《衡曲塵譚・情癡寱言》裡，對「情」與戲曲等
文藝的關係有詳盡的論述，茲引如下：

人，情種也；人而無情，不至於人矣，曷望其至人乎？情之爲物也，
役耳目，役神理，忘晦明，廢飢寒，窮九州，越八荒，穿金石，動
天地，率百物，生可以生，死可以死，死可以生，生可以死，死又
可以不死，生又可以忘生，遠遠近近，悠悠漾漾，杳弗知其所之。

〔註45〕

〔註41〕見魏同賢主編，《馮夢龍全集》，冊7，頁36。
〔註42〕見馮夢龍評輯，周方、胡慧斌校點，《情史・龍子猶序》，收錄在魏同賢主編，
　　　　《馮夢龍全集》，冊7，頁1～2。
〔註43〕見馮夢龍著，《情史・情通類》總評，收錄在魏同賢主編，《馮夢龍全集》，冊
　　　　7，頁932。
〔註44〕見詹丹著，〈馮夢龍的情學觀──馮夢龍啓蒙主義思想片論之一〉，《上海師範
　　　　大學學報（哲學社會科學版）》，1994年第2期（總第60期），頁78。
〔註45〕見明・張楚叔著，《衡曲塵譚》，收錄在《續修四庫全書》編纂委員會編，《續
　　　　修四庫全書・集部・曲類》（上海：上海古籍出版社，2002年3月，第1版第
　　　　1刷），冊1743，頁572。

「情教」之說至清代仍不絕，鄭澹若便在《夢影緣》一書中予以回應：

> 情通生死始爲情，忠孝情人集一門。一念精誠能感格，^{漫道是}癡人説夢事非眞。至情人自知斯理，我亦情場門外人，偏欲翻將情字案，^向最無情處去生情。〔註46〕

她認爲眞情能通生死，若情眞並能感格上蒼，因此，欲於彈詞中翻論情字。

三、《夢影緣》力行先忠後孝

而這些精神，身爲義門鄭氏後代的鄭澹若，雖爲一介女流之身，卻有著巾幗丈夫之氣概，意欲透過小說作品，揭示這些典範的人格精神，期許世人洗清塵穢之心，回復澄明本性。《夢影緣》一書開場，即以神話開端，上界羅浮仙君與以梅花神魁芳仙子爲首之十二花神，於宋太宗端拱二年遭青帝派遣下凡，青帝云：

> 今來召爾臨凡去，大宋朝中走一番。往爲御史莊家子，先當託夢可投胎。^{他日裡}代親報國成親志，^{好教他}做個雙全忠孝仙。〔註47〕

羅浮仙君下凡降生爲御史莊淵之子莊夢玉，目的是代替其父莊淵盡忠報國，成全父親忠孝兩全之志。此處作者鄭澹若揭露了古代讀書人所面臨的「忠孝難兩全」之困境，忠臣與孝子之間的拉扯，在鄭澹若筆下得到平衡。御史莊淵孺慕之情至深，隱孝二十年，在其子夢玉的引導下，因而踏上入山尋親之路，所遺留的人臣職份則由夢玉代爲完成。在書中，不斷出現對於忠、孝的歌頌：

> 可歎悠悠世上人，無非奪利與爭名。官居四品思三品，家有千金要萬金。妻始成房思納妾，子方宜室想生孫。不知忠孝爲何物，^只兩字銘心是利名。〔註48〕

> 將何妙法悟愚頑，人生至性惟忠孝。^他竟把眞心盡棄捐，先聖正言毫不領，修身誠意學難傳。〔註49〕

> 讀聖賢書緣底事，^{莫效那}爲名爲利俗人懷，把古人學問從頭學，在家庭先把精微孝字擺。〔註50〕

〔註46〕見清·罍下生著，《夢影緣》，卷1，第8回，頁109。
〔註47〕見清·罍下生著，《夢影緣》，卷1，第1回，頁2。
〔註48〕見清·罍下生著，《夢影緣》，卷1，第1回，頁18。
〔註49〕見清·罍下生著，《夢影緣》，卷1，第3回，頁50。
〔註50〕見清·罍下生著，《夢影緣》，卷1，第3回，頁52～53。

爲人立品惟忠孝，^{此是他}不負君親見一班。〔註51〕

^{可知道}百行之中先數孝，^只至誠一點可通天。〔註52〕

人生忠孝至情深，孝子忠臣始有情。〔註53〕

此外，林纖玉之父林武亦云：

^{愈可見}人生至性惟忠孝，^笑春感秋悲鄙不堪。〔註54〕

由上述引文可見人生要恪盡忠孝，唯有盡孝，方能修身誠意，也才能參透古人之學，而天人之道亦在盡孝後，至誠通達。也唯有盡忠，才能將短暫的生命化爲永恆，書中云：

人壽百年終有盡，大人原亦悟來深。電光石火須臾影，^笑碌碌庸愚

若較論，留得忠名千古在，豈非轉勝享彭齡。〔註55〕

《夢影緣》一書對於年壽須臾即逝之感悟極深，由書名亦可見作者之命意。對於忠名之千古流傳，在鄭澹若看來是勝過彭齡高壽的，也就是說在永恆的價值追求上，忠名、孝親是至高的典範所在，《夢影緣》一書即安排莊夢玉效法老萊子娛親之行爲，以表揚其孝心。第八回：

夢玉移前告二親，請效老萊聊舞綵，恕兒放誕越趨庭。〔註56〕

莊淵之好友林武遇夢玉，亦認爲夢玉與其女林纖玉同樣具有孝心，爲一對佳偶，第二十二回：

娛親亦似我兒心，喜他竟得同心友，他日閨房樂趣深。又嘆莊君眞

似我，^爲友人淡盡鼓琴心。〔註57〕

不僅是書中男、女主角爲孝親之人，吏部侍郎宋曦爲宋璨、宋紉芳之父，也是綵衣娛親之孝子，第十回：

舉室在京，久離故里，一旦太夫人忽動思歸之念，芷圃即陳情告養，

奉母歸來。閉戶間居，萊衣常舞，天倫之樂，眞可占斷當時。〔註58〕

對於吏部侍郎宋曦的孝行，《夢影緣》一書還詳細敘述其親自侍母的情形：

〔註51〕見清・霽下生著，《夢影緣》，卷1，第6回，頁85～86。

〔註52〕見清・霽下生著，《夢影緣》，卷1，第6回，頁94。

〔註53〕見清・霽下生著，《夢影緣》，卷1，第7回，頁95。

〔註54〕見清・霽下生著，《夢影緣》，卷2，第22回，頁150。

〔註55〕見清・霽下生著，《夢影緣》，卷1，第8回，頁120～121。

〔註56〕見清・霽下生著，《夢影緣》，卷1，第8回，頁122。

〔註57〕見清・霽下生著，《夢影緣》，卷2，第22回，頁144。

〔註58〕見清・霽下生著，《夢影緣》，卷1，第10回，頁148。

芷圃銀盆親捧上，侍親漱洗立躬身，面胰齒藥級芳進，^{謝夫人}盥手還來為解斁，脫卻褻衣交楚佩，子持繡袂媳持裙，為親妝束都完備，相擁登堂坐定身。〔註59〕

宋曦與謝夫人孝侍太夫人，親自侍奉其盥洗而不假奴僕之手。林纖玉之父林武曾對宋曦之子宋璨感嘆：人人自幼熟讀《孝經》，但真正遵行者又有幾人？第二十七回：

明王以孝治天下，先聖先賢廣訓人，一部孝經言已盡，人人從幼誦能成，^但徒然口誦心何領，遵奉而行有幾人？^嘆今世人心何似古，四書但以賺科名，正心大學誰能解，尚以常談笑老生。……真心一點何能變，^惟兩字癡情是定評。……本來天分當行事，赤子之心孝自盈。最痛衰於妻子語，指何勝屈世紛紛。^{想你師}閨中喜有同心友，^{只應該}長作鶼鰈比翼鳴，中道相拋何太忍，^{豈不是}全然相反世間人，斯為心孝人難覺，彼豈求邀後世名，我願大千世界內，一齊供奉此仙真，人人盡把良心現，^{切莫要}偏信妻言以薄親。……^{有幾人}能以正言規外子，使其疏己以親親。〔註60〕

又提及世人難以覺察「心孝」，有幾位妻子能以正言規勸丈夫疏遠自己以孝順親長呢？此處林武的一番話，點出了丈夫處在父母與妻子之間的矛盾，娶了親的丈夫究竟該如何拿捏分寸，以成為一位孝子卻又是一位稱職的丈夫。而作者鄭澹若針對此回的結語是：

^嘆癡心男子多情女，萬口同聲豔羨稱，惟有此人翻此案，情癡竟爾為萱椿，誰輕誰重吾何曉，^任觀者識彈話不經。〔註61〕

對於忠、孝的闡揚，由梅花神所轉世的林纖玉亦不遺餘力，林武謂纖玉：

^{我觀你}傳奇諸作盡清新，傳揚忠孝心如見，雖付優伶演未精，倩你衣冠來效古，定能傳出古人神，^{我為你}製成纖小冠和服，^{試為我}結束登場作劇新。〔註62〕

由此句可知，林纖玉於所創作之傳奇作品中，盡力傳揚忠孝精神。而對於忠與孝的先後問題，林纖玉認為「全無忠恕何稱孝」，〔註63〕可見在林纖玉看來，

〔註59〕見清・爨下生著，《夢影緣》，卷1，第10回，頁153。
〔註60〕見清・爨下生著，《夢影緣》，卷2，第27回，頁256～257。
〔註61〕見清・爨下生著，《夢影緣》，卷2，第27回，頁257。
〔註62〕見清・爨下生著，《夢影緣》，卷2，第22回，頁144。
〔註63〕見清・爨下生著，《夢影緣》，卷1，第12回，頁193。

「孝」是立基於「忠」的基礎上，莊淵要夢玉「移孝爲忠」似乎與此相呼應，忠孝的順序在此爲先「忠」後「孝」。而莊夢玉之母惠夫人的想法是：

> 何苦功名太認眞，世上有誰分厚薄，談忠說笑枉津津，^{動便講}揚名顯姓方爲孝，^{究竟他}孝思胸中可略存。〔註64〕

對惠夫人而言，揚名顯姓並非眞孝，所謂「眞孝」是存在於胸中的孝心，此即莊淵父子所力行的「心孝」。

顯然，作者鄭澹若在忠與孝的權衡，是先追求「忠」，再力行「心孝」。這一點與其父之移孝作忠相同，與其父鄭祖琛爲親家關係的胡敬，在道光二十四年秋九月爲《小谷口詩鈔》作了前序，〔註65〕其中云：

> 讀《摩難》一集知君之移孝作忠、先憂後樂，戎旅墨經，霖雨蒼生，發乎性眞，播爲經濟，有如此者！〔註66〕

此外，另一位替《小谷口詩鈔》寫作前序的是汪仲洋，他寫道：

> 竊謂　先生之詩即　先生之人也，至性過人，通籍後宦游東西南北，繞道省親，前後五次，自乙未告養，至癸卯依侍太夫人左右者，凡九年。……先生乃如老羆當道，不畏貉子，忠孝行詣，眾所見聞。
>
> 〔註67〕

由以上兩人之序文得知：鄭澹若之父不僅克盡職責，繞道省親，亦曾多次上疏請求歸省其母，忠孝之行誼深受旁人肯定。徐榮在《小谷口詩鈔‧題辭》中云：

> 鍛鍊星宿成光鋩，根源要使出忠孝，門户何必爭蘇黃。吁嗟乎！中原壇坫今誰倡，弇山青浦歸帝旁。〔註68〕

由徐榮的題辭可見：鄭祖琛之忠孝精神，源出於義門鄭氏之家訓，更由前文所述，影響了女兒鄭澹若的思想，在《夢影緣》一書中顯現了對於忠孝的重視。

〔註64〕見清‧櫽下生著，《夢影緣》，卷3，第30回，頁50。
〔註65〕關於兩人爲親家關係，是由胡敬在序之後署名「姻愚弟胡敬拜序」所得知。
〔註66〕見清‧鄭祖琛著，《小谷口詩鈔》，卷首，收錄於國家清史編纂委員會編，《清代詩文集彙編》（上海：上海古籍出版社，2010年，第1版），冊545，頁606。
〔註67〕見清‧鄭祖琛著，《小谷口詩鈔》，卷首，收錄於國家清史編纂委員會編，《清代詩文集彙編》，冊545，頁607。
〔註68〕見清‧鄭祖琛著，《小谷口詩鈔》，卷首，收錄於國家清史編纂委員會編，《清代詩文集彙編》，冊545，頁609。

四、《精忠傳彈詞》追尋精忠純孝

鄭澹若之女周穎芳著有《精忠傳彈詞》一書，書中以岳飛為主角，敘述岳飛受秦檜夫婦陷害而死之事，〔註 69〕將金兀朮安排為赤鬚龍轉世，而岳飛是阻止其斷送大宋江山之人。其實，在鄭澹若《夢影緣》一書述及奸人王欽若陷害林武時，也提及岳飛身陷秦檜三字獄之史事，不禁悲從中來，云：「^{作書人}鋤蘭下得心腸狠，^{亦只堪}博取忠臣後世名。到此更無相救法，^也幾回停筆淚沾襟。平生懷古無窮恨，借酒應澆塊壘平。水已將窮山已盡，陡然記起箇中人。」〔註 70〕鄭澹若欲以筆墨「^{替往古}忠良盡把冤仇報，公案重翻再戮奸。」〔註 71〕母女二人更同樣對於秦檜恨之入骨而呼為「臭檜」，對於岳飛忠肝義膽卻慘遭小人構陷，深感不忍。因此，在這兩本小說中找到了一個重疊之處，也就是對於忠魂的推崇，與對小人的不齒。筆者以為這樣的巧合，或許是因為時代背景及家庭教育使然，使義門鄭氏的家訓精神在這兩本後代子孫的小說中得到闡揚與發揮。

《精忠傳彈詞》一書由於創作時程正好是清朝陷入極度混亂的時期，因此，周穎芳「在作品中隱隱地流露出超越閨閣之外的家國意識、種族意識」。〔註 72〕正如徐德升《精忠傳彈詞》之序所言，本書為教忠教孝之作，小說以教忠教孝為主旨曾經在明清蔚為一股風潮。以下將針對本書之內容，分析其對於忠孝精神之情節描寫。

首先，是對於「忠」臣的表揚。忠臣李若水指責詐降的張叔夜「身作大臣甘降賊，更有何顏面對君」，此時，徽、欽二宗被俘虜，張叔夜自責之餘，

〔註 69〕 關於秦檜夫婦的出身背景，分述如下：秦檜的出身背景，「朽檜呼名秦臭姓，鷹腮鼠耳毒蛇心，雖然賊種秦家出，拖油瓶帶到孫門，孫浩娶他媽作妾，十分寵愛再婚人，只因蕩婦拖油到，孫浩心中不喜欣，又觀秦氏家財曠，人材一並付孫門，奸臣本是貪財貨，見了錢財便喜欣，立將秦氏為妻室，送將臭檜養成人。」見清·嚴周穎芳著，《精忠傳彈詞》（上海：商務印書館，1935年 4 月，國難後第 1 版），卷上，第 12 回，頁 97。秦檜之妻的背景：「賤嫗原是习家女，頭夫嫁一姓丁人，家資小可為生理，鐵行開在汴京城，夫妻反目休歸去，二夫嫁進姓王門，丈夫開個挖煤廠，十分生意有錢文，尤然不中妖嬈意，打扮風情沒半分，無錫縣中淫賤種，為娼為妓性生成，……立時成了這頭姻。」見清·嚴周穎芳著，《精忠傳彈詞》，卷上，第 12 回，頁 97～98。

〔註 70〕 見清·餐下生著，《夢影緣》，卷 3，第 29 回，頁 38。

〔註 71〕 見清·餐下生著，《夢影緣》，卷 3，第 30 回，頁 48。

〔註 72〕 見胡麗心著，〈最後的盛宴：晚清前期女性彈詞小說的創作與探索〉，《內蒙古民族大學學報（社會科學版）》，第 34 卷 2 期，2008 年 3 月，頁 24。

取出魚腸劍自盡。〔註 73〕李若水見徽、欽二宗被金邦人要弄，大罵老狼主，被斷十指、割舌仍嘗罵不止，咬去番主左耳後被殺，「可憐爲主捐身死，青史當傳不朽名。」〔註 74〕此外，當康王趙搆以泥馬渡江，崔孝卻自刎殉君。〔註 75〕岳飛之母在其背上刺「精忠報國」四字，〔註 76〕並期勉他「致身於國方爲孝」。〔註 77〕岳飛說：「爲臣盡忠，爲子盡孝，大丈夫視死如歸。」與岳雲、張憲三人同時在風波亭被害。〔註 78〕其屍首由獄卒隗順背負葬於北山腳，以雙橘樹爲記號，作者周穎芳言：

> 弔古興哀莫奈何，^{痛元帥}是蓋世奇才籌莫展，^{落得個}雄心未盡受冤多，^{只留得}無窮缺願悲今古，^{終不滅}英名猶壯宋山河，^{述不盡}豐功偉績傳青史，……^{只留得}精忠純孝字難磨。〔註 79〕

此段文字表現了作者對於岳飛盡忠而死的悲嘆，精忠純孝永留人間，供後人憑弔一縷忠魂。〔註 80〕紀德君認爲岳飛與關羽這兩位儒將將「忠」置於超越生命之價值，是受到儒家文化的影響所致。〔註 81〕他進一步論及「忠」字本身帶有雙重意涵：「忠於君」和「忠於國」，一旦「君主之欲求與國家之公利背道而馳，則忠於國家就勢必與忠君發生矛盾，從而使以精忠報國爲己任的儒將處於兩難的境地。」〔註 82〕岳飛即爲一例。他立志要收復國土、迎二帝

〔註 73〕以上見清・嚴周穎芳著，《精忠傳彈詞》，卷上，第 13 回，頁 105。

〔註 74〕以上見清・嚴周穎芳著，《精忠傳彈詞》，卷上，第 13 回，頁 106～107。

〔註 75〕見清・嚴周穎芳著，《精忠傳彈詞》，卷上，第 14 回，頁 116。

〔註 76〕見清・嚴周穎芳著，《精忠傳彈詞》，卷上，第 16 回，頁 130。

〔註 77〕見清・嚴周穎芳著，《精忠傳彈詞》，卷上，第 26 回，頁 227。

〔註 78〕以上見清・嚴周穎芳著，《精忠傳彈詞》，卷下，第 60 回，頁 559。

〔註 79〕以上見清・嚴周穎芳著，《精忠傳彈詞》，卷下，第 60 回，頁 560～561。

〔註 80〕李衛東讚云：「岳飛在忠、孝、寬、惠等方面都表現得非常出色，符合儒家「仁」的品格要求，是封建社會標準的仁人君子，……事實上，人們對岳飛的敬仰與崇拜，主要基於岳飛具有兩方面的偉大人格：一是作爲仁愛的岳飛，一是作爲驍戰的岳飛。」見氏著，〈岳飛崇拜的文化原因再探〉，《華東交通大學學報》，第 13 卷 3 期，1996 年 9 月，頁 108。有關岳飛之忠孝觀，亦可參看龔延明著，〈岳飛的忠孝觀〉，《岳飛研究》（北京：人民出版社，2008 年 10 月，第 1 版第 1 刷），頁 245～260。

〔註 81〕紀德君說：「倘若要問他們爲何如此之「忠」，竟將「忠」置於一切事功乃至性命之上，那麼我們似乎只能說，這是由於其性格深受儒家倫理文化模塑的結果。」見氏著，〈歷史演義小說中「儒將」形象的文化解讀〉，《廣州師院學報（社會科學版）》，第 21 卷 1 期，2000 年，頁 16。

〔註 82〕見紀德君著，〈歷史演義小說中「儒將」形象的文化解讀〉，《廣州師院學報（社會科學版）》，第 21 卷 1 期，2000 年，頁 20。

還朝，是忠於國家的表現；但無奈高宗有個人權力考量，因此傾向主和，也才與秦檜一班奸臣同聲一氣，最後害死了岳飛。因此，有學者認為害死岳飛的主謀並非跪在岳飛祠廟裡的秦檜、王氏、万俟卨，而是宋高宗。〔註83〕例如：針對明代李梅實原作、馮夢龍改編的傳奇《精忠旗》，〔註84〕李元峰指出：

> 《精忠旗》還有更深層次的含義：它通過冥王對秦檜的進一步勘審，
> 揭示了岳飛悲劇形成的另一個重要原因——宋高宗與秦檜為鞏固各
> 自地位的需要，不顧國家利益，民族大義，……所以關於岳飛冤案，
> 過去多數史論家都認為秦檜應負主要責任，文學作品中也不例外，
> 而馮夢龍的敏銳之處，就在於他最早以戲曲藝術形式把岳飛之死的
> 主要責任歸咎於最高統治者，客觀地揭示了歷史真實。〔註85〕

關於「孝」道精神的傳揚，岳飛無疑是純孝典範，對於岳飛降世之因果，陳摶老祖早說與岳飛之父知曉。岳飛之父在水淹湯陰之時，被陳摶老祖施法救至道山「流雲洞府」，喚道童明月奉上一盞醒世湯，並說與因果，「說起那保全宋室大功臣，漢時唐代曾臨世，忠義雙全有美名，豈意英雄心未已，重臨下界建奇勳，一生忠孝全名節。……君家善氣沖霄漢，故遣天星降善門，我與他知己同心稱莫逆，知他純孝異常人。」〔註86〕除了岳飛之外，其妻李孝娥亦為至孝之人，婚後，岳飛與李孝娥分別於兩地奉親，岳飛云：「休遵時俗煩文

〔註83〕 裴會濤說：「岳飛之死對抗金戰爭來說是一個很大的損失，究其死因則是由高宗和一切阻止抗戰之人所為。宋高宗的屈膝求和政策是岳飛之死的根本原因，而秦檜之流只是奉承了高宗的旨意，推波助瀾，進而充當了殺害岳飛的劊子手。」見氏著，〈岳飛遇害探析——從其與幾個重要人物的關係為中心考察〉，《開封教育學院學報》，第31卷1期，2011年3月，頁38。

〔註84〕 伏滌修認為「《精忠旗》是岳飛題材戲曲中最為接近史實的一部劇作，然仍有若干與史實不合之處。」參見伏滌修著，〈《精忠旗》所涉史實問題考辨〉，《戲劇》，2010年第4期（總第138期），頁94～101。此文分別從以下幾個問題來探討：關於岳飛背刺「盡忠報國」四字問題、關於秦檜充當金國奸細及檜妻王氏與金兀朮私通問題、關於岳飛死後其妻子兒女遭遇問題、關於岳飛平反經過與秦檜等奸臣被削奪封爵問題。

〔註85〕 見李元峰著，〈古代岳飛題材歷史劇本事溯源〉，《古典戲曲新論》，2009年第4期（總第130期），頁82～83。

〔註86〕 見清・嚴周穎芳著，《精忠傳彈詞》，卷下，第41回，頁373。關於岳和之死，岳珂記載是在宣和四年，岳飛二十歲時，「得先臣和訃，跣奔還湯陰，執喪盡禮，毀瘠若不勝。」見宋・岳珂編，王曾瑜校注，《鄂國金佗稡編・續編校注》，冊上，頁62。

禮，卿奉尊嚴我奉親。」〔註 87〕而岳飛之恩師周侗抱病時，岳飛盡日侍疾，李孝娥深明大義，與其父言：「但是慈姑身伴也不可無人，待儂歸侍奉慈姑，一來可以稍盡婦職，二來可以免得相公心挂兩頭，豈不是好。」〔註 88〕書中對於岳飛之妻思念雙親之情，亦有加以描寫。〔註 89〕其後，當岳飛奏本乞求省親許假，引發高宗孝心：「朕躬安坐金鑾殿，有違定省缺晨昏，何爲貴極爲天子，孝思不及岳賢卿，忠君尚有思親孝，始知忠孝本天眞。」〔註 90〕不僅岳飛之妻爲至孝之人，岳雲之妻亦是，思念雙親時云：「儂雖美滿無他慮，惟念山東母氏門，記得臨行分別苦，天涯地角會莫能，生身罔極何曾報，吾母惟生我一人，每憶慈親腸欲斷，愧儂不孝遠離親。」〔註 91〕

　　尤有甚者，周穎芳與其母鄭澹若在寫及孝子思念父母至極時，均有心疾的病況，鄭澹若《夢影緣》中的莊淵因思念父母而有心疾，致莊夢玉也有此病；其女周穎芳《精忠傳彈詞》則是岳飛因思念母親至切，而有心疾病症。雯小姐得知其父岳飛死訊，悲痛難忍，以血書欲效緹縈代父鳴冤。〔註 92〕但因無法上達天子，最後選擇身抱銀瓶跳進八角琉璃井中，「果不負忠孝傳家庭訓美，上書叩闕女中英。」〔註 93〕後受封爲「孝烈仙君」。〔註 94〕

　　《精忠傳彈詞》一書之結尾，奸臣盡受嚴懲，而忠良則受到朝廷旌封加爵，爲便說明，茲引如下：

　　　　追贈岳飛爲太師忠武鄂王，配享太廟，妻李氏封鄂國夫人。王祖考岳成爲太師魏國公，妻楊氏追封魏國夫人。王考岳和爲太師周國公，妻姚氏追封周國夫人。王長子岳雲追贈左武大夫、安邊將軍、忠烈侯，妻鞏氏封忠烈夫人。王次子岳雷加封兵馬大元帥、平北公，妻趙郡主爲愼德夫人。王三子岳霖補授杭嘉武勝軍節度使，妻李氏封一品夫人。王四子岳震、五子岳霆，俱爲列侯。王長孫岳甫欽賜舉人，准其一體會試。王故女岳銀瓶入祠貞烈。〔註 95〕

〔註 87〕見清・嚴周穎芳著，《精忠傳彈詞》，卷上，第 5 回，頁 29。
〔註 88〕見清・嚴周穎芳著，《精忠傳彈詞》，卷上，第 5 回，頁 31。
〔註 89〕見清・嚴周穎芳著，《精忠傳彈詞》，卷上，第 15 回，頁 124。
〔註 90〕見清・嚴周穎芳著，《精忠傳彈詞》，卷上，第 20 回，頁 171。
〔註 91〕見清・嚴周穎芳著，《精忠傳彈詞》，卷下，第 41 回，頁 366。
〔註 92〕見清・嚴周穎芳著，《精忠傳彈詞》，卷下，第 60 回，頁 562～563。
〔註 93〕以上見清・嚴周穎芳著，《精忠傳彈詞》，卷下，第 61 回，頁 565～566。
〔註 94〕見清・嚴周穎芳著，《精忠傳彈詞》，卷下，第 68 回，頁 649。
〔註 95〕見清・嚴周穎芳著，《精忠傳彈詞》，第 73 回，頁 700。

而錢彩《說岳全傳》之敘述則為：

> 今特追贈岳飛為鄂國公，加封武穆王，賜諡忠武，配享太祖廟；妻
> 李氏，封鄂國夫人。王祖考岳成，追贈太師魏國公；祖妣楊氏，追
> 贈慶國夫人。王考岳和，追贈太師隋國公；妣姚氏，贈周國夫人。
> 王長子岳雲，追贈左武大夫安邊將軍忠烈侯；妻鞏氏，封忠烈夫人。
> 王次子岳雷，封兵馬大元帥平北公；妻趙郡主，封慎德夫人。王三
> 子岳霆，封智勇將軍；敕賜張信女為配，封恭人。王四子岳霖，封
> 仁勇將軍；妻雲蠻郡主，封恭人。王五子岳震，封信勇將軍；敕賜
> 張九成女為配，封恭人。王孫岳申、岳甫，俱封烈侯。王女銀瓶，
> 加封為貞烈孝義仙姑。〔註96〕

此處岳家人之封賞，若將周穎芳《精忠傳彈詞》與錢彩《說岳全傳》相較，
有三處不同：第一，錢彩《說岳全傳》中，岳飛之祖妣楊氏，追贈「慶國夫
人」，而周穎芳則將「慶國夫人」改成與祖考相配之「魏國夫人」。第二，錢
彩《說岳全傳》中，王考岳和，追贈太師隋國公，周穎芳則配合王之妣姚氏
受封為周國夫人，遂將王考岳和之受封改成「太師周國公」。此兩點可與《鄂
國金佗稡編》卷第四〈經進鄂王行實編年〉卷之一相對照，茲引如下：

> 本貫相州湯陰縣永和鄉孝悌里。
>
> 曾祖成，故贈太師、魏國公。妣楊氏，故贈慶國夫人。
>
> 祖立，故立太師、唐國公。妣許氏，故贈越國夫人。
>
> 父和，故贈太師、隋國公。妣姚氏，故封魏國夫人，贈周國夫人。
>
> 〔註97〕

由以上引文，可知岳飛之曾祖為岳成，祖父為岳立，但錢彩《說岳全傳》及
周穎芳《精忠傳彈詞》均將岳成寫為岳飛之祖，同時，錢彩《說岳全傳》中
的封號較符合岳飛之孫岳珂所編《鄂國金佗稡編》之說法。但王曾瑜引用《金
佗宗譜》之記載後，校注云：「《金佗宗譜》晚出，顯然有不少杜撰成份。岳
家世代為農，連岳珂已無從炫耀其祖先之仕宦貴顯。」〔註98〕

〔註96〕見清・錢彩編次，金豐增訂，《說岳全傳》（上海：上海古籍出版社，2010年
12月，第1版第1刷），第80回，頁500。

〔註97〕見宋・岳珂編，王曾瑜校注，《鄂國金佗稡編・續編校注》，冊上，頁53。

〔註98〕見宋・岳珂編，王曾瑜校注，《鄂國金佗稡編・續編校注》，冊上，頁54。

此外，根據宋‧謝起巖撰《忠文王紀事實錄》卷一，岳飛之父封「顯慶侯」、岳飛之母姚氏封「淑美夫人」、岳飛之妻李氏封「德正夫人」，五子分別封爲：繼忠侯、紹忠侯、續忠侯、緝忠侯、纘忠侯。五子之妻分別封爲：相德夫人、介德夫人、助德夫人、翊德夫人、贊德夫人。〔註99〕第三，錢彩《說岳全傳》對於岳飛五子之排序爲：雲、雷、霆、霖、震；〔註100〕而《精忠傳彈詞》則爲：雲、雷、霖、震、霆。據李漢魂所編之《宋岳武穆公飛年譜》附編之附錄二〈子孫附傳〉當中的資料考證，〔註101〕則周穎芳之排序與史書記載相合。〔註102〕

第二節　嚴懲奸人佞臣

　　岳飛眼見宋朝受到金人的壓制，興起一股救國壯志，而周穎芳深陷在清末危弱的國勢氛圍之中，雖爲女子，對於現實社會也有所感懷。在清末，像周穎芳一樣，對於社會現狀有所關心，並化爲文字表達的女作家，亦所在多有。她們也許以詩歌，也許以小說，不論是何種文體，傳達出的均爲女作家的現實關懷，這是清末時期女作家的特殊現象。而周穎芳寫作《精忠傳彈詞》一書，除了因應社會現狀而抒發一己之愛國心切之外，筆者認爲，若站在周穎芳的家世背景來看，也可以視爲是她對於祖父一片忠心的追念。

〔註99〕 以上見宋‧謝起巖撰，《忠文王紀事實錄》，卷1，收錄在《續修四庫全書》編纂委員會編，《續修四庫全書》，冊550，頁306～307。

〔註100〕 根據《金佗宗譜》：「侯本名靄，孝宗更名霆，字君錫。」轉引自宋‧岳珂編，王曾瑜校注，《鄂國金佗稡編‧續編校注》，冊上，頁810。

〔註101〕 見李漢魂編，《宋岳武穆公飛年譜‧附編》，頁200～202。

〔註102〕 關於五子，有一說岳雲爲岳飛之養子，此說見於《宋史》卷三百六十五《岳飛傳》：「雲，飛養子。」（見元‧脫脫等撰，《宋史》，冊33，頁11395。）而在宋‧李心傳撰，《建炎以來繫年要錄》一書中，卷六十八記載岳雲爲岳飛養子，文字如下：「（紹興三年九月）庚申，神武副軍都統制岳飛自江州來朝，賜飛金帶器甲，飛養子雲年尚少，上亦以戰袍戎器賜之。」而卷一百四十三則出現岳雲爲岳飛長子的說法：「（紹興十有一年十有二月）癸巳，飛長子左武大夫忠州防禦使提舉醴泉觀雲坐與憲書。」（以上兩則分見於宋‧李心傳撰，《建炎以來繫年要錄》，收錄在清‧紀昀等奉敕撰，《景印文淵閣四庫全書》，冊325，頁879；冊327，頁4。）對此，王曾瑜校注云：「可知岳雲確係岳飛親長子，然應爲劉氏所生，故或誤爲養子。」又云：「岳霖以下諸子，應爲李娃所生。」見宋‧岳珂編，王曾瑜校注，《鄂國金佗稡編‧續編校注》，冊上，頁806、810。

　　女作家對於現實有所關懷的現象，周穎芳並非特例；而周穎芳與其母鄭澹若雖皆有唾罵奸人之內容，但周穎芳另有深層意涵隱藏在《精忠傳彈詞》一書當中。鄭澹若與周穎芳這一對母女，在作品中均對於惡人有一番諷刺批評，下場也都無比淒慘；〔註103〕同時，對於忠良也都相當推崇。以下先敘述鄭澹若《夢影緣》對於惡人的懲戒及諷刺表現手法，之後再說明周穎芳《精忠傳彈詞》一書，對於惡人的描寫，是否與其母有相同手法，以及此書的惡人事例，是否有承襲自錢彩《說岳全傳》一書，又或者周穎芳有個人的創見？

一、《夢影緣》的現世報

　　《夢影緣》一書之作者鄭澹若，對於歷代權奸之人的憤恨，在書中處處可見，第十七回更藉歷代權奸之名，以諧音方式處理，另作命名，第十七回云：

^{可嘆}觀書各有千秋恨，怒氣沖冠氣不平，歷代權奸何可數，舉其甚者借其名，斥爲奴隸加之辱，聊把心頭惡氣伸。〔註104〕

第十七回出現秦貴、孫虔、陳獸、嚴松、呂濛、胡旦（胡稠改名，莊淵醫好其子胡謂）、魏忠等人。眾僕人欲殺莊淵，卻被不怒而威的莊淵嚇得手顫無力，〔註105〕孫虔、呂濛要眾人向園中的莊淵射箭，弦斷而眾人面頰傷損；秦貴欲持穢物噴向莊淵，卻被一群白兔撲倒，穢物沾滿身。〔註106〕胡旦要陳敬以酒灌醉莊淵並堵住轅門，陳敬因畏於胡旦不得不從，但莊淵不醉，〔註107〕因其「在朝常辟穀」的緣故。〔註108〕胡旦決定進毒酒，陳敬欲打翻毒酒，但莊淵爲了讓他交差，於是假裝醉倒。〔註109〕胡旦欲行刺莊淵，被陳敬阻止卻又不敢近身，眾僕建議火攻，陳敬暗想將莊淵喚醒送他出園，卻被嚴松發現。一

〔註103〕對於岳飛冤死的結果，岳飛故事的作者安排秦檜等奸人以慘烈的下場，伏滌修對此現象，認爲「岳飛雖然冤死，但劇作最後讓人們看到忠良被褒頌祭奠，奸佞被打入地獄苦熱。這樣人們心理上終於如釋重負，心裡的憤懣一時可以得到發洩，心理重壓暫時可以得到緩解。」見伏滌修著，〈論岳飛題材戲曲劇作的核心價值追求〉，《中國戲曲學院學報》，第29卷3期，2008年8月，頁9。
〔註104〕見清·餐下生著，《夢影緣》，卷2，第17回，頁69。
〔註105〕見清·餐下生著，《夢影緣》，卷2，第17回，頁68。
〔註106〕見清·餐下生著，《夢影緣》，卷2，第17回，頁69。
〔註107〕見清·餐下生著，《夢影緣》，卷2，第18回，頁76。
〔註108〕見清·餐下生著，《夢影緣》，卷2，第18回，頁71。
〔註109〕見清·餐下生著，《夢影緣》，卷2，第18回，頁77。

群惡僕點火之後，只見赤鳥環繞，「鳥鳥重來振翼聯，亂撲火星皆滅盡，毫無傷損此房間。」〔註110〕至此，陳敬「始信昭昭上有天，豈忍忠良遭毒手，徒教費盡惡人懷。」〔註111〕這一大段描寫了眾惡人使盡各種手段欲置莊淵於死地，值得注意的是，眾惡人之名是由歷朝奸人之名諧音或省略而成，諧音者例如：「秦貴」為南宋陷害岳飛之奸臣「秦檜」、「嚴松」為明朝權臣「嚴嵩」之諧音；省略者例如：「魏忠」為「魏忠賢」之省略。以上均為歷代背負罵名的權臣，令人意外的是：若「呂濛」所指為孫權之大將「呂蒙」、「孫虔」為「孫權」、「陳獸」為「陳壽」，那麼，鄭澹若是否也在作品中洩漏了自己的史觀，她批評了東吳的孫權、呂蒙，又批評了西晉陳壽，之所以批評陳壽，或許是因為陳壽撰寫《三國志》時，尊曹魏為正統，由此處之安排，是否鄭澹若本人較傾向於《三國演義》中以蜀漢為尊的立場。關於鄭澹若批評孫權一點，亦見於其女周穎芳《精忠傳彈詞》之中，第六十九回稱孫權為逆豎，並描寫孫權之外貌像禽獸，還透過伍連之口大罵孫權：

> 禽獸衣冠算甚人，霸領江東分帝業，蜂屯蟻聚枉稱能。稱孤道寡無廉賊，叩魏稱臣賤賊恨，美人計設連枝妹，恥聽吳侯大孝稱，強奪荊州為己業，忘廉喪恥竟興兵。……巍巍漢室劉皇叔，將敗兵亡白帝城，龍駁難回英氣憤，千秋義重死生輕，漢祚運移緣底事，使他草寇亂縱橫，……何物孫曹能蔽日，擾亂江山社稷分，孫權首惡曹瞞次，合付陰曹重典刑，刀山劍獄令歷遍，儆戒孫曹犯上人。

眾人搗毀孫權之塑像後，將吳大帝廟改為「丐兒公所」。〔註112〕周穎芳透過伍連之口，對孫權與曹瞞擾亂江山大肆批評，呼之為忘廉喪恥之徒，可見周穎芳與其母鄭澹若一樣，均以蜀漢為尊，也都以道德標準來衡量歷史人物之所為。〔註113〕而在《夢影緣》中，也有推崇諸葛亮之詩呈現。不只是她，連其父鄭祖琛也相當欣賞諸葛武侯，亦有詩流傳後世。其女周穎芳在《精忠傳彈詞》第六十二回，也安排一段與諸葛武侯相關之情節，諸葛英之子諸葛鈞孝

〔註110〕見清・饕下生著，《夢影緣》，卷2，第18回，頁80。

〔註111〕見清・饕下生著，《夢影緣》，卷2，第18回，頁80。

〔註112〕以上參見清・嚴周穎芳著，《精忠傳彈詞》，第69回，頁663～665。

〔註113〕鄭澹若、周穎芳母女二人以蜀漢為尊之三國史觀，係受朱熹之影響，南宋朱熹《通鑑綱目》一反陳壽《三國志》、司馬光《資治通鑑》以魏為尊之說，提出以蜀漢為正統之論，而此三國史觀也影響了後代的戲曲小說。

心感格天地，孔明在他夢中傳授兵書，〔註114〕要他協助岳家二少君岳雷不被奸人陷害。

筆者以爲鄭澹若在書中極盡描寫惡人之奸惡，忠良得上天庇佑，毫髮無傷，是爲了一吐忠良受奸人所害之不平，她在第十八回中寫道：

> 蒼蒼何不例翻新，折辱奸雄佞惡人，^使千古忠良齊吐氣，鋤邪扶正快人心。^{想雖則}流芳遺臭名終異，^在當時實使旁觀抱不平。我豈前身曾目覩，今生尚爾恨塡膺，聊將三寸鋤奸筆，勾取奸魂現惡形。〔註115〕

這批奸人更是以現世報的方式，遭受極盡悲慘淒涼之下場，第二十回描寫劉雉作女妝行刺韓侯府，林武下令嚴懲劉雉，「^{將佞人}解往韓侯祠墓前，刳取其心行祭奠，屍骸棄與虎狼餐。」又嚴格追究嚴松、魏忠之前罪，所作惡事堆積如山，「千刀并舉分其體」。而譙謔的下場是「割舌刳睛祭大賢」；陳獸的下場是「斫下無良十指尖」。林武審理胡稠改名之事後，本欲以十名弓箭手放箭，後聽從莊淵求情而法外施仁，「以欽賜鋼鋒斬巨奸，抄沒家財歸入庫，散其童僕與丫鬟，將其父子諸姬妾，盡付官媒發賣開。」〔註116〕其妻胡吉氏被赦免，之後卻在秋棠的鼓勵下持刀自盡，成爲烈婦。死前自言：「恨劣妻不能規諫回君過，今復偷生愈汗顏，就此相從於地下，^{當輔你}再生人世作名賢，^便持刀一勒無遲緩。」〔註117〕

作者鄭澹若在第二十回，徹底地以不平之筆，寫出對於惡人之憤恨：

> 管城慣作不平鳴，癡絕冤禽塡海心，聊爲古人抒怨恨，鋤奸誅惡廣施刑，^借江州署作森羅殿，勾取千秋佞惡魂，一一教他遭現報，妄言姑以快人心。〔註118〕

藉此惡人惡報之例，除了稍微發洩心中之不滿情緒外，第四回云：

> ^{莫不是}我施魔鎮將人害，報應昭昭有上蒼。未及害人先害己，神差鬼使暗移殃。啊唷一定是了這便怎處，^{始信}爲人莫作虧心事，天眼分明看得詳。〔註119〕

〔註114〕夢中孔明對諸葛鈞說：「我非恩帥，乃汝之開基先祖天樞上相漢孔明是也。因岳王一門忠孝節義，感動人天，故而著汝前去扶助二少君，勿使奸臣禍及他。現有兵書三卷，上乃占風望雨，中乃行兵佈陣，下乃所祈如願，好生收藏。」見清·嚴周穎芳著，《精忠傳彈詞》，第62回，頁582。

〔註115〕見清·餐下生著，《夢影緣》，卷2，第18回，頁70。

〔註116〕以上見清·餐下生著，《夢影緣》，卷2，第20回，頁109～110。

〔註117〕見清·餐下生著，《夢影緣》，卷2，第20回，頁111。

〔註118〕見清·餐下生著，《夢影緣》，卷2，第20回，頁104。

〔註119〕見清·餐下生著，《夢影緣》，卷1，第4回，頁58。

也在揭示報應不爽的觀念，對於勸善的推行，有積極的效應。

二、《精忠傳彈詞》的咒罵及冥報

其女周穎芳《精忠傳彈詞》一書，也是一本為忠良發聲之小說，而發聲的方式，並非以現世報方式進行。筆者認為有以下兩種方式：其一，藉由牛皋之口，替忠良發出不平之鳴；其二，藉由地獄冥報的方式，以嚴懲奸人。以下分別敘述：

首先，要討論的是牛皋這一角色在《精忠傳彈詞》中的意義。《精忠傳彈詞》一書對於岳飛之外的人物描寫，相較之下，牛皋是佔有較多篇幅的配角，且是岳飛槍挑小梁王成名之前所結交的兄弟之中，能夠貫串全書、歷經岳家兩代的人物。岳飛在槍挑小梁王之前所結交的兄弟有：湯懷、張顯、王貴及牛皋。此四人有出現在回目中的僅有：湯懷和牛皋兩人。對於湯懷，在第四十九回寫他自刎而死，岳飛傷心欲絕、心力交瘁。而牛皋的描寫不僅在各回中穿插出現，回目中出現其名，或所敘之事與他相關的就有七回，分別是第五、二十二、二十六、三十一、四十五、四十六、七十回，〔註120〕最後氣死金兀朮後，他才笑死。至於張顯和王貴，則未有特別以兩人為回目之描寫。甚至書之最末回，君王對於岳家之外有功將士分封加賞，亦未特別標出與岳飛早年即已結交之二人，僅對於已逝之張憲、湯懷、楊再興、張保、王橫、施全、牛皋予以加封。〔註121〕張顯與王貴相比，王貴是較有爭議的人物，〔註122〕對於王貴其人，岳珂《鄂國金佗稡編》卷第八〈行實編年〉卷之五，有一段

〔註120〕回目之標題，見於本論文之附錄二，其中第5、22、26、31、45、70回均在回目中直指牛皋、牛統制或以福將稱之，只有第46回「伍尚志計擺火牛陣，鮑方祖贈寶破妖人」未出現其名，但鮑方祖為其師，贈他寶物以破普風之計，故不可忽略。

〔註121〕「已故張統制憲加封成義侯、湯統制懷為忠勇侯、楊統制再興為忠烈侯、張保加封為龍驤將軍、王橫加封虎賁將軍、施統制全加封為眾安橋興福明王土地正神、牛統制皋加封威烈侯。」見清・周穎芳著，《精忠傳彈詞》，第73回，頁700。但宋・謝起嚴撰，《忠文王紀事實錄》，卷1，記載對於各部將之分封如下：擬封張憲為烈文侯、徐慶為昌文侯、董先為煥文侯、牛皋為顯文侯、李寶為崇文侯、王貴為尚文侯。見氏著，《忠文王紀事實錄》，卷1，收錄在《續修四庫全書》編纂委員會編，《續修四庫全書》，冊550，頁307。

〔註122〕關於王貴，李漢魂編《宋岳武穆公飛年譜》附錄三之〈部將列傳〉云：「按王部曲諸將，依附青雲，垂名竹帛者，不可勝數，內除王貴董先二人，立功雖多，晚節不卒外，其餘皆忠義之士也。」見氏著，《宋岳武穆公飛年譜》，頁203。

記載：

> （紹興十一年）於是檜、俊之忿未已，密誘先臣之部曲，以能告先
> 臣事者，寵以優賞，卒無應命。又遣人伺其下與先臣有微怨者，輒
> 引致之，使附其黨，否者脅之以禍。聞王貴嘗以潁昌怯戰之故，爲
> 臣雲所折責。比其凱旋，先臣猶怒不止，欲斬之，以諸將懇請，獲
> 免。又因民居火，貴帳下卒盜取民蘆筏，以蔽其家，先臣偶見之，
> 即斬以徇，杖貴一百。檜、俊意貴必憾先臣父子，使人誘之。貴不
> 欲，曰：「相公爲大將，寧免以賞罰用人，苟以爲怨，將不勝其怨矣！」
> 檜、俊不能屈，乃求得貴家私事以劫之，貴懼而從。〔註123〕

此段述及秦檜與張俊聯合陷害岳飛，脅迫王貴之事，《宋史》卷三百六十八、
列傳第一百二十七〈張憲傳〉也有記載：

> 檜與張俊謀殺飛，密誘飛部曲，以能告飛事者，寵以優賞，卒無人
> 應。聞飛嘗欲斬王貴，又杖之，誘貴告飛。貴不肯，曰：「爲大將寧
> 免以賞罰用人，苟以爲怨，將不勝其怨。」檜、俊不能屈，俊劫貴
> 以私事，貴懼而從。〔註124〕

《宋史》之內容與岳珂《鄂國金佗稡編》相差不大，但此段王貴受迫於秦檜
而陷害岳飛之事，在小說中有了更改，在錢彩《說岳全傳》及周穎芳《精忠
傳彈詞》均未見王貴受迫於秦檜而加害岳飛一事，錢彩《說岳全傳》將王貴
改成岳飛手下一名軍官王俊誣陷岳飛剋扣軍糧，〔註125〕而周穎芳《精忠傳彈
詞》則完全省略人名，直接寫出岳飛遭控「按兵不動」、「剋扣軍糧」之罪，
被陷害而入獄。〔註126〕根據岳珂所言，實際上真有王俊這一人物在岳家軍中，
《鄂國金佗稡編》記載：

> 時又得王俊者，嘗以從戰無功，歲久不遷，頗怨先臣。且位副張憲，
> 屢以姦貪爲憲所裁，與憲有隙。……自出身以來，無非以告訐得者，
> 軍中號曰「王鵰兒」，鵰兒者，擊搏無義之稱也。檜、俊使人諭之，
> 輒從。〔註127〕

〔註123〕見宋‧岳珂編，王曾瑜校注，《鄂國金佗稡編‧續編校注》，冊上，頁 658～
659。
〔註124〕見元‧脫脫等撰，《宋史》，冊33，頁 11462～11463。
〔註125〕參見清‧錢彩編次，金豐增訂，《說岳全傳》，第60回，頁356。
〔註126〕參見清‧嚴周穎芳著，《精忠傳彈詞》，第59回，頁544～546。
〔註127〕見宋‧岳珂編，王曾瑜校注，《鄂國金佗稡編‧續編校注》，冊上，頁 659～660。

根據岳珂所言，王俊爲張憲屬下，與張憲有嫌隙，時常以告訐他人而得到好處，在軍中有一稱號名爲「王鵰兒」。周穎芳《精忠傳彈詞》中也安排「王鵰兒」出現，但指的不是王俊，也不是張憲的屬下，而是秦檜府中之小卒，秦檜命張俊模仿張憲筆跡，造了一封假信，差王鵰兒前往湯陰送信。由上所述，可知周穎芳《精忠傳彈詞》刪去王貴受迫於秦檜的這一段，將王貴的形象仍然維持在岳家軍中，表現雖然沒有牛皋突出，卻也還是忠於岳飛的一位將士。〔註128〕

對於王貴，周穎芳省略其事蹟，但對於牛皋，周穎芳則添加了不少筆墨。不論是牛皋本人的形貌、武器、際遇，以及鮮明的個性，周穎芳《精忠傳彈詞》都有細膩的刻劃，歷來學者將他視爲「滑稽英雄」、「丑角」或「福將」加以分析其文學形象。〔註129〕但他在《宋史》中的形象原本並不那麼豐富，《宋史》卷三百六十八、列傳第一百二十七〈牛皋傳〉記載如下：

> 牛皋字伯遠，汝州魯山人。初爲射士，金人入侵，皋聚眾與戰，屢
> 勝，……會岳飛制置江西、湖北，將由襄、漢規中原，命皋隸飛軍。……
> 紹興十七年上巳日，都統制田師中大會諸將，皋遇毒，亟歸，語所
> 親曰：「皋年六十一，官至侍從，幸不啻足，所恨南北通和，不以馬
> 革裹屍，顧死牖下耳。」〔註130〕

〔註128〕 關於岳飛被誣陷的經過，王曾瑜加以研究後並推論其過程，他說：「張俊利用
鄂州都統制王貴到鎮江樞密行府參見之機，脅迫他就範。王貴在八月下旬返
回鄂州，副都統制張憲又於九月一日動身，前去鎮江府。大約在秦檜黨羽林
大聲的唆使下，張憲的副手、前軍副統制王俊於七天後出面，向王貴誣告張
憲，說他得知岳飛罷官的消息，陰謀襲脅大軍去襄陽，以威逼朝廷將兵權交
還岳飛。儘管此狀並非是刀筆訟棍的高明手筆，全是一派拙劣的謊言，任何
稍明事理的人，都不難看出其中的破綻。但受逼脅的王貴卻只能將狀詞轉交
負責報發朝廷文件的林大聲，用急遞發往鎮江府。早七天出發的張憲須晝行
夜宿，他到達鎮江府，恰好是自投羅網。」見王曾瑜著，《宋高宗》（長春：
吉林文史出版社，1996年7月，第1版第1次印刷），頁164～165。但雷家
聖經過一番考證後，認爲王曾瑜所說指使王俊誣陷張憲、岳雲的人是總領林
大聲，因缺乏更進一步的證據，姑且只能說是推測而已。參見雷家聖著，〈南
宋高宗收兵權與總領所的設置〉，《逢甲人文社會學報》，第16期，2008年6
月，頁143～147。

〔註129〕 鄭振鐸說：「其人物的性格也頗有脫胎於他書的，如牛皋那樣的一員「福將」，
便活是《說唐傳》裡程咬金的替身。」見鄭振鐸著，《鄭振鐸全集》（石家莊：
花山文藝出版社，1998年11月，第1版第1刷），冊4，頁283。張俊指出
《說岳全傳》中牛皋這一角色，「史有其人，但不見於明代說岳諸書，實是作
者的創造，他爽直憨厚，英勇無畏，是一李逵式的英雄。」見氏著，《清代小
說史》（杭州：浙江古籍出版社，1997年6月，第1版第1刷），頁124。

〔註130〕 以上參見元・脫脫等著，《宋史》，冊33，頁11464～11466。

在《宋史》中，僅提及牛皋的大小戰功，以及對於議和的不滿，他對於自己最後不能戰死沙場感到心有未甘，但對於牛皋的個性卻未描述，張火慶對此認為：牛皋之「生平除了勇謀膽識為後世景仰外，實已找不出其他令小說家感到興味的特徵了。或者說，他的功高而被害，這一層英雄悲劇性，與岳飛的『莫須有』罪名具有同樣的遺憾效果，遂使小說家企圖用傳奇的手法，為他們做辯冤的補償。——此即說岳全傳中，岳飛升格為如來佛座下護法大鵬金翅明王，秦檜則化身為鐵背虯龍，大鵬啄傷虯龍，秦檜害死岳飛而後被打下地獄受苦的故事。」〔註131〕而小說創作者也就在這樣有限的史實中，添加了許多枝節，豐富了牛皋這一人物在文學作品中的展現。例如：牛皋在岳飛顯靈阻止他們殺秦檜之後，與余化龍、何元慶跳河，兩人死而牛皋卻未死，他被鮑方老祖相救因而出家，後鮑方老祖賜他幾件寶物，最後氣死金兀朮而自己笑死，〔註132〕透過一連串的情節，就是要刻畫出牛皋是一個單純、天真、粗魯、重義氣而行事磊落之人。〔註133〕他的個性粗魯，不懂禮節，但卻又粗中有細。

對於牛皋的個性描寫，除了明白說出他是性急之人外，〔註134〕小說創作者的呈現方式是透過事件的描述來加以烘托。牛皋在《精忠傳彈詞》第五回上場，僅稍後於與岳飛幼年一同成長的湯懷、張顯、王貴三人，但在此後的故事中，牛皋的比重卻較其他人為多。《精忠傳彈詞》中透過岳飛與他在亂草崗交手，寫出牛皋的形貌：

遠望見強人雄壯顏如漆，頭大精圓甚勇蠻。鑌鐵武盔頭上戴，戰袍鐵甲式連環。身騎一匹烏騅馬，雙鐧高擎把路攔。〔註135〕

〔註131〕見張火慶著，〈以岳傳中的牛皋為例——論戰爭小說中的丑角〉，收錄在龔鵬程、張火慶著，《中國小說史論叢》（台北：台灣學生書局，1984年6月，初版），頁258。

〔註132〕氣死金兀朮、笑死牛皋之情節，見清・嚴周穎芳著，《精忠傳彈詞》，第70回，頁683～684。

〔註133〕關於牛皋重義氣之表現，可在第32回中得到例證。與他結交的高寵見岳飛與金兀朮交戰沒幾回就下山，猜想番兵必定武藝高超，自己便前往殺敵，雖然一開始殺得金兀朮髮斷盔落，最後卻被滑車所傾而戰死。牛皋拚命奪回高寵屍體，可見其義氣之深。見清・嚴周穎芳著，《精忠傳彈詞》，第32回，頁285～287。

〔註134〕例如：清・嚴周穎芳著，《精忠傳彈詞》，第26回「牛皋火性非常急」，頁219。

〔註135〕見清・嚴周穎芳著，《精忠傳彈詞》，第5回，頁34。

這一段描寫，描述了牛皋的外貌之外，也寫出他的裝備——烏騅馬和雙鐧。
選用烏騅馬作為牛皋的座騎，正向讀者暗示著牛皋與項羽的關連，這在第二
十六回中得到了呼應，此回對牛皋下了一段評語：

> 優待親兵如赤子，當年項籍又重生。自居首隊兵居後，赤心護主死
> 生輕。諸軍識得他心意，各帶乾糧急急跟。〔註 136〕

牛皋如同當年項羽一般，帶兵自居首隊，贏得了士兵的敬重。在與岳飛第一
次交手時，他因腳底靴子一滑被岳飛打敗，而想拔劍自刎，但讀者在往後的
故事中會發現，其實牛皋常打敗仗，並不如他自己所說的從未輸過。他打敗
仗或被擒的記載出現在往後的故事情節中，例如：第八回，牛皋和楊再興、
羅延慶對打，「見牛皋失色將無力」，〔註 137〕幸賴岳飛來解圍方得以脫困；第
二十二回，牛皋酌酒，不勝酒力墜入湖中，被太湖賊花普方抓去，後與花普
方結義；〔註 138〕第二十四回，牛皋與余化龍對打又被打敗，此回作者寫：「元
帥見他在傍安營，料他又打了敗仗。」〔註 139〕作者此語，將牛皋屢次打敗仗
之後會有的例行行為點出，表示這並非他第一次被打敗。第二十七回，牛皋
被一黑臉將軍打敗，卻促成了張立與其弟張用相認，後張用獻關。〔註 140〕第
四十三回，牛皋與楊再興於九龍山大戰，牛皋一開始向楊再興叫囂，最後仍
敗下陣，但楊再興卻未追趕。此回在牛皋敗陣後，由岳飛出戰楊再興，兩人
之間的對話，可見岳飛極為堅持「子孝臣忠」，最後楊再興之先祖楊景夢授岳
飛殺手鐧，才得以逼服楊再興，促成岳飛與他義結金蘭。〔註 141〕第七十回，
金邦大元帥粘得力特來助金兀朮，連夜下戰書，吉青和牛皋自請出兵，岳雷
見其二人為父執輩，遂命他二人為接應，不料出發前誇下海口的牛皋漸輸，
幸賴小將關鈴解救。〔註 142〕以上可知，牛皋總是能逢凶化吉，酒醉後還能破
金兵，〔註 143〕跳河能不死，遇難時總有貴人出手相救，被擒之後卻又能與對
方以結義兄弟相稱，堪稱「福將」。

〔註 136〕見清・嚴周穎芳著，《精忠傳彈詞》，第 26 回，頁 219。
〔註 137〕見清・嚴周穎芳著，《精忠傳彈詞》，第 8 回，頁 58。
〔註 138〕見清・嚴周穎芳著，《精忠傳彈詞》，第 22 回，頁 190。與花普方結義之詳情，
　　　　參見第 23 回，頁 192。
〔註 139〕見清・嚴周穎芳著，《精忠傳彈詞》，第 24 回，頁 206。
〔註 140〕見清・嚴周穎芳著，《精忠傳彈詞》，第 27 回，頁 241。
〔註 141〕見清・嚴周穎芳著，《精忠傳彈詞》，第 43 回，頁 390～391。
〔註 142〕見清・嚴周穎芳著，《精忠傳彈詞》，第 70 回，頁 673。
〔註 143〕見清・嚴周穎芳著，《精忠傳彈詞》，第 26 回，頁 221～222。

　　牛皋在書中，是一個與岳飛意見相佐的角色，儘管如此，牛皋卻也是最心服岳飛的角色。例如：第三十一回，岳飛下令擅闖軍門者斬、酗酒入營者斬，引起牛皋的不滿而故意違反，使得岳飛只好連日不升廳，後派湯懷前往牛皋處，說欲派人前往相州催糧，但無人敢去，牛皋一聽馬上表明他願意前往，〔註144〕牛皋在小說中常常是第一個表達願意出戰的人物。《精忠傳彈詞》第四十三回，屈元向楊么獻計，邀請岳飛前來赴宴後，準備了結其性命。岳飛命楊再興、岳雲伏路，張保跟隨，但牛皋勸岳飛別去赴約。〔註145〕此外，在《精忠傳彈詞》中，牛皋屢屢為岳飛出氣發言，表達出對高宗的滿腹怨言，常直呼高宗為「那個昏君」。〔註146〕

　　之後第六十八回，岳雷在宗方府中，幾次想探問雲南訊息都被宗方阻止，後朝廷招安，眾人大喜。唯獨牛皋大怒，〔註147〕拒絕招安，準備老死山崗，待欽差李文升來向牛皋傳旨加封，並由他會同周三畏為岳飛審冤獄，牛皋才接受招安。牛皋更在岳飛死後，成為輔佐岳家第二代小將掃北的重要老臣。

　　作者周穎芳塑造了一個與岳飛相對立、卻又最服從岳飛的牛皋，以此來襯托出岳飛的英雄氣概足以儷人。其中，透過牛皋之口對君王、奸臣的鄙視、詈罵，筆者以為作者之所以如此安排，是想藉由這麼一個心直口快的人物，來說出壓抑在忠臣內心的隱微情緒，或許忠臣們因深受儒家思想薰陶而未作此想，《精忠傳彈詞》中岳飛時刻秉持著「為臣盡忠，為子盡孝」，並以此訓示岳雲，但身旁的其他將士，或深感同情的讀者們為受冤忠臣掬一把淚時，內心的憤恨不滿情緒，卻可藉由牛皋這一人物得到發洩。

　　為忠良發聲的方式之二，便是藉由冥報的方式加以嚴懲。對於奸人之受懲，在胡迪遊地獄一回加以發揮，不僅藉由胡迪之口，替讀者說出內心對於忠義之士遭受陷害的不滿，同時藉由胡迪之眼，預先看見奸人最後的下場，以平撫讀者內心的不平。更由閻王向胡迪說明岳飛下凡之因，安排岳飛與金兀朮在閻王面前三曹對案，以明天地鬼神之至公無私。〔註148〕此一胡迪遊地獄情節，錢彩《說岳全傳》中即已出現，為何要借用地獄冥報的方式呢？根據張清發闡發《說岳全傳》中此一情節的看法，他認為「《說岳全傳》因宋高

〔註144〕見清‧嚴周穎芳著，《精忠傳彈詞》，第31回，頁275。
〔註145〕見清‧嚴周穎芳著，《精忠傳彈詞》，第43回，頁398。
〔註146〕見清‧嚴周穎芳著，《精忠傳彈詞》，第42回，頁383。
〔註147〕見清‧嚴周穎芳著，《精忠傳彈詞》，第68回，頁641。
〔註148〕見清‧嚴周穎芳著，《精忠傳彈詞》，第65回，頁614。

宗與秦檜是主和利益的共同體，不能期望高宗罪罰秦檜，於是運用大量鬼神報應的情節，先嚇唬秦檜再驚死高宗，企圖將『懲惡揚善』的倫理堅持，寄託到冥冥鬼神的身上。」〔註149〕筆者以爲確爲至論，對於民間讀者而言，地獄冥報是最貼近生活的方式，對於懲惡揚善的宣導，也最能發揮至大功效。若再往前推溯，胡迪遊地獄之故事見於明代馮夢龍《游酆都胡母迪吟詩》，故事內容描寫胡母迪正直不阿卻屢試不第，時時洩漏憤恨不平之情，偶然讀到《秦檜東窗傳》及《文文山丞相遺稿》，深感天地不公，遂題詩三首以發洩，卻因此遭閻王拘提訊問，胡母迪藉此機會向閻王吐露內心之不滿，「通過作者對科舉制度的不滿，可使我們更深刻認識到科舉制度的腐朽本質。」此外，胡士瑩對於馮夢龍在《游酆都胡母迪吟詩》之篇首置入《秦檜東窗傳》之用意，有一番解讀，胡士瑩認爲：

> 當明末農民大起義前夕，明王朝與滿族統治階級之間的民族矛盾，
> 已經十分尖銳，滿族統治階級屢興伐明之師，成爲明王朝的一大威
> 脅，他們又用反間計陷害了明末抗滿有功的大臣，如熊廷弼、袁崇
> 煥等，這種「風波亭」式的冤獄，是當時民族志士所痛心疾首的。
> 作者可能通過胡母迪之口對南宋投降派首領秦檜進行一番痛罵來斥
> 責當時投降派的罪惡陰謀。儘管故事采自民間傳說，蒙著濃厚的迷
> 信色彩，如果聯繫明末時代背景，我們作這樣分析，不是沒有根據
> 的。〔註150〕

此故事雖采自民間傳說，但胡士瑩連結歷史背景，認爲馮夢龍以秦檜東窗事犯與胡母迪遊地獄相提，是想藉由胡母迪痛罵秦檜，來對於明末投降派進行指桑罵槐。直到清代，錢彩、周穎芳都還繼續沿用此故事，但胡迪所憤恨之事，並不是馮夢龍版本中的科舉不第境遇，而是爲忠臣受害、奸人享樂感到天地不公、地府有私。〔註151〕同時，錢彩和周穎芳不僅加以沿用，還在胡迪

〔註149〕見張清發著，《明清家將小說研究》（高雄：國立高雄師範大學國文研究所博士論文，2004年），頁91。

〔註150〕以上見胡士瑩著，《話本小說概論》（北京：中華書局，1982年7月，北京第1版第2次印刷），冊下，頁444。

〔註151〕錢彩《說岳全傳》中，胡迪因所題詩之「天曹默默縱無報，地府冥冥定有私」一句，遭閻王派兩個包衣鬼吏拘提訊問。見清・錢彩編次，《說岳全傳》，第73回，頁444～445。而周穎芳《精忠傳彈詞》中並無胡迪題詩，只寫他聽聞岳飛被害消息時，「呼天號泣輕鬼神，涕枯淚盡罵昏君。凡事不提常哭泣，咒他天地皆無靈。從今不信神和鬼，怨天恨地不平鳴。」見清・嚴周穎芳著，《精忠傳彈詞》，第65回，頁611。

遍遊地獄，見識惡人遭受報應的結局之後，安插了一段三曹對案的情節，由閻王之口說出岳飛與秦檜等人前世因果，而金兀朮卻誤聽閻王之言，將閻王所說之「歸位」誤爲「正位」，他夢醒後想起閻王說他是赤鬚龍降世，理應座擁大宋江山，只因岳飛神謀廣大，故遭此挫敗，須直搗取得臨安。〔註152〕周穎芳此處金兀朮誤聽之事，是沿用錢彩之安排，岳飛已死，金兀朮因錯聽閻王之說遂與軍師合謀直搗臨安，但錢彩在金兀朮興兵後的幾回，寫作重點均圍繞在奸人正法及岳家軍第二代抗金之事。周穎芳則在金兀朮決定興兵後，加寫了一段「退番兵英靈保國」之事，〔註153〕將岳飛生前之忠推崇至死後不息，可說是較錢彩《說岳全傳》更進一步的敘述。

　　有一點值得注意，周穎芳《精忠傳彈詞》書中所出現之忠奸對立，雖然是承繼自錢彩《說岳全傳》而來，但若將二書加以比對，則會發現周穎芳有另外加工之處，有某些章節完全相同，亦有某些章節在情節詳略、前後順序有所出入，人物亦是如此。《精忠傳彈詞》第六十回出現兩個與秦檜狼狽爲奸之人——袁甲川、廣晉，這兩人在錢彩《說岳全傳》中並未出現，在此之前有關岳飛的故事版本中也從未提過這兩位惡人，那麼，周穎芳爲何加入此二人，並斥爲狐群狗黨、昧心之人，如秦檜一樣，是需要受到惡報之人〔註154〕，這是純粹巧合或是特意爲之？若根據許麗芳所言：

> 作者於散文敘述中，亦多有評述話語之介入，即講述故事之話語與轉述人物之話語交錯運用，時爲作者言語，時爲作者轉述人物之語，交錯呈現作者某種意識與態度。〔註155〕

那麼，作者特意插入此二人，筆者以爲她是別有用意的。雖然，作者本人沒有明白點出，作序之人亦未提及，不論如何，此二人與上疏奏劾其外祖父鄭祖琛之袁甲三、徐廣縉，在姓名上有字體變異之處，即使不是完全相同，但也仿其母做了某部分的改變，其母鄭澹若以諧音或省略方式改名，而她是以字形的變異來另造奸人之名。

　　此二人彈劾其祖父之事，見於《清史列傳》之記載，爲明其疏劾鄭祖琛之詳情，茲列如下：

〔註152〕見清・嚴周穎芳著，《精忠傳彈詞》，第65回，頁617。
〔註153〕見清・嚴周穎芳著，《精忠傳彈詞》，第66回，頁627～629。
〔註154〕以上見清・嚴周穎芳著，《精忠傳彈詞》，第65回，頁607。
〔註155〕見許麗芳著，《章回小說的歷史書寫與想像：以三國演義與水滸傳的敘事爲例》（台北：秀威資訊科技，2007年1月，BOD1版），頁11。

時太平、慶遠各府屬賊匪，仍蔓延肆擾，給事中黃兆麟、候補四品京堂李薳均以盜匪日熾，祖琛廢弛貽誤各情，具疏參奏。尋廣西紳民李宜用等航海至京控訴，經都察院奏聞，兵科給事中袁甲三復疏劾祖琛釀亂已成，欺飾益甚。略言：『廣西盜匪充斥，已非一年。該撫專務彌縫，直至諸臣參奏，奉旨查詢，始含混入奏。且八府紳民來京具控，其通省糜爛可見。該撫從不肯以紳民所控情形縷述入告，文武各官失守城寨，該撫輒曲為開脫，復請隨營効力，應請嚴旨詰責，並敕查失事各員弁，分別嚴懲。』上命徐廣縉查奏。尋以祖琛專事慈柔，工於粉飾，各州縣亦相率彌縫，遂至釀成巨患奏覆。〔註156〕

若從周穎芳的家世背景來看，不得不讓人懷疑她在創作此一小說時，是否欲藉此發洩內心對此二人不滿之情緒。也更讓人聯想她選擇岳飛這一人物作為寫作對象之原因，除了序言所謂對於因果說法的不滿，是不是還有為其外祖父伸冤的隱微心意。

因此，筆者以為，周穎芳《精忠傳彈詞》一書不僅是替忠良發聲之作而已，更進一步，有替祖父發出不平之鳴的意味存在，在寫作意義上，較其母多了一份更深層的意蘊。更重要的是，周穎芳寫作此書所欲傳揚之忠孝精神，與其母鄭澹若創作《夢影緣》之深層意旨是一致的，母女二人徹底發揮義門鄭氏之忠孝精神，而這也是《精忠傳彈詞》之岳家與《夢影緣》之莊家相同的家訓傳統。

第三節 運用謫凡框架

本論文於第四章、第五章分別針對《夢影緣》和《精忠傳彈詞》進行宗教觀的論述，相較之下，母女二人在小說文本中置入宗教現象的比重相差甚大，鄭澹若於書中的宗教現象顯然較多，也造成小說的宗教氛圍較重，筆者以為，這與小說文本的寫作意圖有關，《夢影緣》一書本為勸善之書，為了能夠打入民眾之日常生活，勢必得加入更多民眾熟悉的宗教元素，以利於思想概念的傳播與催化。而《精忠傳彈詞》一書的寫作本意，為宣揚岳飛忠義精

〔註156〕見王鍾翰點校，《清史列傳》，卷43，〈大臣傳續編八・鄭祖琛〉（北京：中華書局，1988年，第1版），冊11，頁3419。

神之外，還有爲了推翻《說岳全傳》中的因果果報之說的企圖，因此，也就不宜有過多的宗教迷信說法。

此外，從中可獲知兩書爲了表達命定的主題，皆採用了謫凡的框架結構。這樣的謫凡框架亦見於許多小說中，吳光正指出：「明清章回小說作家利用宗教的轉世投胎、謫降歷劫等敘事母題爲宏大事件的敘事提供了廣闊的時空架構，擴大了敘事的容量和自由度，並提供了結構故事情節的內在機制。」〔註157〕筆者認爲作者之所以採用謫凡框架，除了爲小說創造一個更大的發揮空間之外，也爲人物所具備的神異性作了一個預告，使得之後的故事情節，能夠加入更爲豐富的想像。亦即謫凡的框架擴大了時空，使小說創作者有更爲寬闊的場域可供馳騁想像，但是，在此相同手法之中，仍有必要針對此二書再仔細探究作者運用此手法的意義。以下即針對此二書分別細述：

一、《夢影緣》的無罪下凡

《夢影緣》一書在內容架構的安排上，延續著小說中頻繁出現的仙人謫凡情節，也就是上界仙人下凡，在凡間完成任務而歸返。關於下凡的原因，有可能是因罪受罰，或無罪卻因某種因緣而落下凡間，這樣的「下凡——修煉——歸返」模式，存在歷來的古典小說中。若以《鏡花緣》爲例，張成權歸納《鏡花緣》一書中所表現的道家、道教思想有以下三方面：謫凡歸位的結構模式、爲善懲惡的修煉思想、終成正果的歸宿。〔註158〕其中，神仙歸位必須功德圓滿，《鏡花緣》第七回：「若講仙道，那葛仙翁說的最好，他道：『要求仙者，當以忠、孝、和、順、仁、信爲本。若德行不修，務求元道，終歸無益。要成地仙，當立三百善；要成天仙，當立一千三百善。』」〔註159〕《鏡花緣》中所述，欲求仙者需修德行善，方能達到仙境；行善之多寡，甚至影響修成的是天仙或地仙。鄭澹若《夢影緣》一書，便有承襲自《鏡花緣》的謫凡框架與修德行善概念。「修德行善」已見於本論文第四章第三節「善書與感應」，此處擬就「謫凡框架」一點進行分析討論。

〔註157〕見吳光正著，《神道設教：明清章回小說敘事的民族傳統》（武漢：武漢大學出版社，2012 年 5 月，第 1 版第 1 次印刷），頁 26。

〔註158〕見張成權著，《道家、道教與中國文學》（合肥：安徽大學出版社，2010 年 4 月，第 1 版第 1 刷），頁 289。

〔註159〕見清‧李汝珍著，《鏡花緣》（台北：桂冠圖書公司，1994 年 4 月，再版 3 刷），冊上，頁 39。

在謫凡框架方面，首先是仙人降世的原因，如前所述，有所謂「有罪」或「無罪」下凡的差異。鄭澹若《夢影緣》中的羅浮仙君與十二花神都是無罪下凡，天帝命羅浮仙君下界感化人心、宣揚孝道，十二花神同行以助成此任務；但《鏡花緣》中的十二花神卻是有罪而下凡，書中第一至六回交代了故事由來，本為天星的「心月狐」下凡為唐代武則天，〔註160〕於醉後下旨，令百花於寒冬群開，〔註161〕時百花仙子正與麻姑下棋，眾花神因不敢違逆武后旨意而先後綻放。於是，百花仙子因違逆了天時，與其他九十九位花神遭謫降人間，花神下凡托生為嶺南文士唐敖之女唐小山，而其他花神則遭貶為海內外之才女，並且需要歷盡凡劫，方能歸返仙界。

《夢影緣》一書的仙人謫降，如前所述，是無罪而下凡，但本身是帶著任務而來，必須圓滿達成才能回返天界。仙人在謫降時，總是帶著出生的異兆，例如：莊夢玉出生前，「一陣仙樂入耳清，凝聽如從天際起。一抬頭日華五色聚詳雲。」〔註162〕、「^更滿室奇香透外庭」〔註163〕；林纖玉出生前，其母湘月「恰占吉夢非常異，^見五色雲開降眾仙。半執笙簧諸樂器，半持花卉各爭妍。霓霞雲袂皆仙子，中擁風流美少年。豔服金冠容似玉，手拈綠萼一枝鮮。含歡欲遞夫人手，陡覺驚心出夢來。」〔註164〕宋紈芳降生之異兆為「同心蘭萼有如根」〔註165〕；瓊姬所生之子，手上有文，「右曰承良左曰驦，^更飛鷹入夢事堪憑。^{豈知他}前生屈作崑崙僕，轉世來為社稷臣。」〔註166〕此為小倩之兄杜驦所轉世，顯見其妹日夜誦經之效，杜驦轉世為林武之子，日後成為文武全才之社稷重臣；貞儀公主才貌雙全，於四月出生時，也有異兆。〔註167〕周穎芳《精忠傳彈詞》一書中的人物出生，亦與其母《夢影緣》一書相同，均有異兆呈現。

作者在安排這些仙人謫降後的情節時，也會特意精心安排某些巧合，以增添小說的神異性，來吸引讀者閱讀。例如：第十四回莊淵與林武以瑤琴、寶劍作為莊夢玉與林纖玉之訂親信物，此時出現了異兆，「言際眼前光耀漾，

〔註160〕見清・李汝珍著，《鏡花緣》，冊上，頁12。
〔註161〕見清・李汝珍著，《鏡花緣》，冊上，頁18。
〔註162〕見清・霽下生著，《夢影緣》，卷1，第2回，頁29。
〔註163〕見清・霽下生著，《夢影緣》，卷1，第2回，頁30。
〔註164〕見清・霽下生著，《夢影緣》，卷1，第12回，頁173～174。
〔註165〕見清・霽下生著，《夢影緣》，卷1，第10回，頁151。
〔註166〕見清・霽下生著，《夢影緣》，卷2，第23回，頁166。
〔註167〕見清・霽下生著，《夢影緣》，卷3，第28回，頁6。

一回頭長空五彩月華成。」〔註168〕而此異兆與纖玉出生時相同；〔註169〕此外，莊夢玉以鸞笙與宋紉芳之母交換翠玉壺盧爲訂親信物時，一樣出現異兆：「月華五彩果奇觀」、「銀漢舖來錦繡鮮，紫綠青紅輝萬象，擁來冰鏡愈團團。」〔註170〕

　　除了相同異兆之外，作者還會安排其他的重疊點，例如：陶慧雲外貌和莊夢玉一樣；〔註171〕劉令娟未婚夫之名爲「藍鈞」，與莊夢玉之別號爲「蘭君」相同；〔註172〕宋紉芳和莊夢玉同年、同月、同日生，〔註173〕不僅如此，兩人竟有相同的作品。〔註174〕蘇韻仙於夢中見生身父母，發現面容竟與林武夫婦相似，〔註175〕蘇韻仙一見纖玉之母，似熟識而以母親之稱喚之，〔註176〕林纖玉得知後，喜其能代己身嫁與莊夢玉。〔註177〕

二、《精忠傳彈詞》的有罪下凡

　　錢彩《說岳全傳》一書，也有關於謫降的情節安排，女土蝠在如來說法時放屁，因而冒犯褻瀆了如來，被如來之護法大鵬金翅明王啄死，後降世爲秦檜之妻王氏，大鵬鳥則遭如來降落紅塵，以償還冤債，〔註178〕大鵬鳥在飛往東土途中，啄傷了團魚精和鐵背虬王左眼，團魚精後轉世爲万俟卨，〔註179〕大鵬鳥後降生於岳家。〔註180〕鐵背虬王爲了報大鵬鳥啄眼之仇，漫水傷害全村性命而觸犯天條，玉帝下令屠龍力士在剮龍台上殺了一刀，於是鐵背虬王投胎爲秦檜，不斷地陷害岳飛。〔註181〕書中將宋金對抗歸結爲一場因果，趙

〔註168〕見清‧餐下生著，《夢影緣》，卷2，第14回，頁4。
〔註169〕「方雙交琴劍同相訂，月彩繽紛異兆呈。昔纖玉降生亦此兆，豈不是天心暗助二難成。」見清‧餐下生著，《夢影緣》，卷2，第14回，頁9。
〔註170〕以上見清‧餐下生著，《夢影緣》，卷2，第15回，頁33。
〔註171〕見清‧餐下生著，《夢影緣》，卷1，第5回，頁73。
〔註172〕見清‧餐下生著，《夢影緣》，卷1，第10回，頁145。
〔註173〕見清‧餐下生著，《夢影緣》，卷1，第11回，頁160。
〔註174〕見清‧餐下生著，《夢影緣》，卷1，第11回，頁161。
〔註175〕見清‧餐下生著，《夢影緣》，卷2，第22回，頁148。
〔註176〕見清‧餐下生著，《夢影緣》，卷2，第22回，頁151。
〔註177〕見清‧餐下生著，《夢影緣》，卷2，第22回，頁153。
〔註178〕見清‧錢彩編次，金豐增訂，《說岳全傳》，頁2。
〔註179〕見清‧錢彩編次，金豐增訂，錢彩編次，《說岳全傳》，頁3。
〔註180〕見清‧錢彩編次，金豐增訂，《說岳全傳》，頁4。
〔註181〕見清‧錢彩編次，金豐增訂，《說岳全傳》，頁7。

匡胤本爲霹靂大仙下降，宋徽宗本爲長眉大仙，〔註182〕因宋徽宗元旦祭天時，將「玉皇大帝」寫成「王皇犬帝」，因此天帝遣赤鬚龍下凡爲女眞國之金兀朮，以擾亂宋室江山，如來恐赤鬚龍無人降服，故遣大鵬鳥下界，以使大宋江山得以滿一十八年，〔註183〕也就開啓一場忠臣遭陷的悲慘故事。

佛洛依德《圖騰與禁忌》說：

> 且由於原始民族對姓名的極端重視……他們很嚴肅地將姓名看成一種必需且具有特殊意義的東西。姓名在他們看來是人格的最主要部分，甚至是構成自己靈魂的一個環節。當原始民族將自己取名爲某一動物後，他們必然會堅決地相信，他們和該動物之間已然存在著一種神秘且顯著的關係。〔註184〕

關於岳飛由何種動物轉世，出現幾種說法，一說由猿精、〔註185〕一說爲豬精，〔註186〕又有說岳飛爲白虎將或漢朝張飛，〔註187〕或其他忠臣轉世，如：伍子胥、關羽、張巡所轉生，一直到錢彩《說岳全傳》，安排岳飛是大鵬鳥所轉世，一說因符合民間對於英雄形象的認同，遂成爲定型。此外，臺靜農說：「惟將大鵬鳥與金翅鳥合爲一鳥，並非事實，因爲大鵬鳥在中土故籍有此傳說，金翅鳥則是出於佛典，也許作者有意如此，這樣才不致使讀者感到陌生。」〔註188〕臺靜農指出，錢彩之所以在眾多轉世說法中選擇「大鵬鳥」又再加上「金

〔註182〕 以上見清・錢彩編次，金豐增訂，《說岳全傳》，頁1。

〔註183〕 見清・錢彩編次，金豐增訂，《說岳全傳》，頁3。

〔註184〕 見佛洛依德（Sigmund Freud）著，楊庸一譯，《圖騰與禁忌》（Totem And Taboo）（台北：志文出版社，1988年1月，再版），頁142～143。

〔註185〕 此說見於宋・曾敏行撰，《獨醒雜志》，卷10，記載有一相者對岳飛說：「子猿精也，猿碩大而必受害，子貴顯則睥睨者眾矣。」（北京：中華書局，1985年，北京新1版），頁76。

〔註186〕 此說見於南宋・洪邁撰，《夷堅志・甲志》，卷15，有一善相者對岳飛說：「君乃豬精也，精靈在人間，必有異事，它日當爲朝廷握十萬之師，建功立業，位至三公。然豬之爲物，未有善終，必爲人屠宰，君如得志，宜早退步也。」（北京：中華書局，1985年，北京新1版），冊2，頁118。

〔註187〕 關於岳飛爲白虎將轉世之說，清傳奇《如是觀》第二十六出，神仙點破天命云：「今有大宋徽、欽二帝荒於酒色，聽信奸邪，將玉帝表札誤書奏上：玉帝大怒，差下赤鬚龍攪亂他的江山，將他囚禁。今當數滿，令其返國，又差白虎將岳飛等提兵掃盡金人，伏屍千里。」見杜穎陶、俞芸編，《岳飛故事戲曲說唱集》（上海：上海古籍出版社，1985年4月，新1版1刷），頁302。

〔註188〕 見臺靜農著，〈佛教故實與中國小說〉，《靜農論文集》（台北：聯經出版社，1989年10月，初版），頁222。

翅鳥」，是融合了中土與佛教的說法，尤其是佛教典籍《法苑珠林》卷十〈畜生部〉有一段說法：金翅鳥以龍為食，〔註189〕因此，借用此說以剋赤鬚龍，使得由赤鬚龍轉世的金兀朮，仍然敗在岳飛手下。

岳飛與秦檜等人是有罪下凡，但岳飛是英雄，英雄在出生時，小說作者通常會安排異兆，這一點在鄭澹若《夢影緣》一書中莊夢玉與林纖玉等人，均有一段出生異兆的描寫。而周穎芳《精忠傳彈詞》中，岳飛之師周侗見「禾生雙穗，主生貴人。」〔註190〕此時，正是岳飛誕生之時。此外，小說中有異人誕生或飛昇登仙時，往往是奇香仙樂伴隨，例如：岳飛出生時，「異香一月尚溫存」；長子岳雲之子岳甫出生時，「忽聞嘹喨鳴仙樂，天霽雲開瑞靄縈」、「異香滿室氤氳氣」。〔註191〕岳飛之母去世前，似夢非夢中有一對童男童女向其說道：「請太夫人升位。」而此時滿室異香，隱約有仙樂傳來，正值天上蟠桃大會，「卻好瑤池逢勝會，太君證果正飛昇。空中仙樂頻頻奏，鶴駕鸞驂辭世塵。巾幗完人千古少，福全德備兩堪稱。降生武穆非常傑，福國王封聖母尊。上壽已登仙府籍，人間極品太夫人。」〔註192〕

關於謫凡架構，張錦池在分析《水滸傳》和《西遊記》兩書之神學問題時，他提出「神道設教」在敘事結構的作用有三：其一，兩書都提供了「神境——人境——神境」三段式情境結構格局，但思想同中有異，《水滸傳》批判朝廷腐敗，《西遊記》則批判封建制度之弊；其二，兩書之三段式結構歷程同屬佛教三世說，但安置英雄人物之關係時，《水滸傳》借助儒家天命論，而《西遊記》則借助道教五行說；其三，為了使作品敘事結構嚴密，《水滸傳》以偈子作為情節發展的伏脈，而《西遊記》則以菩薩出沒溝通「人境」和「神境」。〔註193〕以此觀諸《夢影緣》、《精忠傳彈詞》兩書，亦以三段式結構完成

〔註189〕參見唐‧釋道世撰，《法苑珠林》卷10〈畜生部‧受報〉，收錄在清‧紀昀等奉敕撰，《景印文淵閣四庫全書》（台北：台灣商務印書館，1986年3月，初版），冊1049，頁145。

〔註190〕見清‧嚴周穎芳著，《精忠傳彈詞》，第2回，頁12。

〔註191〕以上見清‧嚴周穎芳著，《精忠傳彈詞》，卷下，第41回，頁364。關於岳飛出生異兆，其孫岳珂所編《鄂國金佗稡編》卷第四〈經進鄂王行實編年〉卷之一記載如下：「先臣方在孕，有老父過門，聞姚氏之聲，曰：『所生男也，他日當以功名顯世，位至公孤。』父因忽不見。」見宋‧岳珂編，王曾瑜校注，《鄂國金佗稡編‧續編校注》，冊上，頁55。

〔註192〕以上見清‧嚴周穎芳著，《精忠傳彈詞》，第41回，頁371～372。

〔註193〕參見張錦池著，〈論《水滸傳》和《西遊記》的神學問題〉，《人文中國學報》，1997年第4期，頁33～59。

讕凡回歸，亦皆融合儒釋道三教思想於其中，《精忠傳彈詞》以偈語、夢境作爲情節發展之預告，而《夢影緣》則以詩作暗示女子命運乖舛不遇。

第四節　呈現家庭生活

鄭澹若《夢影緣》一書中經常出現詩會，眾人所吟詠之詩，數量爲彈詞小說之最，作者穿插於其中的文字，便是日常瑣事及眾人心緒之記錄；而其女周穎芳《精忠傳彈詞》中加入了家庭中之日常絮語，尤其是岳飛夫妻的閨閣相聚情景，此點有別於錢彩《說岳全傳》，凸顯了彈詞小說的特色。

一、《夢影緣》的詩會吟詠

《夢影緣》一書對於《紅樓夢》一書的承襲，不僅僅是主要人物命名之用意而已，此見於本論文之第四章第三節，《紅樓夢》中的詩讖預言與詩會吟詠，在《夢影緣》中也同樣是展現小說之神祕及作者才思之處，不僅如此，《夢影緣》一書的家庭生活場景描寫，也多是以詩會的方式呈現。

《夢影緣》中的詩讖分別出現在第九回劉令娟〈湘江詠〉、〔註194〕第十回劉令娟〈詠綠萼梅〉；〔註195〕第二十回瓊笙〈詠竹〉。〔註196〕至於詩會活動，各人展現才情，莊夢玉十二首菊花詩實爲抄自其母琴史夫人之舊作。〔註197〕如果《紅樓夢》一書中的詩詞，讓後人見證了曹雪芹的文學涵養，那麼，令人好奇的是：《夢影緣》一書中的詩詞作品，是否也可視爲作者鄭澹若才學之展現呢？鄭澹若本人流傳至今的作品非常有限，主要是收錄於《國朝杭郡詩三輯》，現今還能看到的作品集是其父鄭祖琛的詩集，其他姊妹及女兒周穎芳的詩集湮沒不傳，在非常有限的資料中，筆者比對之後發現：若將《夢影緣》一書中的詩詞作品，與其父鄭祖琛所著之《小谷口詩鈔・續鈔》加以核對，可以發現作者鄭澹若將本人及父親數首詩作運用在小說中，詳列如下：

（一）抄自其父鄭祖琛之作

其一，卷二第十四回，梁進誠（號松友）錄下莊淵所寫的〈廬山消夏十

〔註194〕見清・儤下生著，《夢影緣》，卷1，第9回，頁141。
〔註195〕見清・儤下生著，《夢影緣》，卷1，第10回，頁147。
〔註196〕見清・儤下生著，《夢影緣》，卷2，第20回，頁117。
〔註197〕見清・儤下生著，《夢影緣》，卷2，第24回，頁181。

詠〉中的六首，〔註198〕林梅嶼提出爲何僅有六首之疑問時，梁進誠以其他首詩會讓人自愧不如，轉求莊淵寫出全詩，莊淵以全部忘卻來回應。此處所錄出之六首，題目分別爲〈金輪峰〉、〈萬杉寺〉、〈棲賢寺〉、〈黃巖〉、〈三疊泉〉、〈白鹿洞〉。巧合的是，作者鄭澹若之父鄭祖琛《小谷口詩鈔》中亦有〈廬山消夏次韻〉組詩，〔註199〕題目下以小字標明「十首存四」，題目分別是〈紫陽堤〉、〈愛蓮池〉、〈秀峰寺〉、〈三峽橋〉。雖然不能確定此兩處是否即爲〈廬山消夏〉十首詩之原貌，但可以推測的是：父女二人曾經有過同題之創作，或者鄭澹若曾經拜讀過其父之作。

其二，卷二第二十四回，莊夫人與夢玉、女門生舉行家宴，宴會中即景賦詩，莊夢玉將莊夫人之舊作「菊花詩十二首」揮筆錄出，胡曉眞推論「所謂『莊夫人舊作』，極可能就是作者本人的舊作吧。」〔註200〕筆者翻閱鄭祖琛《小谷口詩鈔》，發現莊夢玉所錄之菊花詩十二首，其中有六首是出自作者鄭澹若之父鄭祖琛所作〈菊花六詠〉，〔註201〕以下列出《夢影緣》所記錄之詩句，字句有出入者則以括弧說明：

> 量泥評水種黃金，鋤月耕霜力不禁。幾度陰晴猜曉夢，一年辛苦費秋心。從來大節成全晚，莫負（鄭祖琛作：忘）新恩雨露深。準備西風桑落酒，蟹肥時節帶香斟。（〈種菊〉）

> 疎枝低亞影瓏玲，坐擁寒芳護曲屏。一樣兩心如水澹（鄭祖琛作：淡），半生雙眼爲花青。夢回几案秋皆滿，靜到簾櫳月可聽。翻笑長房難免俗，忍拼幽蕊釀延齡。（〈對菊〉）

> 青瓷小朵劇青（鄭祖琛作：清）妍，位置琴床硯匣邊。入座居然名士氣，焚香不受美人憐。聊酬濁酒呼詩伯，合共寒泉薦水仙。淡（鄭祖琛作：澹）月半床簾影靜，黃金匝地試參禪。（〈供菊〉）

> 十分幽豔上毫端，繞遍長廊又倚闌。露滴花從雙管落，月明秋聳一

〔註198〕見清・囊下生著，《夢影緣》，卷2，第14回，頁5～6。

〔註199〕見清・鄭祖琛著，《小谷口詩鈔》，卷2，收錄於國家清史編纂委員會編，《清代詩文集彙編》（上海：上海古籍出版社，2010年，第1版），冊545，頁622。

〔註200〕見胡曉眞著，〈凝滯與分裂──女性的仙山世界〉，收錄於氏著，《才女徹夜未眠──近代中國女性敘事文學的興起》（台北：麥田出版社，2003年10月，初版1刷），頁345。

〔註201〕見清・鄭祖琛著，《小谷口詩鈔》，卷12，收錄於國家清史編纂委員會編，《清代詩文集彙編》，冊545，頁668～669。

肩寒。味求雋永知音少，氣挾風霜下筆難。嘔出心肝緣底事，更無

餘力譜春蘭。（〈詠菊〉）

微拈香（鄭祖琛作：湘）管吮霜毫，研就明光展薛濤。骨本難描何
況傲？呼如欲出試登高。腰肢消瘦疑傳沈，面目分明替寫陶。一幅
生綃秋滿壁，臥游（鄭祖琛作：遊）三逕（鄭祖琛作：徑）醉松醪。
（〈畫菊〉）

傲霜（鄭祖琛作：離披）枝葉漸凋殘，雁泣螿啼怨歲寒。高隱晚年
收局好，良朋久處別時難。榮枯那得（鄭祖琛作：肯）同朝槿，醞
（鄭祖琛作：蘊）釀猶堪供夕餐。此後無花休悵望，長松千尺作龍
蟠。（〈殘菊〉）

雖然字句略有出入，但仍可看出作者鄭澹若抄錄父親鄭祖琛詩作的痕跡，顯
見父親曾將己作與女兒交流欣賞，此點恰與上所引〈廬山消夏〉之推測相合。
而《紅樓夢》一書第三十八回亦有以菊花為題之詩社聯吟活動，〔註202〕此點
顯見鄭澹若本人對於《紅樓夢》的接受與反應。

其三，卷三第二十九回，莊夢玉寫出以〈春草〉限紅字為題之詩兩首：
〔註203〕

芳草天涯似故人，一番相見一番親。曾經舊浦難為別，又惹新愁到
此身。卿若有情應入夢，我來何處更尋春。繁華繡出東風影，說與
三生未了因。（其一）

零脂剩粉舊池塘，豔雨凄風古戰場。一點紅心千載血，半分黃土六
朝香。人歸拾翠憐何晚，花落留春住不妨。未免有情還繾綣，鷓鴣
啼罷又斜陽。（其二）

此二詩為夢玉抄襲林梅嶼舊作，而現實生活中，此詩為作者鄭澹若之父鄭祖
琛之詩，〔註204〕一字不差，完整抄錄於此。

其四，卷三第三十四回，韓紫瑛見了〈美人六詠〉又喜又驚，夢中觀音

〔註202〕《紅樓夢》一書，安排眾人在大觀園裡進行詩社活動，第一次是在秋爽齋，
　　　　以「咏白海棠」為題；第二次在藕香榭，以「咏菊花」為題；第三次是在蘆
　　　　雪庵，眾人聯吟即景詩，以及「咏梅花」；第四次是以「咏柳」為題。以上參
　　　　見清・曹雪芹、高鶚原著，《紅樓夢》第37、38、50、70回。

〔註203〕見清・餐下生著，《夢影緣》，卷3，第29回，頁20。

〔註204〕見清・鄭祖琛著，《小谷口詩鈔》，卷12，收錄於國家清史編纂委員會編，《清
　　　　代詩文集彙編》，冊545，頁670。

召見，告訴她此六首詩爲羅浮所作，是羅浮書於扇上，用以贈送至親。而此六首詩正是作者之父鄭祖琛所作，此六首詩題分別爲：〈泥美人〉、〈雪美人〉、〈燈美人〉、〈畫美人〉、〈剪綵美人〉、〈風箏美人〉，〔註205〕兩處文字完全一致。作者對於父親才華之肯定，或許可透過韓紫瑛讚嘆不已之語看出，韓紫瑛云：「^{若不是}忠孝爲心情豈至，定知作者迴超群。^{不信道}人間竟有眞才子，筆妙還能勝古人。」〔註206〕由此三例看來，作者對於父親之詩，抄錄運用於小說創作中，可見對於父親孺慕之情。

（二）取錄作者本人詩作

其一，卷一第九回，岑嫏嫙〈白蓮花〉一詩：

> 紅塵何處駐（鄭澹若作：覓）瑤花，認取生涯在水涯。君子由來甘淡（鄭澹若作：澹）泊，美人原不藉鉛華。奪將月色渾（鄭澹若作：清）無迹（鄭澹若作：跡），洗卻脂痕更（鄭澹若作：淨）絕瑕。最好新涼初逗（鄭澹若作：如水）夜，香風遠送入（鄭澹若作：透）輕紗。〔註207〕

鄭澹若之詩作，收錄於《國朝杭郡詩三輯》中；〔註208〕其二，卷二第二十四回，謝景韞〈柳絮詩〉：

> 輕於蘆荻軟於綿，點點飛來入暮烟。滿逕落花流水外，半簾雲影晚風前。慢憐萍化添愁緒，轉爲泥沾結浮緣。誰道飄零無著處，有情還傍硯池邊。〔註209〕

作者鄭澹若亦有〈柳絮〉詩，與此相互比對，前四句一字不差，但後四句與此完全相異。鄭澹若〈柳絮〉詩後四句爲：

> 憐他飄泊剛三月，化作浮萍又一年。莫道此身常不定，多情還傍畫樓邊。〔註210〕

〔註205〕見清・鄭祖琛著，《小谷口詩鈔》，卷12，收錄於國家清史編纂委員會編，《清代詩文集彙編》，冊545，頁669～670。

〔註206〕見清・囈下生著，《夢影緣》，卷3，第34回，冊2，頁168。

〔註207〕見清・囈下生著，《夢影緣》，卷1，第9回，冊1，頁135。

〔註208〕清・鄭澹若之〈白蓮花〉詩，見清・丁申、丁丙輯，《國朝杭郡詩三輯》，光緒十九年癸巳，1893，錢塘丁氏刻本，頁4a。

〔註209〕見清・囈下生著，《夢影緣》，卷2，第24回，冊1，頁184。

〔註210〕見清・丁申、丁丙輯，《國朝杭郡詩三輯》，光緒十九年癸巳，1893，錢塘丁氏刻本，頁3b～4a。

有趣的是，小說中的謝景韞吟出〈柳絮〉詩後，史瑤瑛對謝景韞云：「賢妹此詩真俊逸，微嫌對仗未為精，略更數字應尤妙，何不重勞錦綉心。」〔註211〕是否作者鄭澹若針對此詩略作更動，因此有所不同？其三，卷三第二十九回，在夢玉抄襲林梅嶼舊作之前，即前文所述〈春草〉限紅字為題之兩首詩，成仁先以此題寫出一首：

> 鷓鴣聲裏幾番（鄭澹若作：聽春）風，一徑芊綿翠色籠。南浦愁生新雨後，西江春在暮煙中。偷將（鄭澹若作：來）柳眼三分綠，覷到花光（鄭澹若作：心）萬點紅。最好（鄭澹若作：是）踏來寒食過（鄭澹若作：路），夕陽歸去送青驄。〔註212〕

若將此二首詩與作者鄭澹若之詩相較，〔註213〕僅有幾處用字稍異，其他完全相同。由以上可見，《夢影緣》一書中的詩詞作品，來源有作者本人及父親，至於是否有其他姊妹或其女之作，因作品早已不傳，難以求證。

此外，第十五回母子姑媳論詩時，莊夫人云：「強作解人，大是詩家通病。我生平最惡者，有一人翻論孝子郭巨，自以為聰明絕頂，發前人所未發。殊不知今人慈孝二字，斬然分途，何必勞其硜硜勉人以愛其子！」〔註214〕針對此處所謂之「有一人」，胡曉真推論認為是當時某位閨秀詩人，但尚未能確切指明作者是誰？原作如何？〔註215〕筆者檢索 MGill 大學所建置之明清婦女著作資料庫，得到一詩名為〈責郭巨〉之資料，作者袁氏為袁枚姑母，詳列如下：

> 孝子虛傳郭巨名，承歡不辨重與輕。無端枉殺嬌兒命，有食徒傷老母情。伯道沈宗因縛樹，樂羊罷相為嘗羹。忍心自古遭嚴譴，天賜黃金事不平。〔註216〕

若根據清・袁枚《隨園詩話》卷十二記載，袁枚姑母嫁與沈氏，年三十而寡，遂守志於母家，並擔負起照顧袁枚的生活起居。袁枚記載姑母不喜郭巨，有

〔註211〕見清・儻下生著，《夢影緣》，卷2，第24回，冊1，頁184。

〔註212〕見清・儻下生著，《夢影緣》，卷3，第29回，冊2，頁20。

〔註213〕見清・丁申、丁丙輯，《國朝杭郡詩三輯》，光緒十九年癸巳，1893，錢塘丁氏刻本，頁4a～4b。

〔註214〕見清・儻下生著，《夢影緣》，卷2，第15回，冊1，頁23。

〔註215〕見胡曉真著，〈凝滯與分裂——女性的仙山世界〉，收錄於《才女徹夜未眠——近代中國女性敘事文學的興起》，頁332。

〔註216〕見清・惲珠輯，《國朝閨秀正始集・補遺》，11b～12a。網址：http://digital.library.mcgill.ca/mingqing/search/details-poem.php?poemID=934&language=ch。（瀏覽日期：2013/11/09）

詩責之，他秉受姑訓，於十四歲之齡寫作〈郭巨埋兒論〉一文。此詩文字與
惲珠所收錄之詩加以比對，僅有「伯道沈宗」之「沈」字另作「沉」字，其
餘皆同。〔註217〕《夢影緣》第十五回中，莊夫人要夢玉另翻新作，以辨明此
人之說為至謬。莊夢玉即用原韻另作一詩，詩題為〈詠郭孝子事，用某女史
韻一章〉，內容如下：

> 愚孝休譏郭巨名，重親非獨子身輕。分甘可奈含飴念，割愛難全舐
> 犢情。斟酌懷中三尺命，何如俎上一杯羹。賜金天為埋兒救，空費
> 詩人抱不平。〔註218〕

以韻腳來看，此二詩之韻腳均為「名、輕、情、羹、平」五字；再以詩中各
分句來進行解讀，筆者以為莊夢玉之作，恰與袁枚姑母之詩形成正反之對話
關係。由以上所述，顯見鄭澹若對於文學的接受與對話，不論是《紅樓夢》
的小說技巧或內容表現，抑或是其他篇章，她都能在小說中發抒一己之見，
呈現作者與作者間的交流與對話。對於《紅樓夢》一書的研究視角，除了作
者考辨之外，學者們還擴及小說人物、情節、服飾、飲食、空間、語言、詩
詞及文化的探討，以此觀之，《夢影緣》一書中的眾多詩詞作品，是否也有作
者隱微之意存藏其中呢？

　　《夢影緣》中的詩、詞、賦作品共有一百首，其中包含引用清‧張問陶
之〈梅花八首〉，若將這一百首作品分類，可以大略分成幾類：詠物、詠花、
詠人、抒懷、其他四類。其中，詠花類的作品共有三十二首，以菊花佔了十
四首為最多，其次為梅花八首。詠人類作品有歌詠虞姬、項王、淮陰侯、郭
孝子、明妃、武侯、綠珠，其中武侯、明妃佔了兩首，其餘各為一首，所選
之對象為忠孝貞烈之男女，與《夢影緣》一書之主題相合；抒懷類則與秋、
月相關之主題為最多，佔了二十二首。令人想問的是：為何作者獨鍾於菊花？
又為何頻繁出現對於秋天、月亮的敘寫呢？

〔註217〕「姑母嫁沈氏，年三十而寡，守志母家。余幼時，即蒙撫養，凡浣衣、盥面
　　　　事，皆依賴於姑。姑通文史，余讀〈盤庚〉、〈大誥〉苦聱牙，姑為同讀，以
　　　　「耳力」其聲。嘗論古人不喜郭巨，有詩責之云：『孝子虛傳郭巨名，承歡不
　　　　辨重和輕。無端枉殺嬌兒命，有食徒傷老母情。伯道沉宗因縛樹，樂羊罷相
　　　　為嘗羹。忍心自古遵嚴譴，天賜黃金事不平。』余集中有〈郭巨埋兒論〉，年
　　　　十四時所作，秉姑訓也。」見清‧袁枚著，《隨園詩話》，卷12，收錄在《續
　　　　修四庫全書》編纂委員會編，《續修四庫全書》，冊1701，頁430。
〔註218〕見清‧饕下生著，《夢影緣》，第15回，冊1，頁23。

　　筆者以爲，鄭澹若在《夢影緣》一書中，多以秋天爲書寫之氛圍，是爲了透過秋季之蕭瑟、秋月之圓滿，烘托出內心之悲涼，以及月圓人卻未團圓之傷感；透過「月亮」意象的使用，對於奔月嫦娥之敘寫，除了發抒內心對於家庭團圓之期待，以及藉由遊仙得以解脫俗世的羈絆，更傳達出她對於求仙的嚮往。試看琴史〈七夕吟〉云：

　　　　銀河清淺巧無聲，靈鵲塡橋已漸成。塵世何人能得巧，神仙自昔擅
　　　　多情。幻聞金母臨前殿，癡絕楊妃誓後生。我笑童心猶未減，愛憑
　　　　蛛網鬥輸贏（文本寫「嬴」）。

　　　　縱山鶴唳亦悠悠，尚聽人間說女牛。三弄鸞笙成絕調，七襄鴛錦織
　　　　離愁。煙雲觸目皆生態，草木驚心又入秋。想到故園諸弟妹，聯吟
　　　　深夜憶儂不？〔註219〕

陶慧雲聽聞琴史之〈七夕吟〉後，嘆氣道：「叔母于歸廿載，尙自存故國之思，怎使我寄人籬下者，不想歸念？」〔註220〕詩中「想到故園諸弟妹，聯吟深夜憶儂不？」兩句，極有可能是作者鄭澹若藉由琴史之口道出自己對於娘家諸弟妹的想念，懷念起從前眾人聯吟的活動。在小說的回末、回首，可看到鄭澹若有兩次發抒對於妹妹的想念，第一次是在第十六回：

　　　　書至於斯難下筆，^{亦自感}零星閨友散天涯，雁行大有知心客，^{偏則是}死
　　　　別生離再聚難。慧業生天難步武，徒勞夢想一年年。在生誰復能相
　　　　守，地北天南怎遣懷。最是無情偏有恨，笑談歌哭總無端。〔註221〕

第二次出現在第三十六回：

　　　　^嘆人世誰無傷逝感，^{最堪憐}雪膚花貌化青燐。^恨描容又乏傳神手，枉
　　　　有相思萬斛深。我亦如渠難忘妹，遭逢雖異亦傷情。〔註222〕

從以上兩則可以看到鄭澹若特別想念這位早夭的妹妹，此人已見於本論文第三章，此不贅述。而對於「聯吟」一事，在鄭澹若家也有可能是家人群集時的活動，如同本論文第三章所言，鄭澹若之母及兄弟姊妹，甚至兄嫂弟妹，均有詩學素養，有的甚至還有詩集傳世，例如：陶懷成之詩集中，就有與鄭祖琛同詩題之組詩出現，或許僅爲巧合，但也不無可能是聯吟之作。

〔註219〕見清·餐下生著，《夢影緣》，第8回，冊1，頁114～115。
〔註220〕見清·餐下生著，《夢影緣》，第8回，冊1，頁115。
〔註221〕見清·餐下生著，《夢影緣》，第16回，冊1，頁52～53。
〔註222〕見清·餐下生著，《夢影緣》，卷3，第36回，冊2，頁219。

　　久離家園的鄭澹若對於生離死別，感受特別深刻，因此《夢影緣》第六回即出現她對於知己的分離，所產生的深沉慨嘆。第六回云：

^{歎人生}生離死別同斯感，^{最難堪}知己分衿倍慘神。始信情天無俗客，有情人乃作仙眞。〔註223〕

對於分離之愁緒，林纖玉〈詠月〉云：

相對能教百慮蠲，澄清況是九秋天。有情長照千家徹，不盡長留萬古圓。何處笛聲來跌蕩，此中離思正纏綿。嫦娥也動憐香意，映向黃花分外妍。〔註224〕

又蘇韻仙云：

陟岵應如屺岵情，關山萬里兩心并。長安別夢雲同遠，絕塞秋懷月倍清。東閣何時重把袂，南陔聯吟更調笙。挑成錦字思相寄，日逐遙空雁影行。〔註225〕

蘇韻仙之詩亦可視爲作者心願之表白，迢迢千里之隔，何時能夠再續當年聯吟之歡，同享天倫之樂呢？只能透過眼前明月，寄託一己之相思。

　　此外，意象的使用還見於第二十四回和第四十五回，都有以「菊」爲題之詩，第二十四回爲菊花詩十二首，〔註226〕其中有六首爲抄錄父親鄭祖琛之作。〈菊夢〉一詩云：

吟魂勾引短籬東，籠雨迷雲想像中。澹意如仙宜化蝶，涼痕似水正飛蟲。月明何處三生悟，秋思誰家一枕通。笑問庭前雙白鶴，宵來幻境可曾同？

又其父〈殘菊〉一詩：

傲霜枝葉漸凋殘，雁泣螿啼怨歲寒。高隱晚年收局好，良朋久處別時難。榮枯那得同朝槿，醞釀猶堪供夕餐。此後無花休悵望，長松千尺作龍蟠。

鄭澹若藉由「菊花」的意象，表達對於陶淵明高潔心志之仰慕、推崇，詩中所出現的「蝶」、「鶴」向來是仙意的表徵，在《夢影緣》一書中羅浮仙君的前身是蝶，若要飛昇登天亦是與鶴有關，因此，〈菊夢〉一詩也呈現出自己的

〔註223〕見清・餐下生著，《夢影緣》，卷1，第6回，冊1，頁82。
〔註224〕見清・餐下生著，《夢影緣》，卷2，第24回，冊1，頁184。
〔註225〕見清・餐下生著，《夢影緣》，卷3，第31回，冊2，頁85。
〔註226〕見清・餐下生著，《夢影緣》，卷2，第24回，冊1，頁179～181。

心境超塵出世。至於其父〈殘菊〉一詩，雖然菊殘而無花可賞，但不必惆悵的超脫，對於世情榮枯的淡然處之，隱約有陶淵明悠然南山之意。姑且不論其詩之作者為誰，純粹就詩之內涵來探討，鄭澹若欲出世遊仙之心，處處可見。

　　若將書中人物所面臨之困境及心情，與現實生活中人物相互比較，那麼《夢影緣》中林纖玉不願嫁人而未能，現實中的作者鄭澹若欲入山修行而未能，兩人同樣的問題都是因為女性的身分。林纖玉處在傳統的時代氛圍中，「男大當婚，女大當嫁」的訓示，困住了想留在娘家孝順父母的林纖玉；現實生活中，鄭澹若無法拋開傳統加諸於女性的婦職，因此，只能嗟嘆惆悵，她在喪夫之後，仍然留在夫家教子並奉養公婆，這些背負在身上的重擔是她無法逃避的課題，因此，內心的想望只能藉由筆下的人物加以宣洩馳騁。

　　像鄭澹若這樣，將滿腔想望付諸於作品中的女作家，在清代不乏其人。尤其是面對時局的紛亂，清代的女作家在創作風格上，出現了一股遊仙逃禪的傾向，文體不分詩詞或小說，她們有人喪夫守寡、婚遇不偶，或甚至不堪面對殘破家園，於是想要拋棄人世間的富貴，〔註227〕並且有人生如夢般的體悟。〔註228〕同時，對於壽命的有限性，也存在著焦慮，認為天上勝過人世，〔註229〕於是，她們走向宗教，希望能藉由宗教撫慰現實中的空缺。如此視人生如夢一場的感傷，或許也有佛教思想的融入，「佛教講人生之苦，重要的一點指生命無常的痛苦。它給中國人注入了生命易逝、人生如夢的幾多感傷。」〔註230〕鄭蘭孫（1819～1861）〔註231〕《蓮因室詩詞集‧前序》云：

〔註227〕「莊君笑道勞垂念，鶴羽逢秋亦倍涼。小姪前身應是鶴，惜今生無翼莫飛揚，莊翁不覺哈哈笑，你若能飛我亦翔。與你逍遙雲漢外，把人間富貴可全忘。」見清‧囂下生著，《夢影緣》，卷1，第4回，頁60。

〔註228〕見《夢影緣》，卷1，第2回，頁27；卷1，第9回，頁141。在《紅樓夢》小說中同樣也有人生富貴如夢的感嘆，闞積軍針對《紅樓夢》說：「全書以夢開始，又以夢告終，人生如夢、世事無常的旋律一直在字裡行間裡迴蕩。」見闞積軍著，《論明清小說中的緣意識》（濟南：山東大學碩士論文，2007年9月），頁21。

〔註229〕采葦云：「人到百年終有盡，何如羽化以發仙。想高堂二主非凡客，自合逍遙早脫凡，天上定勝人世樂，仙心未必憶人間。」見清‧囂下生著，《夢影緣》，卷1，第6回，頁94。

〔註230〕見祁志祥著，《佛學與中國文化》（上海：學林出版社，2000年12月，第1版第1刷），頁159。

〔註231〕其生卒年之資料，係根據McGill與Harvard大學之「明清婦女著作網站」。

於是前因後果，觸緒紛來，塵夢仙緣，關懷自惜。欲知前世，已教
領略今生，未卜他生，倍覺可憐。今世依稀夢影，疑幻疑真，彷彿
花香若離若即。青春不再，既難爭草木之榮，白日易銷，安得如金
石之壽？惟願銷除妄念，奉蓮華會上一瓣心香，洗盡愁痕，向楊柳
瓶中同沾法雨。〔註232〕

吳藻於生命中期後走向佛道，尋求宗教的慰藉，其師陳文述曾為其詞集《花
簾詞》作序，〔註233〕吳藻〈香南雪北詞自序〉亦云：

自今以往，掃除文字，潛心奉道。香山南，雪山北，皈依淨土，幾
生修得到楳花乎？〔註234〕

吳藻平日於作品中即呈現其禪思妙境，〔註235〕晚期的《香南雪北詞》更是她
「自覺熱惱銷除，塵襟澹如菊」〔註236〕的體現之作，將生命中最純粹而超脫
的心境表露無遺。蔣機秀輯《國朝名媛詩繡鍼》之例言亦云：

網址：http://digital.library.mcgill.ca/mingqing/search/details-poet.php?poetID=12
&language=ch。（2013/09/30 瀏覽）

〔註232〕見清・鄭蘭孫著，《蓮因室詩詞集・前序》，清光緒元年（1875）刻本，頁 1b
～2a。網址：http://digital.library.mcgill.ca/mingqing/search/details-poem.php?po
emID=4728&language=ch（2013/12/15 瀏覽）

〔註233〕陳文述為吳藻之《花簾詞》作序，云：「聰明才也，悲歡境也，仙家眷屬，智
果先栽。佛海因緣，塵根許懺。與寄埋愁之地，何如證離恨之天。與開薄命
之花，何似種長生之藥。誦四句金剛之偈，悟三生玉女之禪。餐兩峯丹竈之
雲，飲三澗玉爐之雪。則花影塵空，簾波水逝，何妨與三藏珠林，七籤雲笈
同觀耶！」見清・冒俊輯，《林下雅音集》，清光緒十年（1884）刻本，頁 3a。
網址：http://digital.library.mcgill.ca/page-turner-3/pageturner.php（2013/12/15
瀏覽）

〔註234〕見清・吳藻著，《香南雪北詞・自記》，收錄在清・徐乃昌輯，《小檀欒室彙刻
閨秀詞》，清光緒二十二年（1896）南陵徐氏刻本，頁 1a。網址：http://digit
al.library.mcgill.ca/page-turner-3/pageturner.php（2013/12/15 瀏覽）

〔註235〕例如：吳藻〈念奴嬌・題魏母吳太恭人桂庭行樂圖遺照〉：「眾香國裏，護慈
雲，一朵靈根長結。微咲拈花參佛旨，不著滿身黃雪。」（頁 37a）〈金縷曲・
題王蘭佩女士靜好廎遺集〉「說僊娥、偶謫紅塵道，今悔過，太虛召。」（頁
2b～3a）。此兩闋詞均見吳藻著，《花簾詞》，收錄在清・徐乃昌輯，《小檀欒
室彙刻閨秀詞》，清光緒二十二年（1896）南陵徐氏刻本。資料來源：McGill
與 Harvard 大學之「明清婦女著作網站」。（2013/11/04 瀏覽）

〔註236〕見吳藻〈祝英台近・春杪遊花塢〉，《香南雪北詞》，頁 11a～11b。收錄在清・
徐乃昌輯，《小檀欒室彙刻閨秀詞》，清光緒 22 年（1896）南陵徐氏刻本。資
料來源：McGill 與 Harvard 大學之「明清婦女著作網站」。（2013/11/04 瀏覽）

紅粉參禪，翠鬟慕道，大半山窮水盡，有迫使然。〔註237〕

此處所言之「迫」，或許來自個人生命際遇、或許來自家國時局紛亂。但造成的共同影響便是：女作家們形成一股遊仙想望風潮，追求天上仙界，她們不斷地在作品中歌頌仙境美好，這樣的一種想像，適度地撫慰了在現實中的困頓，所謂的仙境，其實，正是存在於每個人心靈的桃花源。

女作家們為了彌補現實生活中的缺憾，於是在作品中發揮想像，遊仙及扮裝之題材大量出現。扮裝的目的，是為了平衡現實生活中女性未能達成的建功立業，因此，女作家們在小說中馳騁個人才情，創造出一個又一個的女英雄。不過，女英雄們最終仍然逃不過身分的回歸問題，這是女作家們不得不面對的現實。而遊仙題材的出現，透過宗教「四大皆空」的旨意，將男女之別消滅於無形，女性方能從性別的框架中跳脫。郭麐（1767～1831）〈喬影題詞〉云：

鉛華寫盡妙明圓，色相空時恩怨捐，他日定知超欲界，不勞執手問諸天。（色界天上無男女相）〔註238〕

郭麐於其後作註說明曰：「色界天上無男女相」，以此觀諸鄭澹若《夢影緣》一書，書中頻頻嗟嘆受限於女性之身分，又將花神與羅浮仙君安排為同歸天上，永侍兩家父母。鄭澹若的天上仙界，正是她能拋卻凡間身分受限之困境的處所，是能實現一己修道之願的仙境，正與郭麐所言之超越男女之別相合。針對此種現象，王力堅對此有一結論，他說：

清代才女對於被壓迫的命運不滿，唯能歸咎於自己的女性身份：要改變命運、要成功，唯有「擬男」——從外在的形貌言談舉止到內在思維精神理念。這一切又無疑只能維繫在虛擬狀態——虛擬的（男性）身份、虛擬的理想實現，因此最終也就只能走向更徹底虛擬的世界——佛禪淨土／仙道蓬萊。然而這一切，恰恰也就最能夠反映出那樣一個（父權）時代的真實性本質性——自我迷思的他者化。
〔註239〕

〔註237〕國內並無蔣機秀所編輯之《國朝名媛詩繡鍼》一書，此處轉引自胡文楷編著，張宏生等增訂，《歷代婦女著作考（增訂本）》（上海：上海古籍出版社，2008年8月，第2版第1次印刷），頁915。

〔註238〕見蔡毅編著，《中國古典戲曲序跋彙編》（濟南：齊魯書社，1989年10月，第1版第1刷），冊2，頁1132。

〔註239〕見王力堅著，《清代才媛文學之文化考察》（台北：文津出版社，2006年6月，1版1刷），頁89。

鄭澹若正是將書中安排至最虛無的世界，透過推崇人間的孝道，實現的卻是一己修道之願望。女作家們在作品中一再歌頌的、回味的功名與成就，回過頭來卻是一場空，這樣的失落，身爲彈詞小說的讀者，鄭澹若看到了彈詞小說的矛盾之處，也在《夢影緣》這本彈詞小說中，抨擊了彈詞小說的缺陷與不足，茲引如下：

> 狀元本是非常士，宰相原爲絕等人。^但一入彈詞和小説，令人可笑又堪憎。〔註240〕

> ^{難道}小説彈詞聽未詳，部部金童和玉女，佳人才子好風光，人人定把鰲頭占，^{倘若是}比較高才我也當。^{笑煞他}吟得打油詩一首，欣欣得意好誇張，^{一定説}才如子建人間少，^{更難憑}貌比潘安衛玠龐。入我耳中偏惹厭，滿心齟齬怎舒張。誰知今日親經歷，始信書中不我誑，眞有金童來下界，聽來眞個不尋常。〔註241〕

> 佩莒歎云眞可恨，彈詞小説壞人心。恨無項籍英雄手，^作三月阿房一例焚。……^{恨邪書}敗人行止傷風化，^{不知他}作者心存怎樣心。^還自謂佳人與才子，^{我看來}不如禽獸著衣巾，終須發恨酬斯願，^付回祿全收始快心。〔註242〕

> ^歎贈芍采蘭風俗壞，彈詞小説襲陳言，^{又何如}斑衣舞彩同爲戲，兒女癡情秉孝懷。……^{恨只恨}邪説流行閨閣內，貞淫二字辨來難，要期脫盡前人套，^把正節清貞表一番。〔註243〕

於是，鄭澹若代表了閱讀者、批評者與創作者的三重身分。閱讀了以金童玉女爲理想的彈詞小說，抨擊了彈詞的內容多陳言濫調之邪説，有傷風化之教，於是，她立志要寫一部著重貞節忠孝的作品，以正人心。

二、《精忠傳彈詞》的閨閣私語

根據《精忠傳彈詞》書前徐德升於光緒二十六年三月所作之序言：

> 周夫人素慕漢關壯繆宋岳忠武之爲人，忠義之氣，根於性成，而又痛夫子沒於王事，暇日排悶，偶檢閱《精忠傳》説部，因內有俗傳

〔註240〕見清・糵下生著，《夢影緣》，卷1，第2回，頁20。
〔註241〕見清・糵下生著，《夢影緣》，卷1，第2回，頁33。
〔註242〕見清・糵下生著，《夢影緣》，卷1，第9回，頁121～122。
〔註243〕見清・糵下生著，《夢影緣》，卷2，第15回，頁37。

大鵬女土蝠，冤冤相報等事，不然其說。嘆曰：「從古邪正不並立，小人道長，君子道消。若再飾以果報，則將何以辨是非而勵名節。」爰提筆補作《精忠傳彈詞》三十六卷，自始至終，總歸諸數，教忠教孝，隱寓箴銘，娓娓萬言，真有令人讀之而感憤流涕者矣！〔註244〕

其後，李樞於民國元年八月所作之序云：

惟此書之成，自同治戊辰至光緒乙未，二十八年中或作或輟，風雨蓬廬，消遣窮愁幾許。不意此書告成之日，即為太夫人仙去之年，蓋其中有數存焉。〔註245〕

根據上文所引之序言可知，《精忠傳彈詞》一書是周穎芳對於《精忠傳》說部的接受與反應，她對於《精忠傳》說部中的果報說法不以為然，因此花費二十八年寫就《精忠傳彈詞》一書以辨是非、勵名節。因此，《精忠傳彈詞》一書並非她獨創的小說作品，而是精忠岳飛系列的其中一本。這樣的寫作心情，與丁耀亢續寫《金瓶梅》一書是類似的，都是為了避免讀者誤讀原書，〔註246〕而有續寫或翻作的念頭。

「說部」是指說話人的底本，《說岳全傳》就是脫胎自民間說書的作品，雖然《說岳全傳》一書受《水滸傳》影響極深，〔註247〕書中時常出現義結金蘭、上山落草的情節，「是以下層民眾為主要消費對象的，所以為了迎合他們的接受心理、審美口味，編創者就有意根據他們的生活、心理和想像，來塑造為他們所喜聞樂見的草澤英雄，並圍繞這些草澤英雄的命運播遷來建構故事，製造懸念，以求扣人心弦。」〔註248〕但是，「《說岳全傳》所依據的是說

〔註244〕見徐德升著，《精忠傳彈詞‧序》，見清‧嚴周穎芳著，《精忠傳彈詞》，頁1。
〔註245〕見李樞著，《精忠傳彈詞‧序》，見清‧嚴周穎芳著，《精忠傳彈詞》，頁2。
〔註246〕丁耀亢眼見眾人誤讀《金瓶梅》，於是寫就《續金瓶梅》一書。《續金瓶梅》第1回云：「只因眾生妄想……見了財色二字，拚命亡身，活佛也勸不回頭。……眼見的這部書（案：指《金瓶梅》一書）反做了導欲宣淫話本。」見清‧丁耀亢著，陸合、星月校點，《金瓶梅續書三種》（濟南：齊魯書社，1988年8月，第1版第1刷），冊上，頁3。
〔註247〕紀德君說：「書中動輒便言上山落草、兄弟結義，不少虛構的英雄也都有江湖綽號，並且還被附會為梁山好漢的後代，如張國祥、董方、阮良、關鈴、韓起龍等就是張青、董平、阮小二、關勝、韓滔之子；而岳飛與林沖的師父都是周侗；老將呼延灼、浪子燕青等也分別出現在小說中。這樣寫，顯然是為了附驥《水滸傳》，以博取讀者的青睞。」見紀德君著，《明清通俗小說編創方式研究》，頁314。
〔註248〕見紀德君著，《明清通俗小說編創方式研究》（北京：社會科學文獻出版社，2012年6月，第1版第1刷），頁223～224。

話人的底本，而非《大宋中興通俗演義》一類以史傳為框架的小說」。〔註249〕
若將錢彩《說岳全傳》與周穎芳《精忠傳彈詞》相互比對，則可發現周穎芳
承襲引用及改動情節或人物之痕跡。承襲引用部分，若是情節故事則無甚奇
特，但若是作者本人對於情節、人物之評論相似，則不免有襲用之感，以下
兩兩列出，以作比對：

（一）

> 列位看官，你道這個誓，立得奇也不奇？這變豬變羊，原是口頭言
> 語；不過在今生來世、外國番邦上弄舌頭。那一個人，怎麼死於萬
> 人之口？卻不道後來岳武穆王墓頂褒封時候，竟應了此誓。也是一
> 件奇事，且按下不表。〔註250〕（錢彩《說岳全傳》第十一回）

> 你道這個誓立得奇不奇？這變豬變羊原是口頭言語，不過今生來
> 世、外國番邦是弄舌之言。那有一個人能死在萬人之口麼！誰知岳
> 武穆王墓頂褒封的時候，他竟應了此誓，也是一件奇事。〔註251〕（周
> 穎芳《精忠傳彈詞》第八回）

（二）

> 列位看官，你道老狼主聽見自家兒子能舉鐵龍，應該歡喜，為何反
> 要殺他起來？只因有個原故：那兀朮雖然生長番邦，酷好南朝書史，
> 最喜南朝人物；常常在宮中學穿南朝衣服，因此老狼主甚不歡喜他。
> 〔註252〕（錢彩《說岳全傳》第十五回）

> 看官你道何緣故，待把其詳說細衷。只因他雖然生長番邦地，愛與
> 南朝裝扮同。常常穿作南朝服，諸般不與北方同，故常失卻天倫愛，
> 偏偏當殿又稱雄。〔註253〕（周穎芳《精忠傳彈詞》第十回）

（三）

> 你道哈迷蚩怎麼曉得韓元帥家中之事，陸登盤他不倒？因他拿住了
> 趙得勝，一夜裡問得明明白白，方好來做奸細。〔註254〕（錢彩《說

〔註249〕見鄧駿捷著，〈岳飛故事的演變〉，《明清小說研究》，2000年第3期，頁13。
〔註250〕見清・錢彩編次，金豐增訂，《說岳全傳》，頁62。
〔註251〕見清・嚴周穎芳著，《精忠傳彈詞》，卷上，第8回，頁60。
〔註252〕見清・錢彩編次，金豐增訂，《說岳全傳》，第15回，頁84。
〔註253〕見清・嚴周穎芳著，《精忠傳彈詞》，卷上，第10回，頁79。
〔註254〕見清・錢彩編次，金豐增訂，《說岳全傳》，第16回，頁91。

岳全傳》第十六回）

你道他怎麼曉得韓元帥家事，陸爺盤查不出？因他拿住的來的先晚
向趙得勝探聽得明明白白，都說得一點不差。〔註255〕（周穎芳《精
忠傳彈詞》第十回）

（四）

看官，你道那員番將是誰？卻叫做奇渥溫鐵木眞；只因他日後生下
一子，名爲忽必烈，卻是元朝始祖，故有此異。〔註256〕（錢彩《說
岳全傳》第十七回）

看官，你道那番將是誰？其名叫做奇渥溫鐵木；只因他日後生下一
子名爲忽必烈，卻是元朝始祖，故有此異。〔註257〕（周穎芳《精忠
傳彈詞》第十一回）

在通俗小說中，「列位看官」、「你道」是作者用來「稱呼自己預想的讀者，甚
至揣測『看官』的心理向『說話的』發問，由此進行親切自然的對話、交流。」
〔註258〕綜觀以上所引四例，顯見周穎芳連「說話的」語句都與錢彩雷同。

但兩書在情節的安排上，仍有相異之處，錢彩《說岳全傳》一書將焦點
置於岳飛忠貞被害之因果過程，書中著重刻劃岳飛英勇之戰爭場景，「爲了激
起聽眾的好奇心、求聽欲，說書人幾乎把他的想像力、創造力全都用在了敵
對雙方你死我活的血腥戰鬥上。」〔註259〕但周穎芳《精忠傳彈詞》一書則將
《說岳全傳》中被忽略的女性群像，例如：岳母、岳夫人、岳銀瓶等人，以
更多筆墨呈現她們的巾幗氣節，也在書中加入更多岳飛與岳夫人之閨閣絮
語，「在金戈鐵馬的戰爭描寫中穿插了一些花明草媚、溫柔綺旋的場景，也是
爲了調節敘事節奏，更好地滿足讀者的審美需求。」〔註260〕其實，這也是因
應彈詞小說讀者群所做的改變，彈詞小說的讀者多爲女性，加入女性所熟悉
的家庭生活與閨閣絮語，以滿足女性讀者的想像與嚮往，正是彈詞小說的作
者普遍的寫作趨向。

〔註255〕見清・嚴周穎芳著，《精忠傳彈詞》，第 10 回，頁 84。
〔註256〕見清・錢彩編次，金豐增訂，《說岳全傳》，第 17 回，頁 97。
〔註257〕見清・嚴周穎芳著，《精忠傳彈詞》，第 11 回，頁 91。
〔註258〕見紀德君著，《明清通俗小說編創方式研究》，頁 10～11。
〔註259〕見紀德君著，《明清通俗小說編創方式研究》，頁 324。
〔註260〕見紀德君著，《明清通俗小說編創方式研究》，頁 222。

但周穎芳《精忠傳彈詞》一書與其他彈詞小說仍有不同之處，此不同之處在於：本書在回首、回末幾乎看不到作者自己閨閣心情、家庭瑣事敘寫，僅偶爾於文中夾雜零星幾句關於岳飛忠義受冤之悲，以及知心好友零落天涯之傷感。因此無法如陳端生《再生緣》、邱心如《筆生花》一般，從回首、回末之自敘得到有關於作者本人的相關資料。

第七章　結　論

　　清代女性文學帶有家族化、群體化的特點，但歷來學者多關注於詩學方面，成果豐碩。相較之下，彈詞小說的家族化卻顯得空白。本論文即以家族的視角，將鄭澹若與周穎芳這一對母女所創作的彈詞小說並置討論，企圖藉由兩部彈詞小說的共通與相異點，將家族的特點予以彰顯。

　　本論文第一章緒論，說明研究動機為彌補此一清代女性文學之空白，同時，藉由周穎芳《精忠傳彈詞》之探討，也對岳飛研究起了完整性的補充。而文獻回顧的部分，更讓我們清楚目前的研究成果，以及仍有研究空間的課題。研究方法及研究架構的安排，則說明本論文是採取文本細讀法，配合作者家族人事之相關詩文作品，或正史、地方志、軍中機密檔等之記載，作一全面性的關注，企圖整理勾勒出義門鄭氏之家族譜系。

　　第二章藉由清代才媛的發展情形，將清代才女的家族化、群體化特徵簡述，但是學者們在討論清代的才女家族時，均未提及與鄭澹若相關之才女群，因此，本論文在第二章詳述清代才女之發展，明白點出前輩學者們研究上對於鄭澹若家族的空白，遂在第三章進行鄭澹若與周穎芳之家世與才學探討，分別就鄭貞華之父母及其家族，鄭貞華所適之周家以及周穎芳所適之嚴家進行資料上的彙整與探究，得知鄭澹若之父鄭祖琛之仕宦經歷，以及鄭祖琛之母對他的訓示，有提及家族為義門鄭氏之後代，這一點對於鄭澹若《夢影緣》與周穎芳《精忠傳彈詞》之主題思想解讀有相當重要的關連性。同時，在此章也點出鄭澹若之母為江漱芳，鄭澹若之舅為江錫謙，以及鄭澹若之兄弟姊妹；對鄭澹若之夫家，也有較前輩學者更進一步的成果，透過軍中機密檔，得知鄭澹若為周澍之媳，也就是鄭澹若之夫為周澍之子。此外，前輩學者均

有提及鄭澹若兒女親家王瑤芬，以及周穎芳所適之嚴謹生平，但對於王瑤芬家族、嚴謹家族則未有進一步的深究，在這一章，透過相關人事的詩文作品及地方志記載，釐清了王家與嚴家之家族譜系，對於建構以鄭澹若為中心的才女群體有相當大的幫助。

第四章以鄭澹若《夢影緣》進行主題思想的分析，分別從孝道觀、性別觀、宗教觀進行論述。從孝道觀一節，可知《夢影緣》闡揚心孝重於面孝，孝子莊夢玉與其父莊淵心神相通，顯現鄭澹若對於內心真誠孝敬的推崇。從性別觀一節，可知鄭澹若一承重視貞節的傳統，在書中以十二花神傳達全貞觀念。從宗教觀一節，可以發現鄭澹若對於善書的嫻熟，代表她所涉獵的書籍極廣，也反應了當時的時代背景，善書的語境所代表的文化意義，以及所大力提倡的勸善意識，都在這一節予以揭示。

第五章針對周穎芳《精忠傳彈詞》之主題思想，分別從家國觀、性別觀、宗教觀以與第四章進行相關對照。因為周穎芳此書是針對錢彩《說岳全傳》而作，所以書中對於與錢彩《說岳全傳》之承續或改變，會加以呈現。從家國觀一節，探討周穎芳在清代晚期的時代因素影響下，選擇岳飛這一忠良人物，作為對社會現狀的疾呼。性別觀一節，則與錢彩《說岳全傳》有著極大的歧異，周穎芳推翻了男尊女卑的傳統觀念，提高了女性在家族中的地位及影響力，並著重於女子義烈行為的展現，對於岳夫人及鞏夫人、梁紅玉等巾幗女性，有了更深刻的刻劃。宗教觀一節，則可見周穎芳與其母之觀念不同，其母鄭澹若相信因果輪迴，而她則否定因果輪迴之說，她之所以否定，是站在砥礪名節的立場；同時，她也在彈詞小說中揭示了命定思想，透過修行之人或算命卜士之口，將命運前定之說加以發揚。

第六章將鄭澹若《夢影緣》與周穎芳《精忠傳彈詞》兩書進行相同點之呈現，同時，也將兩書同中有異之處並現，若與前兩章並讀，則兩書之同異可以互見。在兩書之相同點部分，從傳揚忠孝思想、嚴懲奸人佞臣、運用謫凡框架、呈現家庭生活四方面切入，又細部處理兩書同中有異之處。

首先，傳揚忠孝思想是此兩部彈詞小說最主要的精神，對於忠臣孝子的重視，正是鄭澹若與周穎芳母女二人發揚義門鄭氏精神之明證。歷來學者並未點出此點，原因是並未探究鄭澹若之父鄭祖琛之家世背景，本論文以此為基礎，進一步揭示兩位彈詞女作家之家世脈絡，抉發出此兩部彈詞小說之精神意旨實是有所本源。而此兩部彈詞小說對於忠孝之推崇，有著些微的差異，

鄭澹若《夢影緣》中崇尚先忠後孝，而周穎芳《精忠傳彈詞》對於忠孝的權衡，重視精忠純孝。

其次，兩書均主張對奸佞之人加以懲罰，藉以對世人產生警戒教訓，但兩書懲罰之方式有所不同，鄭澹若《夢影緣》以現世報的方式，而周穎芳《精忠傳彈詞》則透過牛皋之口痛罵奸人，或由胡迪遊地獄情節，以冥報之方式讓世人預示作惡下場；此外，鄭澹若與周穎芳兩人均以變造方式將歷代權奸姓名予以改變，但鄭澹若《夢影緣》是以諧音方式處理，而周穎芳《精忠傳彈詞》則以字型改造、諧音、添減字的方式，以表達內心對於奸佞惡徒之憤恨不滿。在寫秦檜等一班惡人遭受地獄冥報之情節時，出現了當初劾奏周穎芳祖父鄭祖琛的官員名稱，但周穎芳以字型改造及添減字數的方式，將「袁甲三」寫成「袁甲川」、「徐廣縉」寫成「廣晉」，於是不免讓人懷疑周穎芳之所以將兩位劾奏其祖之官員寫入了與秦檜狼狽為奸之惡人，是否也藉此機會發洩內心不滿的情緒。

再者，運用謫凡框架方面，兩書均在情節安排上，以謫凡框架開端，書末又以天上仙界作結，全家人於天上歡聚，封為仙界一員，並在封號上凸顯個人之忠貞孝義。略微不同的是，鄭澹若《夢影緣》中，莊夢玉與十二花神是無罪下凡，而周穎芳《精忠傳彈詞》中的主要人物：岳飛、秦檜、秦檜妻王氏、金兀朮均為有罪下凡。

最後，在呈現家庭生活方面，由於兩部同為彈詞小說，家庭生活的細節描寫上，較其他小說為多，凸顯彈詞小說此一文體之特色，鄭澹若《夢影緣》則承續曹雪芹《紅樓夢》才女詩會吟詠的描寫，在書中透過多次的詩會呈現家庭生活，也藉此展露詩才。前輩學者胡曉真對於鄭澹若《夢影緣》中為數眾多的詩作，未作進一步考證，筆者嘗試搜尋與鄭澹若相關之人物作品，最後發現《夢影緣》中之詩，有許多首出自其父鄭祖琛之詩集《小谷口詩鈔》，以及鄭澹若本人殘存在《國朝杭郡詩三輯》之作品，這個現象說明了父女二人有著詩作的交流，出嫁在外的女子仍然能夠收到父親的詩作，而鄭澹若也為父親撰寫的《小谷口詩續鈔》寫了題辭。也可見鄭澹若對於長年仕宦在外的父親深刻的思念，因此在創作的彈詞小說中，置入了父親的詩作。研究學者對於鄭澹若《夢影緣》中的詩以「遊仙詩」稱之，並未作進一步深究，筆者以意象的使用入手，認為鄭澹若在詩中多使用秋天、月亮、菊花等意象，除了傳達內心之悲涼，同時還有思念家鄉、出世遊仙之意。而周穎芳《精忠

傳彈詞》則承續彈詞小說的傳統，在岳飛故事中，加入了夫妻的閨閣絮語，使陽剛、悲愴的岳飛故事融入了嬌柔的感情意味，成爲更適合女性閱讀的岳飛故事文本。

本論文在研究主題的選擇上，以目前研究成果甚少的《夢影緣》與《精忠傳彈詞》爲研究對象，除了細部研讀小說情節，以探究主題思想，更盡量全面蒐集與作者相關之資料，包含：詩文集、正史、地方志、軍中機密檔等，以與作者之家世背景作一參照，希望能藉此在清代才女家族的研究，以及彈詞小說的研究上有所開拓與補充。

但由於鄭澹若與周穎芳之詩集已亡佚，無法全面考察書中所列之詩作出處，此爲本論文不足之處；又由於現存可見之彈詞小說，能以家族精神檢視的僅有《夢影緣》與《精忠傳彈詞》兩書，使得本論文有研究廣度不足之弊，但本論文所欲指出的是：此兩部彈詞小說看似爲取材相異的小說，一以虛構，一以歷史人物，卻也能在同一個主題下予以歸納，因爲，兩位作者都在小說中崇尚忠孝，而這正是義門鄭氏所重視的家族精神。

參考文獻

一、主要研究文本：

1. 清・饟下生著,《夢影緣》,收錄在沈雲龍主編,《中國通俗章回小說叢刊3》,台北：文海出版社,1971 年,初版。

2. 清・嚴周穎芳著,《精忠傳彈詞》,上海：商務印書館,1935 年 4 月,國難後第 1 版。

二、古籍（先以朝代先後次序,再以作者姓氏筆劃由少至多排列。）

1. 周・左丘明著,晉・杜預注,唐・孔穎達疏,《春秋左傳正義》,台北：台灣中華書局,1966 年 3 月,台 1 版。

2. 周・左丘明著,三國吳・韋昭注,《國語》,台北：台灣中華書局,1966 年 3 月,台 1 版。

3. 周・李耳著,晉・王弼注,《老子》,台北：台灣中華書局,1967 年 5 月,台 2 版。

4. 戰國・墨翟著,《墨子》,台北：台灣中華書局,1966 年 3 月,台 1 版。

5. 漢・孔安國傳,唐・孔穎達等疏,《尚書正義》,台北：台灣中華書局,1972 年 3 月,台 2 版。

6. 漢・司馬遷著,《史記（附考證）》,台北：台灣中華書局,1966 年 3 月,台 1 版,冊 4。

7. 魏・王弼、晉・韓康伯注,唐・孔穎達疏,《周易正義》,台北：台灣中華書局,1977 年 2 月,台 2 版。

8. 前秦・王嘉著,《拾遺記》,收錄在商務印書館四庫全書出版工作委員會編,《文津閣四庫全書・子部・小說家類》,北京：商務印書館,2005 年,

北京第 1 版第 1 刷，冊 347。

9. 晉・郭璞注，葉自本糾謬，陳趙鵠重校，《爾雅》，北京：中華書局，1985 年，北京新 1 版，卷上。

10. 南朝宋・天竺三藏求那跋陀羅譯，《雜阿含經》，收錄在日本大正一切經刊行會輯，《大藏經》，第 53 經，台北：新文豐出版公司，影印本，冊 2。

11. 南朝宋・范曄著，唐・李賢等注，《後漢書》，北京：中華書局，1987 年 10 月，北京第 4 刷，冊 7。

12. 南朝宋・劉義慶著，梁・劉孝標注，《世說新語》，收錄在王雲五主編，《國學基本叢書》，台北：台灣商務印書館，1968 年 9 月，台 1 版，冊 142。

13. 北齊・顏之推著，王利器集解，《顏氏家訓集解》，台北：明文書局，1984 年 1 月，再版。

14. 唐・魏徵等著，清・楊守敬考證，清・錢大昕考異，《隋書》，台北：新文豐出版公司，1975 年 3 月，初版。

15. 唐・釋道世撰，《法苑珠林》，收錄在清・紀昀等奉敕撰，《景印文淵閣四庫全書》，台北：台灣商務印書館，1986 年 3 月，初版，冊 1049。

16. 後漢・沙門支婁迦讖譯，《摩訶般若波羅蜜道行經》，收錄在中華大藏經編輯局編，《中華大藏經（漢文部分）》，北京：中華書局，1985 年 5 月，上海第 1 版第 1 刷，冊 7。

17. 宋・朱熹著，《楚辭集註》，台北：華正書局，1974 年 7 月，台 1 版。

18. 宋・李心傳撰，《建炎以來繫年要錄》，收錄在清・紀昀等奉敕撰，《景印文淵閣四庫全書》，冊 326。

19. 宋・吳自牧著，《夢梁錄》，收錄在宋・孟元老等著，《東京夢華錄（外四種）》，台北：大立出版社，1980 年 10 月，未著版刷。

20. 宋・周密著，《癸辛雜識・續集》，收錄在清・紀昀等奉敕撰，《景印文淵閣四庫全書》，冊 1040。

21. 宋・岳珂編，王曾瑜校注，《鄂國金佗稡編・續編校注》，北京：中華書局，1999 年 3 月，北京第 1 版第 2 刷。

22. 宋・洪邁撰，《夷堅志・甲志》，北京：中華書局，1985 年，北京新 1 版，冊 2。

23. 宋・徐夢莘撰，《三朝北盟會編》，收錄在清・紀昀等奉敕撰，《景印文淵閣四庫全書》，冊 352。

24. 宋・曾敏行著，《獨醒雜志》，北京：中華書局，1985 年，北京新 1 版。

25. 宋・謝起嚴撰，《忠文王紀事實錄》，收錄在《續修四庫全書》編纂委員會編，《續修四庫全書》，冊 550。

26. 宋・釋惠洪著，《冷齋夜話》，收錄在《叢書集成初編》，北京：中華書局，1985 年，北京新 1 版，冊 2549。

27. 元・不著撰人，《清河内傳》，收錄在《道藏》，據原涵芬樓影印本影本，北京：文物出版社，1988 年，影印本，冊 3。

28. 元・脫脫等著，《宋史》，北京：中華書局，1985 年 6 月，湖北新 1 版第 1 刷，冊 32、33。

29. 元・劉一清撰，《錢塘遺事》，收錄在清・紀昀等奉敕撰，《景印文淵閣四庫全書》，冊 408。

30. 明・田汝成著，《西湖遊覽志餘》，收錄在楊家駱編，《大陸各省文獻叢刊第一集》，台北：世界書局，1963 年 5 月，初版，冊 5。

31. 明・申時行等修、明・趙用賢等纂，《大明會典》，收錄在《續修四庫全書》編纂委員會編，《續修四庫全書・史部・政書類》，冊 789。

32. 明・朱棣集注，《金剛般若波羅蜜經集註》，台北：文津出版社，1986 年 7 月，初版。

33. 明・朱國禎著，《湧幢小品》，收錄在《續修四庫全書》編纂委員會編，《續修四庫全書・子部・雜家類》，冊 1173。

34. 明・呂坤著，《呻吟語》，台北：河洛圖書出版社，1975 年 10 月，台再版。

35. 明・祁彪佳著，《祁彪佳集》，中華書局，1960 年，初版。

36. 明・凌濛初著，魏亦珀校點，《二刻拍案驚奇》，收錄在魏同賢、安平秋主編，《凌濛初全集》，南京：鳳凰出版社，2010 年，第 1 版，冊 3。

37. 明・凌濛初著，魏亦珀校點，《初刻拍案驚奇》，收錄在魏同賢、安平秋主編，《凌濛初全集》，冊 2。

38. 明・徐謙輯案，《桂宮梯》，收錄在王見川、林萬傳主編，《明清民間宗教經卷文獻》，冊 11。

39. 明・商景蘭著，《商夫人錦囊集》，收錄於明・祁彪佳著，《祁彪佳集》，北京：中華書局，1960 年，初版。

40. 明・張楚叔著，《衡曲塵譚》，收錄在《續修四庫全書》編纂委員會編，《續修四庫全書・集部・曲類》，冊 1743。

41. 明・馮夢龍編，許政揚校注，《古今小說》，台北：里仁書局，1991 年 5 月，初版，冊下。

42. 明・馮夢龍評輯，周方、胡慧斌校點，《情史》，收錄在魏同賢主編，《馮夢龍全集》，南京：江蘇古籍出版社，1993 年 3 月，第 1 版第 1 刷，冊 7。

43. 明・馮夢龍編撰，《喻世明言》，台北：河洛出版社，1980 年 2 月，台排

印初版，冊 1。

44. 明・葉紹袁原編，冀勤輯校，《午夢堂集》，北京：中華書局，1998 年 11 月，北京第 1 版第 1 刷，冊上。

45. 明・董說著，《西遊補》，台北：世界書局，1969 年 5 月，再版。

46. 明・熊大木編，《大宋中興通俗演義》，上海：上海古籍出版社，影印本，冊上。

47. 明・劉宗周著，《人譜》，收錄在《續修四庫全書》編纂委員會編，《續修四庫全書・子部二三・儒家類》，冊 717。

48. 明・鄭濤著，《浦江鄭氏家範》，收錄在《續修四庫全書》編纂委員會編，《續修四庫全書・子部・儒家類》，冊 935。

49. 明・鄭敷教著，《鄭桐庵筆記》，收錄在嚴一萍選輯，《四部分類叢書集成三編》，台北：藝文印書館，1971 年，影印本，輯 8，乙亥叢編。

50. 明・謝肇淛著，《五雜組》，上海：上海書店出版社，2001 年 8 月，第 1 版第 1 刷。

51. 明・歸有光著，《震川先生集》，台北：台灣商務印書館，1967 年，台 2 版，冊 1。

52. 清・丁寶楨著，《丁文誠公奏稿》，收錄在《續修四庫全書》編纂委員會編，《續修四庫全書・史部・詔令奏議類》，冊 509。

53. 清・丁廷楗修，趙吉士纂，《安徽省徽州府志》，據清康熙三十八年刊本影印，收錄在《中國方志叢書・華中地方・第 237 號》，台北：成文出版社，1975 年，台 1 版，冊 7。

54. 清・丁丙著，《松夢寮詩稿》，收錄在《續修四庫全書》編纂委員會編，《續修四庫全書・集部・別集類》，冊 1559。

55. 清・丁耀亢著，陸合、星月校點，《金瓶梅續書三種》，濟南：齊魯書社，1988 年 8 月，第 1 版第 1 刷，冊上。

56. 清・丁申、丁丙輯，《國朝杭郡詩三輯》，光緒十九年癸巳，1893，錢塘丁氏刻本。

57. 清・毛奇齡著，《西河文集》之二，收錄在《清代詩文集彙編》，冊 88。

58. 清・王先謙著，《東華續錄》，收錄在《續修四庫全書》編纂委員會編，《續修四庫全書・史部・編年類》，冊 376。

59. 清・王昶著，《春融堂集》，收錄在《續修四庫全書》編纂委員會編，《續修四庫全書・集部・別集類》，冊 1438。

60. 清・王昶輯，《湖海詩傳》，收錄在《續修四庫全書》編纂委員會編，《續修四庫全書・集部・總集類》，冊 1626。

61. 清‧王筠著,《繁華夢》,收錄在華瑋編輯、點校,《明清婦女戲曲集》,
台北:中央研究院中國文哲研究所,2003 年 7 月,初版。

62. 清‧王瑤芬著,《寫韻樓詩鈔》,收錄於國家清史編纂委員會編,《清代詩
文集彙編》,冊 607。

63. 清‧王蘊章撰,王英志校點,《燃脂餘韻》,收錄在王英志主編,《清代閨
秀詩話叢刊》,冊 1。

64. 清‧史夢蘭著,《止園筆談》,收錄在《續修四庫全書》編纂委員會編,《續
修四庫全書‧子部‧雜家類》,冊 1141。

65. 清‧平步青著,《霞外攟屑》,收錄在《續修四庫全書》編纂委員會編,《續
修四庫全書‧子部‧雜家類》,冊 1163。

66. 清‧托渾布著,《瑞榴堂詩集》,收錄在《續修四庫全書》編纂委員會編,
《續修四庫全書‧集部‧別集類》,冊 1513。

67. 清‧朱翊清著,《埋憂集》,收錄在《續修四庫全書》編纂委員會編,《續
修四庫全書‧子部‧小說家類》,冊 1271。

68. 清‧朱彝尊著,姚祖恩編,黃君坦校點,《靜志居詩話》,北京:人民文
學出版社,1998 年 2 月,北京第 1 版第 1 刷,冊下。

69. 清‧江登雲纂,《橙陽散志》,收錄在《中國地方志集成 3‧鄉鎮志專輯‧
27》,上海:上海書店,1992 年,第 1 版第 1 刷。

70. 清‧江藩著,《國朝漢學師承記》,收錄在《續修四庫全書》編纂委員會
編,《續修四庫全書‧經部‧群經總義類》,冊 179。

71. 清‧余治著,《得一錄》,收錄在官箴書集成編纂委員會編,《官箴書集成》,
合肥:黃山書社,1997 年 12 月,第 1 版第 1 刷,冊 8。

72. 清‧吳振棫著,《花宜館詩鈔》,收錄在《續修四庫全書》編纂委員會編,
《續修四庫全書‧集部‧別集類》,冊 1521。

73. 清‧吳嵩梁著,《香蘇山館詩集》,收錄在《續修四庫全書》編纂委員會
編,《續修四庫全書‧集部‧別集類》,冊 1490。

74. 清‧呂相燮著,俞增光校刊,《科場異聞錄》,清光緒二十四年順成書局
石印本,收錄在文清閣編,《歷代科舉文獻集成》,北京:燕山出版社,
2006 年 8 月,第 1 版第 1 刷,第 6 卷。

75. 清‧李根源輯,《永昌府文徵撰人名錄》,收錄在江慶柏主編,《清代地方
人物傳記叢刊》,揚州:廣陵書社,2007 年,第 1 版,冊 10。

76. 清‧李星沅著,《李文恭公遺集》,收錄在《續修四庫全書》編纂委員會
編,《續修四庫全書‧集部‧別集類》,冊 1524。

77. 清‧李放著,《皇清書史》,收錄在《叢書集成續編》,上海:上海書店,
1994 年,初版,冊 38。

78. 清‧李艾塘著,《揚州畫舫錄》,台北:學海出版社,1969 年 2 月,初版。

79. 清‧李桂玉著,《榴花夢》,北京:中國文聯出版公司,1998 年 10 月,第 1 版第 1 次印刷,冊 1。

80. 清‧李汝珍著,《鏡花緣》,台北:桂冠圖書公司,1994 年 4 月,再版 3 刷,冊上。

81. 清‧沈善寶著,盧蓉校點,王英志校訂,《名媛詩話》,收錄在王英志主編,《清代閨秀詩話叢刊》,冊 1。

82. 清‧沈德符著,《萬曆野獲編》,收入中國古籍整理研究會編,《明清筆記史料叢刊‧明》,冊 85。

83. 清‧阮元著,《兩浙輶軒錄》,收錄在《續修四庫全書》編纂委員會,《續修四庫全書‧集部‧總集類》,冊 1683。

84. 清‧況周頤著,《玉棲述雅》,收錄在《況周頤集》,冊 5,潘琦主編,《桂學文庫‧廣西歷代文獻集成》,桂林:廣西師範大學出版社,2012 年,第 1 版。

85. 清‧俞樾著,《右台仙館筆記》,收錄在《續修四庫全書》編纂委員會編,《續修四庫全書‧子部‧小說家類》,冊 1270。

86. 清‧俞樾著,《春在堂襍文六編》,收錄在《續修四庫全書》編纂委員會編,《續修四庫全書‧集部‧別集類》,冊 1551。

87. 清‧洪北江主編,《湯顯祖集》,台北:洪氏出版社,1975 年,初版,冊 2。

88. 清‧胡承珙著,《求是堂詩集》,《續修四庫全書》編纂委員會編,《續修四庫全書‧集部‧別集類》,冊 1500。

89. 清‧倪鴻著,《桐陰清話》,收錄在林慶彰等主編,《晚清四部叢刊‧第三編》,台中:文听閣圖書公司,2010 年 11 月,初版,冊 74。

90. 清‧徐本、三泰等奉敕纂,清‧劉統勳等續纂,《大清律例》,收錄在《景印文淵閣四庫全書》,冊 672。

91. 清‧徐燦著,《拙政園詩餘》,收錄在《拜經樓叢書》第一函,嚴一萍選輯,《原刻景印百部叢書集成初編》,台北:藝文印書館,1968 年,影印本,第 40 輯。

92. 清‧徐世昌輯,《晚晴簃詩匯》,收錄在《續修四庫全書》編纂委員會編,《續修四庫全書‧集部‧總集類》,冊 1631。

93. 清‧徐樹敏、錢岳同選,《眾香詞》,台北:富之江出版社,1997 年,初版。

94. 清‧袁枚著,《隨園詩話》,收錄在《續修四庫全書》編纂委員會編,《續

修四庫全書・集部・詩文評類》，冊 1701。

95. 清・馬步蟾修，夏鑾纂，《安徽省徽州府志》，據清道光 7 年刊本影印，收錄在《中國方志叢書・華中地方・第 235 號》，台北：成文出版社，1975 年，台 1 版，冊 5。

96. 清・張廷玉等著，《明史》，北京：中華書局，1987 年 11 月，湖北第 1 版第 3 次印刷，冊 5、25。

97. 清・曹雪芹、高鶚原著，馮其庸等校注，《彩畫本紅樓夢校注》，台北：里仁書局，1995 年 10 月，初版 4 刷。

98. 清・梁紹壬著，《兩般秋雨盦隨筆》，收錄在《續修四庫全書》編纂委員會編，《續修四庫全書・子部・小說家類》，冊 1263。

99. 清・章學誠著，《文史通義》，北京：中華書局，1985 年，北京新 1 版，冊 2。

100. 清・章學誠著，《丙辰箚記》，收錄在《叢書集成續編・子部・雜學類》，上海：上海書店，1994 年，初版，冊 90。

101. 清・陳芸撰，《小黛軒論詩詩》，收錄在王英志主編，《清代閨秀詩話叢刊》，南京：鳳凰出版社，2010 年 4 月，第 1 版 1 刷，冊 2。

102. 清・陳文述著，仇家焄標點，《西泠閨詠》，收錄在王國平主編，《西湖詩詞曲賦楹聯專輯》，《西湖文獻集成》，杭州：杭州出版社，2004 年 10 月，第 1 版第 1 刷，冊 27。

103. 清・陳文述著，《碧城仙館詩鈔》，北京：中華書局，1985 年，北京新 1 版，冊 1。

104. 清・陳文述著，《頤道堂詩選》，收錄在國家清史編纂委員會編，《清代詩文集彙編》，冊 504。

105. 清・陳維崧著，冒褒注，王士祿評，王英志校點，《婦人集》，收錄在王英志主編，《清代閨秀詩話叢刊》，冊 1。

106. 清・陶樑著，《紅豆樹館詩稿》，收錄於國家清史編纂委員會編，《清代詩文集彙編》，冊 507。

107. 清・陶懷成著，《紅豆樹館清芬集》，清末刻本。

108. 清・陸以湉著，《冷廬雜識》，收錄在《續修四庫全書》編纂委員會編，《續修四庫全書・子部・雜家類》，冊 1140。

109. 清・陸心源等修，丁寶書等纂，《浙江省歸安縣志》，據清光緒八年刊本影印，收錄在《中國方志叢書・華中地方・第八三號》，台北：成文出版社，1970 年，台 1 版，冊 1。

110. 清・彭蘊章著，《松風閣詩鈔》，收錄在《續修四庫全書》編纂委員會編，《續修四庫全書・集部・別集類》，冊 1518。

111. 清・楊鍾羲著,《雪橋詩話餘集》,民國求恕齋叢書本。

112. 清・董文渙著,《峴嶕山房詩集初編》,收錄在《續修四庫全書》編纂委員會編,《續修四庫全書・集部・別集類》,冊 1559。

113. 清・董平章著,《秦川焚餘草》,收錄在《續修四庫全書》編纂委員會編,《續修四庫全書・集部・別集類》,冊 1537。

114. 清・路德著,《檉華館詩集》,收錄在《續修四庫全書》編纂委員會編,《續修四庫全書・集部・別集類》,冊 1509。

115. 清・雷瑨、雷瑊輯,《閨秀詩話》,收錄於王英志主編,《清代閨秀詩話叢刊》,南京:鳳凰出版社,2010 年 4 月,第 1 版 1 刷,冊 2。

116. 清・蒲松齡著,江九思注,《聊齋誌異會校會注會評本》,台北:九思出版有限公司,1978 年 7 月,台 1 版。

117. 清・褚人穫著,《堅瓠集》,收錄於《續修四庫全書》編纂委員會編,《續修四庫全書・子部・小說家類》,冊 1261。

118. 清・趙吉士著,《寄園寄所寄》,台北:文星書店,1965 年 1 月,初版,冊 1。

119. 清・趙棻著,《濾月軒集》,收錄在《叢書集成續編・集部・別集類》,上海:上海書店,1994 年,初版,冊 134。

129. 清・劉錦藻著,《皇朝續文獻通考》,收錄在《續修四庫全書》編纂委員會編,《續修四庫全書・史部・政書類》,冊 819。

121. 清・劉開著,《劉孟塗集》,收錄在《續修四庫全書》編纂委員會編,《續修四庫全書・集部・別集類》,冊 1510。

122. 清・潘玉璿、馮健修,清・周學濬、汪曰楨纂,《光緒烏程縣志》,收錄在《中國地方志集成》編輯委員會編,《中國地方志集成・浙江府縣志・輯 26》,上海:上海書店,1993 年,第 1 版 1 刷。

123. 清・潘衍桐著,《兩浙輶軒續錄》,收錄在《續修四庫全書》編纂委員會編,《續修四庫全書・集部・總集類》,冊 1686。

124. 清・潘榮陛著,《帝京歲時紀勝》,收錄在《續修四庫全書》編纂委員會編,《續修四庫全書・史部・時令類》,冊 885。

125. 清・蔡蓉升原纂,清・蔡蒙續纂,《雙林鎮志》,據民國六年上海商務印書館鉛印本影印,收錄在《中國地方志集成》編輯委員會編,《中國地方志集成 3・鄉鎮志專輯・22 下》,上海:上海書店,1992 年 7 月,第 1 版第 1 刷。

126. 清・鄭祖琛著,《小谷口詩鈔》,收錄在國家清史編纂委員會編,《清代詩文集彙編》,上海:上海古籍出版社,2010 年,第 1 版,冊 545。

127. 清‧鄭祖琛著，《小谷口詩續鈔》，收錄在國家清史編纂委員會編，《清代詩文集彙編》，冊 545。

128. 清‧鄭遵佶著，《得閒山館集》，收錄在國家清史編纂委員會編，《清代詩文集彙編》，冊 428。

129. 清‧鄭遵佶續輯，《國朝湖州詩續錄》，小谷口，清道光 10 年，1830 刻，清道光 11 年，1831 續。

130. 清‧橘道人著，《娛萱草彈詞》，清光緒 20 年（1894）刊本。

131. 清‧錢汝雯編，《宋岳鄂王年譜》，民國十三年鉛印本，收錄在北京圖書館編，《北京圖書館藏珍本年譜叢刊》，北京：北京圖書館出版社，1999 年 4 月，第 1 版第 1 刷，冊 23。

132. 清‧錢彩編次，金豐增訂，《說岳全傳》，上海：上海古籍出版社，2010 年 12 月，第 1 版第 1 刷。

133. 清‧錢大昕著，《潛研堂文集》，台北：台灣商務印書館，1967 年，台 2 版，冊 1。

134. 清‧錢泳著，《履園叢話》，收錄在《續修四庫全書》編纂委員會編，《續修四庫全書‧子部‧雜家類》，冊 1139。

135. 清‧謝堃著，《春草堂集》，收錄在《續修四庫全書》編纂委員會編，《續修四庫全書‧集部‧別集類》，冊 1507。

136. 清‧嚴永華著，《紉蘭室詩鈔》，收錄在胡曉明、彭國忠主編，《江南女性別集三編》，合肥：黃山書社，2012 年 3 月，第 1 版第 1 刷，冊下。

137. 清‧嚴永華著，《鰈硯廬詩鈔》，收錄在胡曉明、彭國忠主編，《江南女性別集三編》，冊下。

138. 清‧嚴辰著，《墨花吟館詩鈔》、《墨花吟館文鈔》，收錄在國家清史編纂委員會編，《清代詩文集彙編》，冊 689。

139. 清‧嚴錫康著，《餐花室詩稿》，收錄在國家清史編纂委員會編，《清代詩文集彙編》，冊 681。

140. 清‧顧祿撰，王邁校點，《清嘉錄》，收錄在薛正興主編，《江蘇地方文獻叢書》，南京：江蘇古籍出版社，1999 年 8 月，第 1 版第 1 刷，冊 7。

三、今人著作（以作者姓氏筆劃由少至多排列）

1. 丁錫根編著，《中國歷代小說序跋集》，北京：人民文學出版社，1996 年 7 月，北京第 1 版第 1 刷，冊中。

2. 毛策著，《孝義傳家——浦江鄭氏家族研究》，杭州：浙江大學出版社，2009 年 10 月，第 1 版第 1 次印刷。

3. 《文史知識》編輯部編，《儒佛道與傳統文化》，北京：中華書局，1990

年，第 1 版。

4. 中國宗教歷史文獻集成編纂委員會編纂，《民間寶卷》，合肥：黃山書社，2005 年 10 月，冊 10。

5. 王秀琴編集，胡文楷選訂，《歷代名媛書簡》，上海：商務印書館，1941 年，初版。

6. 王鍾翰點校，《清史列傳》，北京：中華書局，1988 年，第 1 版，冊 11。

7. 王曾瑜著，《宋高宗》，長春：吉林文史出版社，1996 年 7 月，第 1 版第 1 次印刷。

8. 王明編，《太平經合校》，北京：中華書局，1997 年 10 月，第 1 版第 5 次印刷，冊上。

9. 王見川、林萬傳主編，《明清民間宗教經卷文獻》，台北：新文豐出版公司，1999 年，初版，冊 11。

10. 王緋著，《空前之跡——1851～1930：中國婦女思想與文學發展史論》，北京：商務印書館，2004 年 7 月，北京第 1 版第 1 次印刷。

11. 王力堅著，《清代才媛文學之文化考察》，台北：文津出版社，2006 年 6 月，1 版 1 刷。

12. 付建舟著，《兩浙女性文學：由傳統而現代》，北京：中國社會科學出版社，2011 年 12 月，第 1 版第 1 刷。

13. 安平秋、章培恒主編，《中國歷代禁書目錄》，台北：竹友軒出版社，1992 年 2 月，初版。

14. 佛洛依德（Sigmund Freud）著，楊庸一譯，《圖騰與禁忌》（Totem And Taboo），台北：志文出版社，1988 年 1 月，再版。

15. 吳光正著，《神道設教：明清章回小說敘事的民族傳統》，武漢：武漢大學出版社，2012 年 5 月，第 1 版第 1 次印刷。

16. 李榕編纂，《民國杭州府志》，民國 11 年本。（中國基本古籍庫）

17. 李安著，《岳飛史蹟考》，台北：正中書局，1969 年 12 月，台 1 版。

18. 李漢魂編，《宋岳武穆公飛年譜》，台北：台灣商務印書館，1980 年 5 月，初版。

19. 李匯群著，《閨閣與畫舫·清代嘉慶道光年間的江南文人和女性研究》，北京：中國傳媒大學出版社，2009 年 7 月，初版。

20. 李豐楙著，《許遜與薩守堅——鄧志謨道教小說研究》，台北：台灣學生書局，1997 年 3 月，初版。

21. 李豐楙著，《神化與變異：一個「常與非常」的文化思維》，北京：中華書局，2010 年 10 月，北京第 1 版 1 刷。

22. 杜穎陶、俞芸編，《岳飛故事戲曲說唱集》，上海：上海古籍出版社，1985

年 4 月，新 1 版 1 刷。

23. 杜桂萍著，《清初雜劇研究》，北京：人民文學出版社，2005 年 3 月，第 1 版第 1 刷。

24. 來新夏主編，《清代科舉人物家傳資料匯編》，北京：學苑出版社，2006 年，第 1 版，冊 56、85。

25. 岳飛研究會編，《岳飛研究》第三輯，北京：中華書局，1992 年 9 月，北京第 1 版第 1 刷。

26. 河洛圖書出版社編審編譯，《元明清三代禁毀小說戲曲史料》，台北：河洛圖書出版社，1980 年 1 月，台景印初版。

27. 祁志祥著，《佛學與中國文化》，上海：學林出版社，2000 年 12 月，第 1 版第 1 刷。

28. 侯杰、范麗珠著，《世俗與神聖——中國民眾宗教意識》，天津：天津人民出版社，1994 年 2 月，第 1 版第 1 刷。

29. 南懷瑾著，《中國佛教發展史略》，上海：復旦大學出版社，1996 年 8 月，第 1 版第 1 刷。

30. 南京大學中國語言文學系全清詞編纂研究室編，《全清詞·順康卷》，北京：中華書局，2002 年 5 月，第 1 版第 1 刷。

31. 紀德君著，《明清通俗小說編創方式研究》，北京：社會科學文獻出版社，2012 年 6 月，第 1 版第 1 刷。

32. 胡士瑩著，《話本小說概論》，北京：中華書局，1982 年 7 月，北京第 1 版第 2 次印刷。

33. 胡曉眞著，《才女徹夜未眠——近代中國女性敘事文學的興起》，台北：麥田出版社，2003 年 10 月，初版 1 刷。

34. 胡曉眞主編，《世變與維新：晚明與晚清的文學藝術》，台北：中研院文哲所籌備處，2004 年 12 月，1 版 2 刷。

35. 胡文楷編著，張宏生等增訂，《歷代婦女著作考（增訂本）》，上海：上海古籍出版社，2008 年 8 月，第 2 版第 1 次印刷。

36. 胡萬川著，《眞實與想像——神話傳說探微》，台北：里仁書局，2010 年 10 月，初版。

37. 胡曉明、彭國忠主編，《江南女性別集二編》，合肥：黃山書社，2010 年 11 月，第 1 版第 1 刷。

38. 夏志清等著，《文人小說與中國文化》，台北：勁草文化事業有限公司，1975 年 2 月，初版。

39. 夏志清著，《夏志清文學評論經典：愛情·社會·小說》，台北：麥田出版社，2007 年 9 月，初版 1 刷。

40. 孫楷第著,《日本東京所見小說書目》,北京:人民文學出版社,1981 年 10 月,北京第 1 版第 2 次印刷。

41. 孫楷第著,《滄州集》,北京:中華書局,2009 年 1 月,北京第 1 版第 1 刷。

42. 徐朔方著,《湯顯祖評傳》,收錄在匡亞明主編,《中國思想家評傳叢書》,南京:南京大學出版社,2001 年 6 月,第 1 版第 2 次印刷,冊 131。

43. 徐朔方著,《古代戲曲小說研究》,杭州:浙江大學出版社,2008 年 11 月,第 1 版第 1 刷。

44. 徐雁平編,《清代文學世家姻親譜系》,南京:鳳凰出版社,2010 年 12 月,第 1 版 1 刷。

45. 馬幼垣著,《中國小說史集稿》,台北:時報文化出版事業有限公司,1980 年 6 月,初版。

46. 馬清福著,《文壇佳秀:婦女作家群》,瀋陽市:遼寧人民出版社,1997 年 8 月,第 1 版第 1 次印刷。

47. 張俊著,《清代小說史》,杭州:浙江古籍出版社,1997 年 6 月,第 1 版第 1 刷。

48. 張宏生主編,《全清詞‧順康卷補編》,南京:南京大學出版社,2008 年 5 月,第 1 版第 1 刷。

49. 張成權著,《道家、道教與中國文學》,合肥:安徽大學出版社,2010 年 4 月,第 1 版第 1 刷。

50. 張清發著,《岳飛故事研究》,見曾永義主編,《古典文學研究輯刊三編》,新北市:花木蘭出版社,2011 年 9 月,初版,冊 29。

51. 梁乙真著,《中國婦女文學史綱》,收錄在《民國叢書‧第二編》,上海:上海書店,1990 年,影印本,冊 60。

52. 梁其姿著,《施善與教化:明清的慈善組織》,台北:聯經出版社,1997 年,初版。

53. 國史館編著,清史稿校註編纂小組編纂,《清史稿校註》,台北縣:國史館,1986 年,初版,冊 13。

54. 盛志梅著,《清代彈詞研究》,濟南:齊魯書社,2008 年 3 月,第 1 版第 1 次印刷。

55. 許麗芳著,《章回小說的歷史書寫與想像:以三國演義與水滸傳的敘事為例》,台北:秀威資訊科技,2007 年 1 月,BOD1 版。

56. 陳寅恪著,《論再生緣》,香港:友聯出版社,1959 年 6 月,初版。

57. 陳汝衡著,《說書史話》,北京:人民文學出版社,1987 年 5 月,北京新 1 版第 1 次印刷。

58. 陳國學著,《《紅樓夢》的多重意蘊與佛道教關係探析》,北京:中國社會科學出版社,2011 年 12 月,第 1 版第 1 刷。

59. 傅世怡著,《西遊補初探》,台北:台灣學生書局,1986 年 2 月,初版。

60. 程毅中著,《宋元小說研究》,南京:江蘇古籍出版社,1998 年 2 月,第 1 版第 1 刷。

61. 項楚編,《中國俗文化研究》第四輯,成都:巴蜀書社,2007 年 8 月,第 1 版第 1 刷。

62. 黃華節著,《關公的人格與神格》,台北:台灣商務印書館,1997 年 12 月,第 2 版第 2 刷。

63. 楊義著,《中國敘事學》,收錄在《楊義文存》,北京:人民出版社,1997 年 12 月,北京第 1 版第 1 刷,第 1 卷。

64. 葉德均著,《戲曲小說叢考》,北京:中華書局,1979 年,卷下。

65. 董上德著,《古代戲曲小說敘事研究》,廣州:廣東高等教育出版社,2011 年 5 月,第 2 版第 2 次印刷。

66. 廖明君著,《生殖崇拜的文化解讀(插圖本)》,南寧:廣西人民出版社,2006 年 10 月,第 1 版第 1 刷。

67. 臺靜農著,《靜農論文集》,台北:聯經出版社,1989 年 10 月,初版。

68. 劉子健著,《兩宋史研究彙編》,台北:聯經出版事業公司,1987 年 11 月,初版。

69. 劉燕萍著,《古典小說論稿》,台北:台灣商務印書館,2006 年 7 月,初版 1 刷。

70. 廣陵書社編,《筆記小說大觀》,揚州:廣陵書社,2007 年 12 月,第 1 版第 1 刷,冊 14。

71. 歐麗娟著,《紅樓夢人物立體論》,台北:里仁書局,2006 年 3 月,初版。

72. 蔡毅編著,《中國古典戲曲序跋彙編》,濟南:齊魯書社,1989 年 10 月,第 1 版第 1 刷,冊 2。

73. 鄧廣銘著,《鄧廣銘治史叢稿》,北京:北京大學出版社,1997 年 6 月,第 1 版第 1 刷。

74. 鄧廣銘著,《岳飛傳》,收錄在《鄧廣銘全集》,石家莊:河北教育出版社,2005 年 7 月,第 1 版第 1 刷,卷 2。

75. 鄭振鐸著,《西諦書話》,北京:三聯書店,1998 年 5 月,北京第 2 版。

76. 鄭振鐸著,《鄭振鐸全集》,石家莊:花山文藝出版社,1998 年 11 月,第 1 版第 1 刷,冊 4。

77. 魯迅著,《魯迅全集》,北京:人民文學出版社,1989 年,北京第 1 版第 4 次印刷。

78. 蕭兵著，《太陽英雄神話的奇蹟（三）──除害英雄篇》，台北：桂冠圖書股份有限公司，1992 年 1 月，初版 1 刷。

79. 錢穆著，《國史大綱》，收入《民國叢書》第一編，上海：上海書店，1989年，影印本，冊 75。

80. 靜宜文理學院中國古典小說研究中心主編，《中國古典小說研究專集 2》，台北：聯經出版事業公司，1981 年 8 月，初版第 2 次印行。

81. 鮑家麟編，《中國婦女史論集》，台北：稻鄉出版社，1988 年 4 月，再版。

82. 鮑震培著，《清代女作家彈詞研究》，天津：南開大學出版社，2008 年 5月，第 1 版第 1 次印刷。

83. 龍顯昭、黃海德主編，《巴蜀道教碑文集成》，成都：四川大學出版社，1997 年 12 月，第 1 版第 1 刷。

84. 鍾慧玲著，《清代女詩人研究》，台北：里仁書局，2000 年，初版。

85. 藏外道書編委會編，《藏外道書》，成都：巴蜀書社，1992 年 8 月，第 1版第 1 刷，冊 4。

86. 譚正璧著，《文學概論講話》，收錄在張高評主編，《民國時期文學研究叢書》第一編，台中：文听閣圖書有限公司，2011 年 12 月，初版，冊 50。

87. 譚正璧著，《中國女性文學史》，收錄在譚正璧著，譚壎、譚篪編，《譚正璧學術著作集》，上海：上海古籍出版社，2012 年 5 月，第 1 版第 1 刷，冊 2。

88. 顧廷龍主編，《清代硃卷集成》，台北：成文出版社，1992 年，初版，冊10、28、365。

89. 龔鵬程、張火慶著，《中國小說史論叢》，台北：台灣學生書局，1984 年6 月，初版。

90. 龔延明著，《岳飛研究》，北京：人民出版社，2008 年 10 月，第 1 版第 1刷。

四、外人著作

1. 〔美〕艾梅蘭（Maram Epstein）著，羅琳譯，《競爭的話語──明清小說中的正統性、本真性及所生成之意義》，南京：江蘇人民出版社，2005年 1 月，第 1 版第 1 刷。

2. 〔美〕浦安迪（Andrew H.Plaks）教授講演，《中國敘事學》，北京：北京大學出版社，1998 年 1 月，第 1 版第 2 刷。

3. 〔美〕高彥頤（Dorothy Ko）著，李志生譯，《閨塾師──明末清初江南的才女文化》，南京：江蘇人民出版社，2005 年 1 月，第 1 版第 1 刷。

4. 〔美〕勒內・韋勒克（Rene Wellek）、奧斯汀・沃倫（Austin Warren）同著，王夢鷗、許國衡同譯，《文學論──文學研究方法論》，台北：志文

出版社，1979 年 10 月，再版。

5. 〔美〕曼素恩（Susan Mann）著，定宜莊、顏宜葳譯，《綴珍錄：十八世紀及其前後的中國婦女》，南京：江蘇人民出版社，2005 年 1 月，第 1 版第 1 刷。

6. 〔荷〕米克・巴爾（Mieke Bal）著，譚君強譯，萬千校，《敘述學：敘事理論導論，第 2 版》（Narratology：Introduction to the Theory of Narrative），北京：中國社會科學出版社，2005 年 5 月，第 2 版第 2 次印刷。

五、期刊論文

1. 王延齡著，〈怎樣評價「說岳全傳」〉，《讀書月報》，1956 年第 10 期。

2. 王秋桂著，〈中研院史語所所藏長篇彈詞目錄初稿〉，《中國書目季刊》，第 14 卷 1 期，1980 年 6 月。

3. 王仙瀛著，〈彈詞「西廂記」的傳承〉，《中國語文》，第 91 卷 6 期（總 546 號），2002 年 12 月。

4. 王進安著，〈長篇彈詞《筆生花》的用韻特點研究〉，《東方人文學誌》，第 3 卷 1 期，2004 年 3 月。

5. 王傳滿著，〈明清節烈婦女問題研究綜述〉，《廣播電視大學學報（哲學社會科學報）》，2008 年第 3 期（總第 146 期）。

6. 王傳滿著，〈明清徽州婦女群體性節烈行爲之主體性因素探究〉，《山東科技大學學報（社會科學版）》，第 10 卷 5 期，2008 年 10 月。

7. 王傳滿著，〈明清時期戰亂等暴力因素與徽州節烈婦女〉，《寶雞文理學院學報（社會科學版）》，第 28 卷 6 期，2008 年 12 月。

8. 王傳滿著，〈明清徽州婦女節烈行爲的主觀因素〉，《大連大學學報》，2009 年第 2 期。

9. 王傳滿著，〈節烈旌表──明清徽州節烈現象的重要因素〉，《阿壩師範高等專科學校學報》，第 26 卷 4 期，2009 年 12 月。

10. 王立、慈兆舫著，〈圖畫喚起眞相──從清代《說岳全傳》到金庸小說〉，《學術交流》，2009 年第 8 期。

11. 王建平、張秋玲著，〈《說岳全傳》中女性形象探析〉，《文教資料》，2012 年第 18 期。

12. 王路堅著，〈民間信仰、敘述母題與《說岳全傳》的主題〉，《安慶師範學院學報（社會科學版）》，2013 年第 5 期。

13. 王路堅著，〈《說岳全傳》敘事藝術探析〉，《太原師範學院學報（社會科學版）》，第 12 卷 4 期，2013 年 7 月。

14. 王路堅著，〈論《說岳全傳》神話敘事及現象〉，《劍南文學（經典教苑）》，2013 年第 9 期。

15. 方立天著，〈中國佛教的因果報應論〉，《中國文化》，第 7 期，1992 年 11月。

16. 孔令宏著，〈從文昌信仰看道教的文化哲學及其意義〉，《杭州師範學院學報（社會科學版）》，第 6 期，2006 年 11 月。

17. 〔日〕合山究著，陳曦鐘譯，〈《紅樓夢》與花〉，《紅樓夢學刊》，第 2 輯，2001 年。

18. 包紹明著，〈岳飛故事的流傳與演變（上）〉，《福建師範大學學報（哲學社會科學版）》，1994 年第 4 期。

19. 母進炎著，〈傳播與接受——岳飛形象在明清通俗小說中的嬗變〉，《貴州民族學院學報（哲學社會科學版）》，2003 年第 5 期（總第 81 期）。

20. 母進炎著，〈論中國古代戲曲中的岳飛戲〉，《黔南民族師範學院學報》，2004 年第 5 期。

21. 田海林、李俊領著，〈「忠義」符號：論近代中國歷史上的關岳祀典〉，《山東師範大學學報（人文社會科學版）》，第 57 卷 1 期（總第 240 期），2012年。

22. 石昌渝著，〈從《精忠錄》到《大宋中興通俗演義》——小說商品生產之一例〉，《文學遺產》，2012 年第 1 期。

23. 石劍著，〈壯志未酬身先死，千古奇冤「莫須有」——歷史上的岳飛和文學作品上的岳飛〉，《漯河職業技術學院學報》，第 11 卷 3 期，2012 年 5月。

24. 伏滌修著，〈岳飛題材戲曲的主題嬗變〉，《藝術百家》，2008 年第 3 期（總第 102 期）。

25. 伏滌修著，〈論岳飛題材戲曲劇作的核心價值追求〉，《中國戲曲學院學報》，第 29 卷 3 期，2008 年 8 月。

26. 伏滌修著，〈《精忠旗》所涉史實問題考辨〉，《戲劇》第 4 期（總第 138期），2010 年。

27. 成柏泉著，〈「說岳全傳」〉，《讀書月報》，1956 年第 3 期。

28. 朱眉叔著，〈《大宋中興通俗演義》與《說岳全傳》的比較研究〉，《遼寧大學學報（哲學社會科學版）》，2000 年第 4 期。

29. 朱我芯著，〈彈詞小詞《天雨花》的女性書寫特徵〉，《東海大學文學院學報》，第 44 期，2003 年 7 月。

30. 朱恒夫著，〈岳飛故事：史實的拘泥與民間性的失度〉，《明清小說研究》，2005 年第 4 期（總第 78 期）。

31. 沈貽煒著，〈論《水滸傳》對《說岳全傳》的影響〉，《紹興師專學報（社會科學版）》，1987 年第 2 期。

32. 余崇生著，〈彈詞研究資料敘介〉，《中國書目季刊》，第 22 卷 4 期，1989

年 3 月。

33. 杜芳琴著，〈明清貞節的特點及其原因〉，《山西師大學報（社會科學版）》，第 24 卷 4 期，1997 年 10 月。

34. 吳光正著，〈《西遊記》的宗教敘事與孫悟空的三種身分〉，《學術交流》，第 11 期（總第 164 期），2007 年 11 月。

35. 宋清秀著，〈試論明清時期貞節制度的積極意義〉，《中國典籍與文化》，2004 年第 3 期。

36. 李忠昌著，〈《說岳全傳》主題思想評價〉，《社會科學輯刊》，1982 年第 1 期。

37. 李鳳行著，〈「彈詞」淺說〉，《文藝月刊》，第 245 期，1989 年 11 月。

38. 李衛東著，〈岳飛崇拜的文化原因再探〉，《華東交通大學學報》，第 13 卷 3 期，1996 年 9 月。

39. 李豐楙著，〈收驚——一個從「異常」返「常」的法術醫療現象〉，《醫療與文化學術研討會論文集（一）》，台北：中央研究院民族學研究所、中央研究院台灣史研究所籌備處，2002 年 10 月。

40. 李元峰著，〈古代岳飛題材歷史劇本事溯源〉，《古典戲曲新論》，2009 年第 4 期（總第 130 期）。

41. 李長江著，〈淺析《說岳全傳》中岳飛的悲劇形象〉，《黑龍江科技信息》，2010 年第 17 期。

42. 李菁博、許興、程煒著，〈花神文化和花朝節傳統的興衰與保護〉，《北京林業大學學報（社會科學版）》，第 11 卷 3 期，2012 年 9 月。

43. 李英花、鄒賀著，〈《說岳全傳》所見名物考證六種〉，《滄桑》，2012 年第 6 期。

44. 李停停著，〈芻議明清擬話本小說中的貞女形象〉，《淮北師範大學學報（哲學社會科學版）》，第 33 卷 2 期，2012 年 4 月。

45. 李停停著，〈從明清擬話本小說貞節烈女形象看明清貞節觀的變化〉，《湖南人文科技學院學報》，第 5 期，2012 年 10 月。

46. 李琳著，〈《說岳全傳》研究回顧與當代思考〉，《保定師範專科學校學報》，2003 年第 1 期。

47. 李琳著，〈「何立入冥」故事流變研究〉，《渤海大學學報（哲學社會科學版）》，2004 年第 5 期。尤靜嫻著，〈找回聲音——談「彈詞」、「女彈」的敘事性〉，《中國文學研究》，第 18 期，2004 年 6 月。

48. 李琳著，〈《說岳全傳》「說本」來源和乾隆成書說新證〉，《鄭州大學學報（哲學社會科學版）》，第 37 卷 5 期，2004 年 9 月。

49. 李琳著，〈「精忠報國」故事源流考辨〉，《中州學刊》，2005 年第 6 期。

50. 李琳著，〈中國古代英雄誕生故事與民間敘事傳統——以岳飛出身、出生故事爲例〉，《鄭州大學學報（哲學社會科學版）》，2006 年第 5 期。

51. 周傳家著，〈梆子劇目探源〉，《戲曲藝術》，1986 年第 4 期。

52. 周致元著，〈論明清徽州婦女節烈風氣的綜合動因〉，《徽州社會科學》，1995 年第 1～2 期。

53. 周致元著，〈明清徽州婦女節烈風氣探討〉，收錄於周紹泉、趙華富主編，《'95 國際徽學學術討論會論文集》，合肥：安徽大學出版，1997 年 10 月，第 1 版第 1 刷。

54. 周慶著，〈敬惜字紙：略談清代惜字思想〉，《科學大眾（科學教育）》，2011 年第 8 期。

55. 林燕玲著，〈米鹽瑣屑與錦繡芸窗之間——彈詞「筆生花」自敘中呈現的創作動機與矛盾〉，《國立臺中技術學院人文社會學報》，第 2 期，2003 年 12 月。

56. 林香娥著，〈岳飛題材小說戲曲的歷史演變〉，《西安電子科技大學學報（社會科學版）》，第 14 卷 2 期，2004 年 6 月。林玫儀著，〈試論陽湖左氏二代才女之家族關係〉，《中國文哲研究叢刊》，第 30 期，2007 年 3 月。

57. 林玫儀著，〈卷葹心苦苦難伸，始信紅顏命不辰——晚清女作家左錫璇、左錫嘉在戰亂中的情天遺恨〉，《中國文哲研究通訊》，第 20 卷 2 期，2010 年 6 月，「行旅、離亂、貶謫與明清文學」專輯。

58. 紀德君著，〈歷史演義小說中「儒將」形象的文化解讀〉，《廣州師院學報（社會科學版）》，第 21 卷 1 期，2000 年。

59. 姚小鷗、李陽著，〈《牡丹亭》「十二花神」考〉，《文化遺產》，2011 年第 4 期。

60. 侯會著，〈試論明清小說與「柴氏公案」——以《楊家將傳》、《水滸傳》、《說岳全傳》爲例〉，《成都師範學院學報》，2013 年第 9 期。

61. 胡勝著，〈《說岳全傳》中的「因果報應」辨析〉，《遼寧大學學報（哲學社會科學版）》，1996 年第 1 期（總第 137 期）。

62. 胡曉眞著，〈才女徹夜未眠——清代婦女彈詞小說中的自我呈現〉，《近代中國婦女史研究》，第 3 期，1995 年 8 月。

63. 胡曉眞著，〈閱讀反應與彈詞小說的創作——清代女性敘事文學傳統建立之一隅〉，《中國文哲研究集刊》，第 8 期，1996 年 3 月。

64. 胡曉眞著，〈晚清前期女性彈詞小說試探——非政治文本的政治解讀〉，《中國文哲研究集刊》，第 11 期，1997 年 9 月。

65. 胡曉眞著，〈由彈詞編訂家侯芝談清代中期彈詞小說的創作形式與意識型態轉化〉，《中國文哲研究集刊》，第 12 期，1998 年 3 月。

66. 胡曉眞著，〈秩序追求與末世恐懼——由彈詞小說「四雲亭」看晚清上海

婦女的時代意識〉，《近代中國婦女史研究》，第 8 期，2000 年 6 月。

67. 胡曉眞著，〈酗酒、瘋癲與獨身——清代女性彈詞小說中的極端女性人物〉，《中國文哲研究集刊》，第 28 期，2006 年 3 月。

68. 胡麗心著，〈最後的盛宴：晚清前期女性彈詞小說的創作與探索〉，《內蒙古民族大學學報（社會科學版）》，第 34 卷 2 期，2008 年 3 月。

69. 范勝雄著，〈星宿的民間信仰〉，《台南文化》，新 45 期，1998 年 6 月。

70. 夏葉、曹徐著，〈望族申家和彈詞「玉蜻蜓」〉，《大雅藝文雜誌》，第 24 期，2002 年 12 月。

71. 夏紅梅、朱亞輝著，〈文昌信仰與孝道文化的完善〉，《洛陽師範學院學報》，2005 年第 1 期。

72. 孫冰著，〈鎮志的編纂和明清江南市鎮變遷——以浙江湖州雙林鎮爲例〉，《中國地方志》，2005 年第 4 期。

73. 桑良至著，〈中國古代的信息崇拜——惜字林、拾字僧與敦煌石窟〉，《北京大學學報》，哲學社會科學版，1996 年第 3 期。

74. 高友工著，〈從「絮閣」、「驚變」、「彈詞」說起——藝術評價問題之探討〉，《中國文哲研究通訊》，第 8 卷 2 期（總 30 號），1998 年 6 月。

75. 高爾豐著，〈試論《說岳全傳》的主題思想及時代意義〉，《明清小說研究》，1989 年第 1 期。

76. 張火慶著，〈從「說岳全傳」看岳飛冤獄及相關人事〉，《興大中文學報》，第 8 期，1995 年 1 月。

77. 張思靜著，〈敘事重心的轉移：從《再生緣》到《筆生花》〉，《中央大學人文學報》，第 46 期，2011 年 4 月。

78. 張思靜著，〈方法‧視野‧文化脈絡：中國文學批評史上的《論再生緣》〉，《中國文化研究所學報》，第 55 期，2012 年 7 月。

79. 張政烺著，〈講史與詠史詩〉，收錄在《國立中央研究院歷史語言研究所集刊》第 10 本，台北：商務印書館，1948 年。

80. 張春曉著，〈論金兀朮文學形象流變〉，《中國文化研究》，2012 年冬之卷。

81. 張洲著，〈明清江南才媛文化考述〉，《玉溪師範學院學報》，2012 年第 7 期。

82. 張彬村著，〈明清時期寡婦守節的風氣——理性選擇（rational choice）的問題〉，《新史學》，第 10 卷 2 期，1999 年 6 月。

83. 張淑香著，〈典範、挪移、越界——李清照詞的「雙音言談」〉，收錄於廖蔚卿教授八十壽慶論文集編輯委員會編輯，《廖蔚卿教授八十壽慶論文集》，台北：里仁書局，2003 年 2 月，初版。

84. 張清發著，〈從人物塑造看《左傳》與講史小說的關係——以《說岳全傳》

爲例〉,《問學》,第 5 期,2003 年 3 月。

85. 張清發著,〈天命因果在「說岳全傳」中的運用及意義──從故事發展流傳的角度來考察〉,《文與哲》,第 2 期,2003 年 6 月。

86. 張清發著,〈從「悲劇英雄」看《史記》與講史小說的關係──以《說岳全傳》爲例〉,《語文學報》,第 11 期,2004 年 12 月。

87. 張清發著,〈《說岳全傳》中的宋高宗〉,《中國語文》,100 卷 3 期(總 597 號),2007 年 3 月。

88. 張錦池著,〈論《水滸傳》和《西遊記》的神學問題〉,《人文中國學報》,1997 年第 4 期。

89. 張曉芬著,〈情爲理之維──試論馮夢龍文學作品中的情與理〉,收錄於靜宜大學中國文學系主編,《靜宜大學中國文學系第一屆明清文學學術研討會論文集》,2011 年 10 月。

90. 強金國著,〈論《說岳全傳》和《楊家府演義》的忠奸鬥爭主題〉,《順德職業技術學院學報》,2006 年第 1 期。

91. 強金國著,〈岳飛形象從悲劇英雄、倫理英雄到民族英雄芻議〉,《時代文學》,2009 年第 3 期。

92. 許麗芳著,〈試論「再生緣」之書寫特徵與相關意涵〉,《中山人文學報》,第 5 期,1997 年 1 月。

93. 陳九如著,〈明清徽州婦女節烈觀的成因〉,《淮南師範學院學報》,第 4 期 3 卷(總第 12 期),2001 年。

94. 陳延斌著,〈《鄭氏規範》的家庭教化及其對後世的影響〉,《齊魯學刊》,2001 年第 6 期(總第 165 期)。

95. 陳純禎著,〈金翅鳥降凡,赤鬚龍下界──論「說岳全傳」中岳飛與兀朮之將帥形象〉,《東方人文學誌》,第 4 卷 1 期,2005 年 3 月。

96. 陳秀香著,〈自身可養自身來──試論陳端生《再生緣》中的女性意識〉,《國文天地》,第 25 卷 9 期(總 297 號),2010 年 2 月。

97. 陳開梅著,〈中國古代女性文學特點芻議〉,《中華女子學院學報》,第 18 卷 6 期,2006 年 12 月。

98. 陳開梅著,〈中國古代女性文學特點芻議〉,《外語藝術教育研究》,2007 年第 1 期。

99. 陶思炎著,〈論水難英雄〉,《民間文學論壇》,1987 年第 4 期。

100. 曾良著,〈是愛國還是忠君──評《說岳全傳》的主題思想〉,《内江師範學院學報》,1994 年第 1 期。

101. 曾敏之著,〈從楊升庵的彈詞說起〉,《明報月刊》,第 43 卷 11 期(總 515 號),2008 年 11 月。

102. 程宇錚著，〈惜字信仰嬗變原因探析〉，《蘇州教育學院學報》，第 28 卷 3 期，2011 年 6 月。

103. 程松甫著，〈蘇州彈詞〉，《江蘇文物》，第 12 期，1978 年 6 月。

104. 程松甫著，〈彈詞考〉，《雄獅美術》，第 93 期，1978 年 11 月。

105. 馮宇著，〈論太虛幻境與警幻仙姑──管窺《紅樓夢》第五回〉，《紅樓夢研究集刊》第六輯，1981 年。

106. 馮珺，〈論文昌信仰的起源〉，《北方文學》，2012 年第 8 期。

107. 黃深明著，〈陳寅恪與再生緣彈詞〉，《中國評論》，第 392 期，1969 年 12 月。

108. 楊秀苗著，〈論《說岳全傳》傳播與接受的價值取向〉，《明清小說研究》，2012 年第 1 期（總第 103 期）。

109. 楊秀苗著，〈《說岳全傳》的文本傳播與接受述論〉，《長春師範學院學報》，2012 年第 2 期。

110. 楊振良著，〈清代彈詞名家──馬如飛〉，《臺北師院學報》，第 4 期，1991 年 7 月。

111. 楊梅著，〈敬惜字紙信仰論〉，《四川大學學報（哲學社會科學版）》，2007 年第 6 期（總第 153 期）。

112. 楊宗紅、蒲日材著，〈敬惜字紙信仰的嬗變及其現實意義〉，《重慶郵電大學學報（社會科學版）》，第 21 卷 5 期，2009 年 9 月。

113. 溫文芳著，〈晚清時期貞女烈婦盛行的原因及狀況──建立在《申報》（1899～1909）上的個案分析〉，《甘肅行政學院學報》，2003 年第 3 期（總第 47 期）。

114. 萬晴川、李冉著，〈明清小說中的「敬惜字紙」信仰〉，《明清小說研究》，2012 年第 4 期（總第 106 期）。

115. 董雁著，〈明清江南閨閣女性的《牡丹亭》閱讀接受〉，《東方叢刊》，第 4 期，2009 年 4 月。

116. 詹丹著，〈馮夢龍的情學觀──馮夢龍啟蒙主義思想片論之一〉，《上海師範大學學報（哲學社會科學版）》，1994 年第 2 期（總第 60 期）。

117. 鄒賀著，〈《說岳全傳》成書年代考〉，《寧夏大學學報（人文社會科學版）》，2009 年第 3 期。

118. 鄒賀著，〈《說岳全傳》辨疑──兼論《說岳全傳》與《大宋中興通俗演義》的關係〉，《太原理工大學學報（社會科學版）》，2011 年第 3 期。

119. 鄒賀著，〈《說岳全傳》之版本流變〉，《滄桑》，2011 年第 5 期。

120. 鄒賀著，〈岳飛形象的歷史演變探析──以通俗文學作品為中心〉，《渭南師範學院學報》，第 26 卷 9 期，2011 年 9 月。

121. 鉞彩，〈說岳全傳〉，《文學少年（小學）》，2006 年第 4 期。

122. 雷家聖著，〈南宋高宗收兵權與總領所的設置〉，《逢甲人文社會學報》，第 16 期，2008 年 6 月。

123. 廖藤葉著，〈岳飛戲曲故事補遺〉，《臺中商專學報》，第 30 期，1998 年 6 月。

124. 裴偉著，〈《夢影緣》──賽珍珠讀過的一部彈詞作品〉，《南京師範大學文學院學報》，第 4 期，2004 年 12 月。

125. 裴會濤著，〈岳飛遇害探析──從其與幾個重要人物的關係為中心考察〉，《開封教育學院學報》，第 31 卷 1 期，2011 年 3 月。

126. 趙斌著，〈精忠的化身──試論《說岳全傳》中岳飛形象的嬗變〉，《作家》，2011 年第 14 期。

127. 趙斌著，〈論《說岳全傳》中人物的改造〉，《才智》，2012 年第 10 期。

128. 劉紀蕙著，〈女性的複製：男性作家筆下二元化的象徵符號〉，《中外文學》，第 18 卷 1 期，1989 年 6 月。

129. 劉寧波著，〈「水難」英雄研究〉，《民間文學論壇》，1993 年第 3 期（總第 62 期）。

130. 劉禎著，〈目蓮尋母與彈詞〉，《民俗曲藝》，第 93 期，1995 年 1 月。

131. 劉長江著，〈明清貞節觀嬗變述論〉，《西南民族大學學報（人文社科版）》，第 24 卷 12 期，2003 年 12 月。

132. 劉東超著，〈明清時期儒家價值觀的嬗變〉，《江西社會科學》，2009 年 10 期。

133. 劉寧著，〈《鄭氏規範》中的孝義思想及其影響〉，《勝利油田黨校學報》，第 22 卷 2 期，2009 年 3 月。

134. 鄧小南著，〈關於「泥馬渡康王」〉，《北京大學學報（哲學社會科學版）》，1995 年第 6 期。

135. 鄧駿捷著，〈岳飛故事的演變〉，《明清小說研究》，2000 年第 3 期。

136. 鄧駿捷著，〈《說岳全傳》的形成與編撰〉，《明清小說研究》，2013 年第 3 期。

137. 賴芳伶著，〈關於晚清幾部庚子事變的小說彈詞〉，《文史學報》，第 22 期，1992 年 3 月。

138. 龍吟著，〈文昌信仰源流與文昌文化〉，《中華文化論壇》，1996 年第 2 期。

139. 謝文華著，〈論西遊補作者及其成書〉，《成大中文學報》，第 24 期，2009 年 4 月。

140. 鍾慧玲著，〈陳文述與碧城仙館女弟子的文學活動〉，《東海中文學報》，第 13 期，2001 年 7 月。

141. 韓秉芳著，〈探究「因果報應觀」形成、演化到周延的全過程——它就是中國人宗教信仰的軸心觀念〉，《成大宗教與文化學報》，第 16 期，2011年 6 月。

142. 簡映青著，〈論《筆生花》對傳統妻職的反思〉，《中正大學中國文學研究所研究生論文集刊》，第 13 期，2011 年 6 月。

143. 魏愛蓮（Ellen Widmer）著，〈Hou Zhi 侯芝（1764～1829），Poet and Tanci 彈詞 Writer〉，《近代中國婦女史研究》，第 5 期，1997 年 8 月。

144. 魏晉風著，〈壯美人生，悲憤結局——中國古典小說之英雄悲劇精神〉，《松遼學刊（哲學社會科學版）》，第 1 期，2000 年 2 月。

145. 羅雪飛著，〈論《精忠記》中岳飛形象的形成及原因〉，《濮陽職業技術學院學報》，第 26 卷 2 期，2013 年 4 月。

146. 譚忠國著，〈表演理論視野下的《說岳全傳》情節設置〉，《懷化學院學報》，2010 年第 12 期。

147. 龔維英著，〈《說岳全傳》：《水滸》的特殊續書〉，《貴州社會科學》，1999年第 2 期（總第 158 期）。

148. 龔延明著，〈關于岳飛之死直接起因的真相——兼與《也談岳飛之死》作者商榷〉，收錄在龔延明、祖慧主編，《岳飛研究·第 5 輯：紀念岳飛誕辰 900 周年暨宋學國際學術研討會論文集》，北京：中華書局，2004 年 8月，北京第 1 版第 1 刷。

149. 龔敏著，〈彈詞《三國志玉璽傳》的來源和成書時間考略〉，《止善》，第8 期，2010 年 6 月。

150. 〔日〕岡崎由美著，〈彈詞《倭袍傳》的流傳與諸文本〉，《戲劇研究》，第2 期，2008 年 7 月。

六、學位論文

（一）彈詞小說相關研究

1. 方紅著，《《再生緣》與女性文學》，武漢：華中師範大學碩士論文，2000年。

2. 方思茹著，《彈詞《珍珠塔》研究》，桃園：國立中央大學中國文學研究所，碩士論文，2010 年。

3. 王仙瀛著，《蘇州彈詞《西廂記》文學探源》，蘇州：蘇州大學博士論文，2002 年。

4. 王海榮著，《《再生緣》中女扮男裝模式的淵源與拓展》，上海：上海交通大學碩士論文，2008 年。

5. 王贇著，《清代著名女性彈詞中女英雄形象研究》，南京：南京師範大學

碩士論文，2013 年。

6. 白潔著，《角色與表達：晚清女彈詞小說中的女性文化意識》，西寧：青海師範大學碩士論文，2012 年。

7. 任偉著，《論《筆生花》》，天津：天津師範大學碩士論文，2012 年。

8. 曲藝著，《長篇彈詞《再生緣》用韻研究》，福州：福建師範大學碩士論文，2009 年。

9. 朱家炯著，《蘇州彈詞音樂研究》，台北：中國文化大學藝術研究所碩士論文，1982 年。

10. 朱焱煒著，《論擬彈詞》，蘇州：蘇州大學碩士論文，2001 年。

11. 朱新荷著，《清代彈詞小說《再生緣》與現代蘇州彈詞本《再生緣》之比較》，通遼：內蒙古民族大學碩士論文，2010 年。

12. 池水涌著，《中國蘇州彈詞與朝鮮盤索里比較研究》，北京：中央民族大學博士論文，2004 年。

13. 牟華著，《益陽彈詞的藝術特徵與演唱研究》，長沙：湖南師範大學碩士論文，2012 年。

14. 李秋菊著，《彈詞《再生緣》結局新析》，湘潭：湘潭大學文學與新聞學院碩士論文，2004 年。

15. 李凱旋著，《寄宿在自己的一間閨房裡——《再生緣》研究》，桂林：廣西師範大學碩士論文，2006 年。

16. 李姝婭著，《論《天雨花》》，天津：天津師範大學碩士論文，2012 年。

17. 周麗琴著，《紅樓夢子弟書研究》，揚州：揚州大學碩士論文，2009 年。

18. 林吟著，《清代吳語彈詞用韻研究》，福州：福建師範大學碩士論文，2009 年。

19. 林琳著，《論彈詞《天雨花》》，石家莊：河北師範大學碩士論文，2011 年。

20. 林麗裡著，《《鳳雙飛》：變動時代中的女性彈詞小說》，台北：輔仁大學比較文學研究所博士論文，2011 年。

21. 林均珈著，《《紅樓夢》本事衍生之清代戲曲、俗曲研究》，台北：臺北市立教育大學中國語文學系博士論文，2013 年。

22. 邱靖宜著，《邱心如及其《筆生花》研究》，高雄：國立中山大學中國文學研究所碩士論文，2006 年。

23. 胡麗心著，《論清代女性彈詞小說之興衰》，通遼：內蒙古民族大學碩士論文，2007 年。

24. 唐勝蘭著，《《天雨花》研究》，蘇州：蘇州大學碩士論文，2010 年。

25. 孫慧雅著，《蘇州彈詞《珍珠塔》研究》，台北：國立台灣師範大學音樂

研究所碩士論文，1985 年。

26. 耿佳佳著，《論《再生緣》在中國古代女性文學史上的地位》，重慶：重慶工商大學碩士論文，2010 年。

27. 馬曉俠著，《女性聲音的表達──《再生緣》研究》，西安：陝西師範大學碩士論文，2006 年。

28. 崔琇景著，《清後期女性的文學生活研究》，上海：復旦大學博士論文，2010 年。

29. 張俊著，《《再生緣》三論》，重慶：重慶師範大學碩士論文，2003 年。

30. 張娟著，《尋找女性主義文學的傳統──論清代女性彈詞小說的女性主義文學質素及其「經典化」歷程》，北京：北京師範大學碩士論文，2005 年。

31. 張曉寧著，《《筆生花》中女性意識之研究》，嘉義：國立中正大學中國文學研究所碩士論文，2008 年。

32. 張雪著，《探尋她世界──清代女性彈詞小說女性與家庭關係研究》，哈爾濱：黑龍江大學碩士論文，2009 年。

33. 張振成著，《海公大小紅袍研究》，長春：吉林大學碩士論文，2012 年。

34. 梁佳著，《清代彈詞敘事特徵論稿》，成都：四川師範大學碩士論文，2009 年。

35. 盛志梅著，《清代彈詞研究》，上海：華東師範大學博士論文，2002 年。

36. 郭平平著，《清代小說戲曲中的女性自覺──以《兒女英雄傳》、《再生緣》和《小蓬萊仙館傳奇》為例》，台中：逢甲大學中國文學系碩士論文，2013 年。

37. 陳文瑛著，《蘇州彈詞研究》，新竹：玄奘人文社會學院中國文學研究所碩士論文，2004 年。

38. 陳文璇著，《邱心如《筆生花》研究》，台北：銘傳大學應用中國文學研究所碩士論文，2007 年。

39. 黃曉晴著，《《再生緣》之女性自我實現研究》，桃園：國立中央大學中國文學研究所碩士論文，2007 年。

40. 黃曉霞著，《論《再生緣》》，天津：天津師範大學碩士論文，2008 年。

41. 黃竹君著，《彈詞小說《天雨花》之父女倫理關係研究》，南投：國立暨南國際大學中國文學系碩士論文，2012 年。

42. 楊曉菁著，《《再生緣》研究》，高雄：國立高雄師範大學國文研究所碩士論文，1997 年。

43. 楊貴玉著，《《再生緣》中女性意識之研究》，彰化：國立彰化師範大學國文研究所碩士論文，2005 年。

44. 楊敏著，《三大彈詞小說的女性觀研究》，上海：華東師範大學碩士論文，
    2009 年。

45. 葉懿慧著，《侯芝及其彈詞研究》，嘉義：國立嘉義大學中國文學研究所
    碩士論文，2004 年。

46. 雷濟菁著，《長沙彈詞唱腔研究》，長沙：湖南師範大學碩士論文，2007
    年。

47. 雷霞著，《江南女性彈詞小說創作研究》，湘潭：湘潭大學碩士論文，2008
    年。

48. 趙海霞著，《彈詞小說論》，濟南：山東大學碩士論文，2006 年。

49. 潘訊著，《蘇州彈詞《楊乃武與小白菜》研究》，蘇州：蘇州大學碩士論
    文，2008 年。

50. 蔡豔嫣著，《彈詞小說《何必西廂》研究》，合肥：安徽大學碩士論文，
    2012 年。

51. 鄭宛真著，《邱心如《筆生花》的女性刻畫與文化意涵》，台北：國立台
    灣師範大學國文研究所碩士論文，2009 年。

52. 盧振杰著，《《再生緣》女性意識對「女扮男裝」母題的超越》，大連：遼
    寧師範大學碩士論文，2004 年。

53. 霍彤彤著，《《再生緣》女性意識背後的男性意識》，烏魯木齊：新疆師範
    大學碩士論文，2006 年。

54. 駱育萱著，《《天雨花》、《再生緣》及《筆生花》主題思想研究》，高雄：
    國立中山大學中國文學研究所博士論文，2009 年。

55. 鮑震培著，《清代女作家彈詞研究》，天津：南開大學博士論文，2002 年。

（二）岳飛相關研究

1. 王振東著，《試論岳飛形象的演變：以國家與民間的互動為中心的考察》，
   濟南：山東大學碩士論文，2008 年。

2. 王慶年著，《岳飛戲的敘事藝術研究》，福州：福建師範大學碩士論文，
   2010 年。

3. 吳莉莉著，《《建炎以來繫年要錄》所載岳飛事跡鉤沉》，南昌：南昌大學
   碩士論文，2013 年。

4. 宋浩著，《論岳飛歷史地位的變遷》，湘潭：湘潭大學碩士論文，2010 年。

5. 李繼偉著，《從簡單到複雜，從紀實到虛構──「說岳」故事人物形象流
   變歷程考論》，北京：首都師範大學碩士論文，2009 年。

6. 李澤翔著，《岳飛與中國傳統儒家思想》，重慶：西南大學碩士論文，2013
   年。

7. 洪素真著，《岳飛故事研究》，台北：國立台灣師範大學國文研究所碩士

論文，1999 年。

8. 孫長明著，《論中國古典小說中的福將形象》，濟南：山東師範大學碩士論文，2008 年。

9. 孫曉軍著，《岳飛戲創作研究》，蘭州：西北師範大學碩士論文，2011 年。

10. 徐衛和著，《岳飛文學形象的多種形態及其文化內涵探析》，南昌：江西師範大學碩士論文，2004 年。

11. 張火慶著，《《說岳全傳》研究》，台中：東海大學中文研究所碩士論文，1984 年。

12. 張清發著，《岳飛故事研究》，台南：國立成功大學中文研究所碩士論文，2000 年。

13. 張清發著，《明清家將小說研究》，高雄：國立高雄師範大學國文研究所博士論文，2004 年。

14. 莊嘉純著，《岳飛英雄形象與台灣岳王信仰研究》，台中：國立中興大學中文研究所碩士論文，2013 年。

15. 楊秀苗著，《《說岳全傳》傳播研究》，濟南：山東大學碩士論文，2007 年。

16. 楊秀苗著，《以宋代爲背景的英雄傳奇小說研究》，濟南：山東大學博士論文，2012 年。

17. 楊華慧著，《熊大木《大宋中興通俗演義》研究》，福州：福建師範大學碩士論文，2008 年。

18. 趙立光著，《「說岳」題材小說研究》，哈爾濱：哈爾濱師範大學碩士論文，2010 年。

19. 蔡佳凌著，《嘉南地區岳飛信仰之研究》，台南：國立台南大學台灣文化研究所碩士論文，2009 年。

20. 蘇哲賢著，《《說岳全傳》敘事藝術研究》，台中：靜宜大學中文研究所碩士論文，2013 年。

（三）其他

1. 王慧瑜著，《明末清初江南才女身世背景之研究》，桃園：國立中央大學歷史研究所碩士論文，2005 年。

2. 李登詳著，《宋高宗紹興元年以前許遜傳說與其教團發展研究（西元二三九年～一一三一年）》，台南：國立成功大學歷史研究所碩士論文，1999 年。

3. 李栩鈺著，《河東君與《柳如是別傳》──「接受觀點」的考察》，桃園：國立中央大學中國文學研究所博士論文，2003 年。

4. 李財福著，《清代六家閨秀詞研究》，彰化：國立彰化師範大學國文學系

碩士論文，2004年。

5. 沈伊玲著，《柳如是及其詩詞研究》，台南：國立臺南大學教育經營與管理研究所碩士論文，2004年。

6. 沈婉華著，《徐燦《拙政園詩餘》研究》，南投：國立暨南國際大學中文系碩士論文，2004年。

7. 沈素香著，《吳藻詞研究》，台南：國立臺南大學國語文學系碩士論文，2007年。

8. 林小涵著，《吳中女詩人的詩情與詩學——清溪吟社研究》，南投：國立暨南國際大學中國語文系碩士論文，2008年。

9. 林津羽著，《無名／匿名與暴力書寫——明末清初女性題壁詩之研究》，台北：國立政治大學中國文學研究所碩士論文，2009年。

10. 林妤秦著，《駱綺蘭及其作品研究》，台中：東海大學中國文學系碩士論文，2010年。

11. 林佳蓉著，《常州才女張綸英研究》，高雄：國立中山大學中國文學系研究所碩士論文，2013年。

12. 武思庭著，《女性的亂離書寫——以清代鴉片戰爭、太平天國戰役為考察範圍》，南投：國立暨南國際大學中國語文學系碩士論文，2008年。

13. 施幸汝著，《隨園女弟子研究——清代女詩人群體的初步探討》，台北：淡江大學中國文學系碩士論文，2004年。

14. 徐麗雯著，《隨園女弟子金逸及《瘦吟樓詩集》研究》，桃園：國立中央大學中國文學系碩士論文，2012年。

15. 高月娟著，《柳如是及其《戊寅草》研究》，台中：東海大學中國文學系碩士論文，2001年。

16. 高雅婷著，《明末清初女遺民詩人研究》，高雄：國立中山大學中國文學系研究所碩士論文，2011年。

17. 許玉薇著，《明清文人的才女觀——以「西青散記」與賀雙卿為例之研究》，南投：國立暨南國際大學中國文學研究所碩士論文，2000年。

18. 郭香玲著，《柳如是湖上草初探》，高雄：國立中山大學中國文學系研究所碩士論文，2006年。

19. 陳瑞芬著，《汪端研究》，台北：國立臺灣師範大學國文研究所碩士論文，1987年。

20. 陳建男著，《清初女性詞選集研究》，台北：國立政治大學中國文學研究所碩士論文，2006年。

21. 彭貴琳著，《席佩蘭《長真閣集》研究》，台中：東海大學中國文學系碩士論文，2004年。

22. 曾少儀著，《王端淑《名媛詩緯》研究》，台北：臺北市立教育大學中國語文學系碩士論文，2012年。

23. 溫珮琪著，《家族、地域與女性選集——梁章鉅《閩川閨秀詩話》研究》，南投：國立暨南國際大學中國語文學系碩士論文，2010年。

24. 黃儀冠著，《晚明至盛清女性題畫詩研究》，台北：國立政治大學中國文學系碩士論文，1997年。

25. 黃馨蓮著，《左錫嘉與《冷吟仙館詩稿》研究》，台中：東海大學中國文學系碩士論文，2007年。

26. 黃鳳儀著，《明末清初江南婦女社交活動之研究》，桃園：國立中央大學歷史研究所碩士論文，2011年。

27. 廖卉婷著，《汪端從名媛才女到宗教導師的生命轉向》，南投：國立暨南國際大學中國語文學系碩士論文，2009年。

28. 劉天祥著，《乾嘉才媛王貞儀研究》，新竹：國立清華大學歷史研究所碩士論文，1993年。

29. 鄭芷芸著，《中國花神信仰及其相關傳說之研究》，台北：國立台北大學民俗藝術研究所碩士論文，2008年。

30. 鍾慧玲著，《清代女詩人研究》，台北：國立政治大學中國文學研究所博士論文，1981年。

31. 瞿惠遠著，《左錫嘉及其詩詞稿研究——以生平境遇為主》，台北：國立政治大學中國文學研究所碩士論文，2008年。

32. 簡誌宏著，《孫雲鳳及其《湘筠館遺棄》研究》，台中：東海大學中國文學系碩士論文，2011年。

33. 蘇淑娟著，《身閱鼎革的女性——徐燦的生命歷程（1612～1694）》，嘉義：國立中正大學歷史所碩士論文，2008年。

34. 闕積軍著，《論明清小說中的緣意識》，濟南：山東大學碩士論文，2007年。

七、數位資源

1. 大學數字圖書館國際合作計畫（CADAL，China Academic Digital Associative Library）：http://www.cadal.zju.edu.cn/index （2015/01/29 瀏覽）

2. 中國基本古籍庫（2013/11/09 瀏覽）

3. 日本所藏中文古籍數據庫：http://kanji.zinbun.kyoto-u.ac.jp/kanseki?record=data/FA019705/tagged/0645036.dat&back=1）（2015/01/27 瀏覽）

4. 古漢籍善本數位化資料庫：http://rarebookdl.ihp.sinica.edu.tw/rarebook/Search （2013/11/09 瀏覽）

5. 明清婦女著作網站：http://digital.library.mcgill.ca/mingqing/chinese/index.html（2013/09/30、2013/11/04、2013/11/09 瀏覽）

6. 國立中央研究院歷史語言研究所「內閣大庫檔案」：http://archive.ihp.sinica.edu.tw/mctkm2/index.html（2013/01/22 瀏覽）

7. 國立中央研究院歷史語言研究所傅斯年圖書館「明清人物傳記資料查詢」：http://archive.ihp.sinica.edu.tw/ttsweb/html_name/search.php（2014/6/3 瀏覽）

8. 國立故宮博物院大清國史人物列傳及史館檔傳包傳稿全文影像資料庫：http://npmhost.npm.gov.tw/ttscgi/snc7/ttsweb?@0:0:1:npmmetac7::/tts/npmmeta/metamain.htm@@0.28984682731962446（2013/01/22 瀏覽）

9. 國立故宮博物院清代宮中檔奏摺及軍機處檔摺件全文影像資料庫：http://npmhost.npm.gov.tw/ttscgi/ttswebnpm?@0:0:1:npmmeta::/tts/npmmeta/dblist.htm@@0.22065529270830952（2014/6/3 瀏覽）

10. 數位典藏與數位學習聯合目錄：http://catalog.digitalarchives.tw/（2013/01/22 瀏覽）

11. HathiTrust Digital Library Catalog：http://www.hathitrust.org/（2015/01/27 瀏覽）

附錄一：鄭家、嚴家人物關係表

說明：

1.「＝」：婚姻；「→」：出嗣。

2. 姓名上方若無標示排序，則表示現有資料無法判定長幼。

（一）鄭家

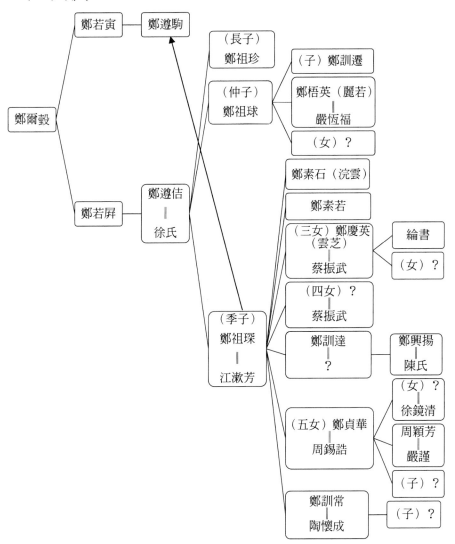

（二）嚴家

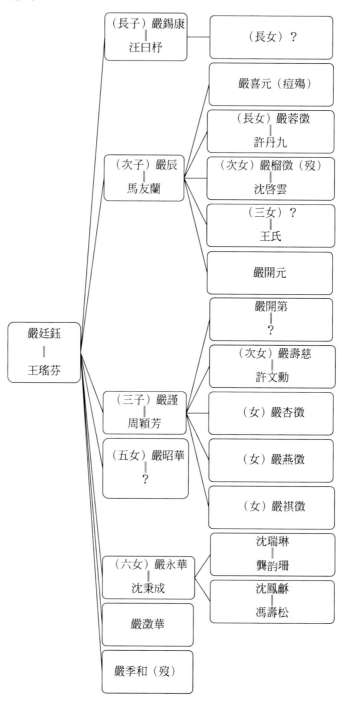

附錄二：《說岳全傳》、《精忠傳彈詞》回目對照表

說明：

1. 回目之前所標數字為回數。

2. 回目不同之字以標楷體粗體字表示。

3. 其中有一句以上回目不同，則標註「※」符號。

《說岳全傳》回目	《精忠傳彈詞》回目
1. 天遣赤鬚龍下界 佛謫金翅鳥降凡	1.※ 降天星雙禾呈瑞 夢彩鳳百里尋賢
2. 泛洪濤虯王報怨 撫孤寡員外施恩	
3. 岳院君閉門課子 周先生設帳授徒	2. 岳**賢母**閉門課子 周**隱士**設帳授徒
4. 麒麟村小英雄結義 瀝泉洞老蛇怪獻槍	3. 麒麟村小英雄結義 瀝泉洞老蛇怪獻**鎗**
5. 岳**飛**巧試九枝箭 李**春**慨締百年**姻**	4. 岳**神童**巧試九枝箭 李**縣令**慨締百年**婚**

6. 瀝泉山岳飛蘆墓 亂草岡牛皋窮徑	5. 瀝泉山岳王蘆墓 亂草崗牛皋窮徑
7. 夢飛虎徐仁薦賢 索賄賂洪先革職	6. 岳秋元板輿歸故土 洪中軍糾盜劫行裝
8. 岳飛完姻歸故土 洪先糾盜劫行裝	
9. 元帥府岳鵬舉談兵 招商店宗留守賜宴	
10. 大相國寺閑聽評話 小校場中私搶狀元	
11. 周三畏遵訓贈寶劍 宗留守立誓取真才	7. 周三畏遵詞贈寶劍 宗留守立誓取真才
12. 奪狀元槍挑小梁王 反武場放走岳鵬舉	8.※ 占鰲頭梁王揭榜 罷武場宗帥追賢
13. 昭豐鎮王貴染病 牟駝岡宗澤踹營	
14. 岳飛破賊酬知己 施全窮徑遇良朋	9. 岳鵬舉破賊酬知己 施智士窮徑遇良朋
15. 金兀朮興兵入寇 陸子敬設計御敵	10. 金兀朮興兵入寇 陸子敬殉國捐軀
16. 下假書哈迷蚩割鼻 破潞安陸節度盡忠	
17. 梁夫人炮炸失兩狼 張叔夜假降保河間	11. 梁夫人礮炸兩狼關 張太守假降保一郡

18. 金兀朮冰凍渡黃河 張邦昌奸謀傾社稷	12. 哈迷嗤扶主渡黃河 秦惡賊助奸傾社稷
19. 李侍郎拚命罵番王 崔總兵進衣傳血詔	13. 李侍郎拚命罵番王 崔總兵進衣傳血詔
20. 金營神鳥引眞主 夾江泥馬渡康王	14. 金營神鳥引眞主 夾江泥馬渡康王
21. 宋高宗金陵即帝位 岳鵬舉劃地絕交情	15. 宋高宗金陵即帝位 岳鵬舉劃地絕神交
22. 結義盟王佐假名 刺精忠岳母訓子	16. 結義盟王佐假名 刺精忠金萱訓子
	17.※ 元帥府岳總制談兵 鳳梧廳張公子乞箭
23. 胡先奉令探功績 岳飛設計敗金兵	18. 胡先奉令探功績 岳侯設計敗金兵
24. 釋番將劉豫降金 獻玉璽邦昌拜相	19. 釋番將劉豫降金 獻玉璽邦昌復相
25. 王橫斷橋霸渡口 邦昌假詔害忠良	20.※ 霸渡口王橫遇主 獻黃河曹賊背君
26. 劉豫恃寵張珠蓋 曹榮降賊獻黃河	
27. 岳飛大戰愛華山 阮良水底擒兀朮	21. 岳侯大戰愛花山 阮良水底擒兀朮
28. 岳元帥調兵剿寇 牛統制巡湖被擒	22. 岳軍門調兵剿寇 牛統制巡河被擒

29. 岳元帥單身探賊 耿明達兄弟投誠	23. 岳元帥單身探賊 耿漁翁兄弟投誠
30. 破兵船岳飛定計 襲洞庭楊虎歸降	24. 破兵船岳侯定計 襲洞庭楊虎歸降
31. 穿梭鏢明收虎將 苦肉計暗取康郎	25. 穿梭標明收虎將 苦肉計暗取康郎
32. 牛皋酒醉破番兵 金節夢虎諧婚匹	26. 牛皋酒醉破番兵 金節夢虎諧婚匹
33. 劉魯王縱子行凶 孟邦杰逃災遇友	
34. 掘陷坑吉青被獲 認兄弟張用獻關	27. 掘陷坑吉青中計 認兄弟張用獻關
35. 九宮山解糧遇盜 樊家庄爭鹿招親	28. 九宮山解糧遇盜 樊家莊爭鹿招親
36. 何元慶兩番被獲 金兀朮五路進兵	29. 何元慶兩番被獲 金兀朮五路進兵
37. 五通神顯靈航大海 宋康王被困牛頭山	30. 五通神顯靈航大海 宋高宗被困牛頭山
38. 解軍糧英雄歸宋室 下戰書福將進金營	31. 解軍糧英雄歸宋室 下戰書福將進金營
39. 祭帥旗奸臣代畜 挑華車勇士遭殃	32. 祭帥旗奸臣代畜 挑滑車勇士遭殃
40. 殺番兵岳雲保家屬 贈赤兔關鈴結義兄	33. 殺番兵岳雲保家屬 贈良馬關鈴結義兄

41. 鞏家庄岳雲聘婦 牛頭山張憲救主	34. 鞏家莊岳雲聘婦 牛頭山張憲救主
42. 打碎免戰牌岳公子犯令 挑死大王子韓彥直冲營	35. 打碎免戰牌岳公子犯令 挑死大番王韓彥直結盟
43. 送客將軍雙結義 贈囊和尚洩天機	
44. 梁夫人擊鼓戰金山 金兀朮敗走黃天蕩	36.※ 旗開玉殿武昌公勤王復社稷 鼓擊金山成安郡敗寇黃天蕩
45. 掘通老鸛河兀朮逃生 遷都臨安郡岳飛歸里	37. 掘通老鸛河金兀朮逃生 遷都臨安郡岳少保歸里
	38.※ 言往事蓬瀛雅集 完原配衣錦承歡
	39.※ 慶華筵賢主帥賜婚 議宗嗣國夫人歸省
46. 兀朮施恩養秦檜 苗傅銜怨殺王淵	40. 兀朮施恩養賊檜 苗傅唧怒殺王淵
	41.※ 雲公子迎養慰鴛儔 岳少保離神證仙果
47. 擒叛臣虎將勤王 召良帥賢后賜旗	42. 擒叛臣虎將勤王 召良帥賢后賜嬌
48. 楊景夢授殺手鐧 王佐計設金蘭宴	43. 楊景夢授殺手鐧 王佐計設金蘭宴
49. 楊欽暗獻地理圖 世忠計破藏金窟	44. 楊欽暗獻地理圖 世忠計破藏金窟

50. 打酒壇福將遇神仙 探君山元戎遭厄難	45. 打酒墰福將遇神仙 探冒山元戎遭厄難
51. 伍尙志計擺火牛陣 鮑方祖贈寶破妖人	46. 伍尙志計擺火牛陣 鮑方祖贈寶破妖人
52. 嚴成方較錘結義 戚統制暗箭報仇	47. 嚴成方較鎚結義 戚統制暗箭報仇
53. 岳元帥大破五方陣 楊再興誤走小商河	48. 岳元帥計破五方陣 楊再興誤走小商河
54. 貶九成秦檜弄權 送欽差湯懷自刎	49. 貶九成賊檜弄權 送欽差湯懷自刎
	50.※ 無恥徒殃民誤國 精忠帥力疾勤王
	51.※ 保儲位三番臣力瘁 進讒言一夕帝心更
55. 陸殿下單身戰五將 王統制斷臂假降金	52. 陸殿下單身戰五將 王統制斷臂假降金
56. 述往事王佐獻圖 明邪正曹寧弒父	53. 論古今王佐獻圖 明邪正曹寧弒父
57. 演鈎連大破連環馬 射箭書潛避鐵浮陀	54. 演鈎連大破環甲馬 射箭書潛避鐵浮陀
58. 再放報仇箭戚方喪命 大破金龍陣關鈴逞能	55. 再放報仇箭戚方喪命 大破金龍陣關鈴逞能
	56.※ 岳樞相銳氣復三城 陸文龍恩襲佩雙符

	57.※ 造僞書雲憲受讒言 示寶劍精忠秉素志
59. 召回兵矯詔發金牌 詳惡夢禪師贈偈語	58. 召回兵矯詔發金牌 詳惡夢禪師贈偈語
60. 勘冤獄周三畏挂冠 探囹圄張總兵死義	59.※ 張總兵死義英明主 國夫人夢拆鳳凰儔
61. 東窗下夫妻設計 風波亭父子歸神	60. 東窗下雙奸盜設計 風波亭三父子歸神
62. 韓家庄岳雷逢義友 七寶鎮牛通鬧酒坊	
63. 興風浪忠魂顯聖 投古井烈女殉身	61.※ 烈女殉身投古井 賢王顯聖阻長江
64. 諸葛夢裡授兵書 歐陽獄中施巧計	62.※ 避豺狼雷爺尊母示 嘆炎涼鈞子夢仙書
	63.※ 韓世忠忤奸辭帝闕 金兀朮割地領神州
65. 小弟兄偷祭岳王墳 呂巡檢貪贓鬧烏鎮	
66. 牛公子直言觸父 柴娘娘恩義待仇	64.※ 鞏夫人冰清玉潔 柴郡娘感義酬恩
67. 越王府莽漢鬧新房 問月庵兄弟雙配匹	
68. 綁牛通智取盡南關 劫岳霆途遇眾好漢	

69. 打擂台同祭岳王墳 憤冤情哭訴潮神廟	
70. 靈隱寺進香瘋僧游戲 眾安橋行刺義士捐軀	
71. 苗王洞岳霖入贅 東南山何立見佛	
72. 黑蠻龍三祭岳王墳 秦丞相嚼舌歸陰府	
73. 胡夢蝶醉後吟詩游地獄 金兀朮三曹對案再興兵	65.※ 鳴不平胡迪遊陰曹 刺元惡施全棄東市
	66. 刺惡賊義士捐軀 退番兵英靈保國
	67.※ 退番兵死佑金闕 誅佞賊生墮泥犁
74. 赦罪封功御祭岳王墳 勘奸定罪正法棲霞嶺	68. **表精忠御祭鄂王墳** 定奸罪正法棲霞嶺
	69.※ 拆孫祠英雄逞式 拈紅豆淑女題箋
75. 萬人口張俊應誓 殺奸屬王彪報仇	
76. 普風師寶珠打宋將 諸葛錦火箭破駝龍	
77. 山獅駝兵阻界山 楊繼周力敵番將	

78. 黑風珠吉青喪命 白龍帶伍連被擒	70. 李澐智取黑風珠 牛皋氣死金兀朮
79. 施岑收服烏靈聖母 牛皋氣死完顏兀朮	
	71.※ 湯御帶巧施火箭破番營 岳世子直搗黃龍酬先志
	72.※ 孝弟里千秋俎豆 金陀園百世承恩
80. 表精忠墓頂加封 證因果大鵬歸位	73.※ 祀聖廟墓頂加封 進霞觴情關集樂